읽고 쓰는 아동문학

대표작과 등단작으로 함께 배우는 아동문학창작법

읽고 쓰는 아동문학

1쇄 발행일 | 2018년 08월 30일

지은이 | 박덕규 노경수 이은주 양연주 신정아 외
펴낸이 | 정화숙
펴낸곳 | 개미

출판등록 | 제313 - 2001 - 61호 1992. 2. 18
주소 | (04175) 서울시 마포구 마포대로 12, B-108호(마포동, 한신빌딩)
전화 | (02)704 - 2546
팩스 | (02)714 - 2365
E-mail | lily12140@hanmail.net

ⓒ 박덕규 노경수 이은주 양연주 신정아, 2018
ISBN 978 - 89 - 94459 - 95 - 0 03810

값 19,000원

대표작과 등단작으로 함께 배우는 아동문학창작법

읽고 쓰는 아동문학

박덕규 노경수 이은주 양연주 신정아 외 지음

개미

아동문학창작의 첫걸음을 걷는 이들을 위해

이 책은 아동문학을 창작하려는 사람들에게 직접적으로 도움을 주기 위해 기획되었다.

동시나 동화가 주류가 되는 아동문학은 누구에게나 친숙하게 읽힐 수 있지만 그러나 그런 장르를 창작하는 일은 예상 밖으로 쉽지 않다. 그것은 대체로 이미 어른이 되면서 동심의 세계로부터 멀리 벗어나 있고, 시나 소설 같은 '어른문학'에 더 익숙해져 있어서라고 할 수 있다. 거칠게 말하면 아동문학은 성장을 하면서 점점 아동문학으로부터 멀어져 있다가 새삼스럽게 동시나 동화를 접하면서 창작에 대한 욕구가 생긴 사람들이 창작하는 장르다. 그 때문에 그 입문과정에서 공통되고도 특별한 어려움을 겪게 된다. 이 책은 바로 그런 점에 착안했다.

전체를 3부로 나누어 엮었다. 1부에는 2000년대 들어 아동문학가가 된 작가들의 등단작품을, 2부에는 20세기 후반 등단해서 이미 여러 권의 작품집을 발간한 중견작가들의 대표작과 그 창작 배경을 실었다. 3

부에는 최근의 아동문학을 보는 비평적 관점을 두 편의 평론으로 제공해 아동문학창작의 배경에서 새로운 시각과 논리적 안목이 배태될 수 있는 통로를 만들어 보았다.

아동문학이란 어린이의 감정과 이해력에 초점을 두고 창작된 문학작품으로 동시나 동화 같은 것들이 이 범주에 든다. 그런데 아동문학창작에 뜻을 둔 사람들이 일차적으로 힘겨워하는 일이 바로 '어린이의 감정과 이해력에 초점을 두는 일' 그 자체이다. 그 일을 원활하게 해주기 위해 최근 등단작가들의 첫 작품을 한꺼번에 많이 보여주는 것이 좋겠다고 판단했다. 그것이 1부에 놓은 단편동화 15편과 4인 동시작가들의 동시들이다. 그들 작품에 대한 각 심사평의 일부도 실어 이해를 도왔다.

등단 시기 작품들은 새로이 아동문학창작을 하려는 이들에게 주제나 소재, 기법과 문체 등 여러 면에서 하나의 길잡이가 되리라 본다. 등단작이니까 일부 미숙함도 드러날 것이고 또한 자신과 비슷하게 보이는 어떤 특징이나 전혀 생각하지 못한 참신한 감각 등도 찾을 수 있을 것이다. 그러나 성인으로서 아동문학창작의 세계로 입성하는 과정을 나름의 방법론으로 극복한 사실을 먼저 주목해 창작입문에 도움을 받았으면 한다.

일단 아동문학창작의 세계로 입성하게 되면 이제 그 수준을 격상시켜야 하는 책무를 지게 된다. 어린이가 원하는 것과 작가로서 그 어린이에게 원하는 것을 함께 작품에 담아내야 한다. 그 일은 시대의 흐름에 따라 달라지는 어린이의 실상을 감안하면서 다양한 시도를 하는 작가들의 몫이다. 이 점에서 2부에 실은 중견작가 6인의 대표 단편동화와 동시작가 1인의 대표 동시는 습작생들에게 좋은 본보기가 되리라 본다. 특히 인터뷰를 통해 각 작가마다 아동문학가가 된 과정과 창작의 배경 등을 밝혀 아동문학이 참으로 친숙한 인간의 문학이라는 점을 느낄 수 있게 했다.

이 책을 대표로 엮은 다섯 작가는 모두 기성작가로서 현직에서 여러 형태로 아동문학창작 강의를 수행해왔다. 이 책의 수록작가 모두와 더불어 서로 품평과 토론으로 아동문학창작의 새로운 길을 모색해온 시간을 가져온 사이이기도 하다. 각자 역할을 맡아 청탁과 원고 수합, 인터뷰 등을 진행해 뜻깊은 작업을 함께 했다. 아동문학의 길 앞에서 머뭇거리는 작가지망생들이 이 책에 도움을 받아 성큼성큼 이 세계로 들어오는 모습을 보고 싶다.

작품을 주시며 다시금 동학의 즐거움을 함께 되새겨주신 여러 작가들에게 감사의 뜻을 표한다. 어려운 출판 환경에도 이 책의 출간을 맡아준 도서출판 개미와 만난 기쁨도 표하고 싶다.

2018년 8월 지은이 함께 씀

대표작과 등단작으로 함께 배우는 아동문학창작법

읽고 쓰는 아동문학

차례

제3부

아동문학의 새로운 시각

동화

고윤미
김옥선
김이플
김 정
노혜진
박가연
박정미
손아사내
안수연
염희정
이명희
이서림
임문성
조희애
황선옥

동시

신정아
심정민
유이지
천선옥

제1부

2000년대 작가 19인
동화 동시 등단작

레고의 꿈

고윤미

일품이와 이품이가 책을 나르고 있어요.

"형아, 나도 일곱 권씩 옮길 거야!"

이품인 동생이 서재에서 힘겹게 책을 들고 거실로 나가며 말했어요. 일품인 형이 책꽂이에 책을 뽑아내며 말했어요.

"넌, 네 권씩만 들어 날라."

"싫어, 나도 힘세단 말이야!"

동생은 형에게 힘이 세다는 것을 보여주기라도 하듯 무거운 책들을 힘껏 들었어요. 얼굴이 붉게 물들었어요. 두 형제는 마치 이삿짐이라도 싸려는 것처럼 책을 거실로 옮기기 시작했어요. 한참을 옮기던 동생이 형에게 물었어요.

"형아, 오늘도 디귿자 만들 거야?"

"아니, 리을자에 도전해 볼 거야."

두 형제는 새로운 모험을 떠나는 사람처럼 책을 날랐어요. 그러고는 거실에 놓인 소파를 한쪽 벽으로 밀었어요. 거실 바닥은 책으로 반을 채운 듯했어요.

"이젠 됐어, 만들기 시작하자."

"아니, 큰 책부터 세우면 일찍 끝나서 재미없어."

"그러면 내가 작은 책들을 먼저 골라줄게."

동생은 거실에 쌓여 있는 책 속에서 작은 책을 골라 형 앞에 내밀었어요. 형은 무릎을 꿇고 앉아 동생이 내민 책을 한 권씩 받아들었어요. 그러고는 거실바닥에 엎드려 책과 책의 거리를 재며 세우기 시작했어요.

"형아, 나도 세우고 싶어."

"넌 못해. 얼마나 어려운데. 책이나 갖고 와."

"나도 할 수 있단 말이야. 나도 하게 해줘, 응?"

동생이 삐죽대다가 보채기도 했어요.

"그럼, 형이 놓으라는 곳에만 세워. 거리가 안 맞으면 망친단 말이야, 알았지?"

"응."

동생은 형이 자리를 비켜주자 신이 나서 손뼉을 쳤어요. 그러고는 책을 들고 형이 하던 자세로 앉아 따라했어요. 조심스럽게 책을 세웠어요.

"형, 봐! 나도 잘하지?"

"잘하긴 뭐가 잘해? 책 사이가 너무 떨어졌잖아."

"좀 떨어지면 어때서?"

"앞의 책이 닿지 않으면 도미노가 안 된단 말이야. 자, 봐."

형은 책을 세워놓은 자리 옆에서 두 권의 책을 들고 시범을 보여줬어요. 동생이 세운대로 거리를 맞춰 놓고 책을 툭 쳤어요. 그랬더니 건드린 책만 쓰러졌어요.

"형 말이 맞지? 책의 크기보다 거리를 좁게 세워야 해."

"아, 그렇구나. 다시 해볼래."

동생은 도미노의 원리를 이해한 듯 고개를 끄덕였어요. 형이 가르쳐

준 대로 책을 세웠어요.

"잘했어, 그렇게 하면 되는 거야."

형은 동생이 침착하게 잘 해내는 모습이 마음에 들었어요. 책을 세우던 동생이 멈추고 형을 바라보았어요.

"형아, 여기부턴 형아가 해."

"왜, 계속하시지."

"꺾이는 부분은 어렵단 말이야."

동생이 계면쩍게 웃었어요.

"자, 잘 봐. 여긴 간격을 더 좁혀서 둥글게 원을 그리듯이 세우는 거야."

동생은 어려운 부분을 거뜬히 해내는 형이 멋졌어요. 형을 위해 부지런히 책을 골라줬어요.

"책은 읽는 것보다 게임하는 게 더 재밌지. 그치, 형아?"

"나는 읽는 것이 더 재밌던데."

형 대답에 동생은 마음이 상했어요. 형도 책을 읽는 것보다 도미노게임 하는 걸 더 좋아했거든요. 책도 안 읽고 읽는 척 재미있다는 형이 얄미웠어요.

"치, 읽지도 않으면서."

"너나 안 읽지, 난 읽어."

"뭐, 저번에도 엄마가 책 읽으라고 하니까, 책으로 계단 만들었잖아!"

동생은 둘만 아는 비밀을 말했어요. 형은 아랑곳 않고 도미노에 열중했어요.

"리을자 다 만들었다!"

형은 두 손을 들고 뿌듯해 했어요. 거대한 리을자 모양의 도미노가 완성됐어요.

"리을자 모양이 정확하다. 하하하."

"나도 함께 만들었잖아. 치, 내가 한 거야!"

동생이 자기가 만든 거라고 큰소리로 말했어요. 형이 너무 잘난 체하고 혼자 다 세운 것처럼 하는 것에 심통났거든요.

그때였어요. 동생이 도미노의 시작 부분 책을 톡 치는 거예요. 책들이 쓰러지며 멋지게 리을자를 썼어요. 순식간에 일어난 멋진 광경이었어요. 형은 화가 나 그 자리에 주저앉고 말았어요. 그러고는 벌떡 일어나 동생 머리에 꿀밤을 주었어요.

"왜, 네 맘대로 건드려, 임마!"

"으앙, 왜 때려. 내 맘이니까 내 맘대로지."

"나도 내 맘이니까 때렸다, 왜?"

"엄마 오면 다 이를 거야!"

"하나도 안 겁난다, 뭘."

형은 동생에게 혀를 날름하며 말했어요.

"너랑은 다시는 도미노 안 해."

형이 리을자로 쓰러져 있는 책들을 멍하니 바라보았어요. 그러다가 다시 책을 챙겨 한 쪽에 쌓아 놓기 시작했어요.

"이번엔 나 혼자 만들 거야. 저리 비켜!"

형은 리을자 모양으로 쓰러진 책 중에서 반을 정리하기 시작했어요. 동생도 형을 따라 나머지 책을 정리했어요. 그런 다음 거실도 반으로 나눴어요.

"뭐, 나도 이젠 뭐든 세울 수 있어!"

동생은 눈물을 닦고 입을 삐죽대며 책을 세우기 시작했어요. 두 형제는 경쟁하듯 열심히 책을 세웠지만, 책이 적어 멋진 도미노를 만들 수 없었어요. 재미도 없었어요. 심드렁해진 형이 책을 정리했어요. 동생은 형 움직임을 보면서 자신도 책을 정리하기 시작했어요. 재미없기는 동생도 마찬가지였어요.

"레고 갖고 놀아야지."

형은 동생에게 약올리듯 말을 했어요. 한 귀퉁이에 책을 쌓아놓은 동생도 형 옆에서 레고를 조립하기 시작했어요. 두 형제는 서로 아무 말 없이 뭔가를 조립하기만 했어요. 가끔 서로 힐끔힐끔 훔쳐보기만 했어요. 형이 먼저 말문을 열었어요.

"바퀴 하나만 빌려주라."

"싫어, 나도 형아처럼 비행기 만들 거야!"

"뭐, 저번에 너도 내 날개 가져갔잖아!"

두 형제는 바구니에 가득한 레고를 거실바닥에 쏟아 놓고 비행기를 만들며 또 티격태격했어요.

"왜 만날 형 맘대로만 하려구 해. 아까도 비행기 조종사 가져갔잖아. 또, 성을 쌓을 때 부속 두 개나 가져가고."

"으씨, 그건 네가 줬잖아!"

그때 외출했던 엄마가 돌아오셨어요. 동생이 쪼르륵 엄마에게 달려갔어요.

"엄마, 형이 나한테 욕했어요. 레고도 뺏고, 꿀밤도 먹이고."

엄마가 얼굴을 찌푸리며 형에게 말했어요.

"형이 되어가지고 왜 동생에게 못되게 굴어. 또, 욕은 왜 해?"

엄마가 화가 난 듯했어요.

"바퀴 하나만 달라니까 안 주잖아!"

"형아는 내 꺼만 달래. 도미노도 내가 했는데 형 혼자 한 것처럼 으스대고!"

"내가 만들어 놓으니까 얌체처럼 혼자 넘어뜨려 놓고선! 나쁜 놈!"

엄마가 눈을 크게 떴어요.

"너 동생한테 그게 무슨 소리야. 형은 비행기 만들고 넌 기차 만들면 되잖아?"

"싫어. 기차는 비행기보다 느리단 말이야! 오늘은 내가 비행기 만들고 내일은 형아가 비행기 만들면 되잖아!"

동생이 크고 검은 눈을 반짝이며 말했어요.

"그래, 그거 좋은 생각이네. 네가 양보해라."

형은 동생을 보고 입을 삐죽대더니 큰소리로 말했어요.

"나도 옆집 영수처럼 동생이 없었으면 좋겠어. 나 혼자였음 좋겠다구. 그럼 장난감 다 내 꺼잖아!"

형이 동생 쪽으로 레고를 다 밀어주며 울 것 같은 표정으로 돌아앉았어요.

"나도 형아가 없으면 좋겠어. 옷도 형아가 입던 거 안 입고. 형 없으면 새 옷만 입을 수 있잖아. 또, 아깐 때렸잖아!"

동생이 돌아앉은 형을 보며 말했어요. 엄마가 한참을 곰곰이 생각하다가 굳은 표정으로 말을 했어요.

"너희 둘, 엄마 심부름 좀 해야겠다."

두 형제는 엄마를 바라봤어요.

"앵두나무 할머니네 마당에 가서 너는 은행잎 여덟 장, 넌 단풍잎 여섯 장을 따와라."

"지금요?"

두 형제는 의아한 얼굴로 엄마에게 물었어요. 앵두나무 할머니집은 엄마랑 가끔 산책하며 보았던 곳이지만 집에서 멀었어요.

"응, 지금 꼭 따와야 한다. 그래야 집에 들어올 수 있어. 알았지?"

"네."

엄마 목소리가 낯설고 무서웠어요. 눈치 보며 간신히 대답하고 집을 나섰어요.

집을 나오면서도 두 형제는 티격태격했어요. 연립주택 계단을 내려와, 화단을 지나 앵두나무집 쪽으로 걸어갔어요. 서서히 어둠이 짙어지고 있었어요. 앵두나무 할머니집은 학교 옆에 있는데 10분 정도는 더 걸어 가야 했어요.

"형아, 엄마는 은행잎과 단풍잎으로 뭐 하려고 그러지?"

"나도 몰라!"

"아, 맞다. 차 끓이려고 그러나 보다. 그치?"

동생은 엄마가 봄이면 감잎을 따 차를 만들었던 것이 떠올랐어요.

"시끄러. 조용히 좀 해!"

"궁금하잖아."

"넌 너무 말이 많아. 귀찮게 굴지 마!"

동생에게 신경질을 부리면서도 형도 엄마가 나뭇잎을 왜 따오라고 했을까를 곰곰이 생각하고 있었어요. 그때였어요.

"형아, 무서워."

가로등이 켜져 있었지만 동생은 무서워서 자꾸만 형 옆으로 다가갔어요. 형 손을 얼른 잡았어요.

"앞으론 내 말 잘 들어. 알았지?"

"응, 알았어."

"진짜지?"

"형 말 잘 들을게."

형은 말을 안 듣는 동생에게 다짐을 받았어요. 슬며시 동생 손을 잡았어요. 무섭다고 바투 다가서는 동생을 보니 좀 가엾기도 했어요. 동생이 잡은 손에 꼭 힘을 주었어요.

"형아가 있는데 뭐가 무서워. 걱정 마."

"형아는 안 무서워?"

"형은 여덟 살이잖아."

하지만 형도 무서워 걸음이 빨라지곤 했어요. 얼마쯤 걷자, 가로등이 끊긴 곳도 있었어요. 몸이 끈적거려오더니 땀이 났어요. 어두운 곳을 지나자 가로등이 훤히 비추는 앵두나무 할머니집이 보였어요.

"조금만 더 가면 돼."

길 옆에 있는 논에서 개구리들이 개굴개굴 울어댔어요.

"형아, 그런데 개구리는 왜 밤에만 울어?"

"너처럼 밤이 무서운가 보지."

"그럼, 쟤들도 엄마가 집에서 나가라고 했나?"

"하하하."

"히히히."

두 형제가 이야기를 하며 걷는 사이 앵두나무 할머니집 앞마당에 도착했어요. 가로등 불빛에 붉은 단풍나무 잎과 파란 은행나무 잎이 노란 꽃처럼 보였어요.

"형아, 난 단풍잎 여섯 장인데."

"형아가 따 줄게, 걱정 마."

형은 단풍잎을 잡고 따려 하자 잘 떨어지지 않았어요. 한 장씩 힘껏 잡아당겨 땄어요. 형은 붉은 단풍잎을 따 동생 작은 손에 쥐어 줬어요.

"이건 꼭 네 손 닮았네. 히히히, 형아 꺼 은행잎도 따야지?"

그때였어요. 개 짖는 소리에 대문이 열리고 허리가 구부러진 할머니가 나오셨어요.

"이놈들, 거기서 뭐하냐?"

할머니가 구부러진 허리를 펴며 소리를 질렀어요. 형아가 낚아채듯 동생 손을 잡고 얼른 도망쳤어요. 뛰다가 뒤를 돌아보니 할머니는 쫓아오지 않았어요.

"헉헉, 형아. 이,이젠 어,어떡하지?"

"아, 숨차. 여기서 조금만 더 내려가면 파란대문이 나오는데 그 집 앞에도 은행나무가 있어."

"거기도 가로등 있어?"

"응, 집 앞에는 있어."

도망을 치면서도 동생은 형이 따준 단풍잎 여섯 장만큼은 손에 꼭 쥐고 있었어요.

두 형제는 파란 대문집 마당 앞에 도착했어요. 은행나무는 키가 커서 고개를 쳐들어 올려다봐야 했어요.

"형아! 손이 닿지 않아 어떡하지?"

"내가 엎드릴 테니 네가 내 등을 밟고 올라가 따 봐."

"아플 텐데?"

"괜찮아, 난 형이야."

동생은 형 등을 밟고 올라갔어요. 은행잎이 손에 닿을락말락하자 동생은 형 등 위에서 까치발을 섰어요. 형은 등이 콕콕 쑤시는 것처럼 아팠어요. 이를 악물고 참았어요. 그 순간 동생이 비틀거렸어요.

"어, 어, 엄마!"

동생은 쿵, 소리와 함께 떨어져 굴렀어요. 놀란 형이 일으켜 세웠어요.

"으앙, 형아. 아파, 으앙!"

동생 무릎에서 피가 나고 있었어요. 형은 자기 무릎에서 피가 나는 것 같았어요.

"잠깐만 참아, 형아가 닦아줄게."

형은 윗옷을 벗어 동생 상처를 호호 불며 닦아줬어요.

"이젠 안 아프지?"

"응, 조금 아파."

형은 동생이 굴러 떨어지면서도 손에서 놓지 않은 은행잎 가지를 보았어요. 동생 다친 다리도 보았어요. 형은 나뭇잎들을 가지런히 해 놓고선 동생 앞에 앉아 등을 내밀었어요.

"형아 등에 업혀."

"업어줄 거야?"

"그래, 지금도 아파?"

"형, 담부터는 리을자 만들 때 내가 먼저 안 건드릴게."

"정말이지? 약속했다!"

"응, 형."

동생을 업은 형은 힘들었어요. 등에서 땀도 났어요. 이마에서도 땀방울이 흘렀어요. 가로등이 환한 앵두나무 할머니집 앞을 지날 때 등에 업힌 동생이 말했어요.

"형, 나방들은 왜 불빛을 좋아해?"

"달빛인 줄 알고 몰려드는 거래."

"달빛?"

"응, 나방은 밤에 움직이는데 가로등 불빛 때문에 낮인 줄 알고 잠을 잘 자리를 찾는 거야."

정말 나방들은 가로등 불빛에 몰려 윙윙 날아들었어요. 둥근 원을 그리며 빙빙 돌기도 했어요.

"사슴벌레는 뭐 먹고 살아?"

"나무 수액을 먹고 살아."

"그럼, 땅강아지는?"

"땅속에 있는 곤충과 나무뿌리를 먹고 살아."

"형아는 어떻게 다 알아?"

"곤충에 관한 책에 다 나와 있어. 그만 물어, 힘들어."

동생을 업은 형이 비틀대며 힘들게 대답했어요.

"형, 멋지다! 나 걸어갈게."

"가만 있어, 아프잖아."

형은 힘들지만 꾹 참고 동생을 업고 걸었어요.

"형아, 난 이담에 삼촌처럼 키가 크면 비행기 조종사가 될 거야."

"나도 비행기 조종사가 꿈인데."

"우와, 정말이야? 그럼 우린 어른이 돼서도 함께 있겠네. 그때는 내가 비행기 바퀴 빌려줄게."

"뭐야, 이런 맹꽁이!"

형은 바퀴를 빌려준다는 동생 말에 기뻤어요. 동생을 업었는데도 무겁다는 생각이 들지 않았어요.

집에서는 비행기가 되고 싶은 레고들이 거실 구석에 흩어져서 두 형제를 기다리고 있었어요.

고윤미 _ 2010년 『아동문예』 신인상 동화 부문 당선작으로 그해 9,10월호에 수록되었다. 일품이와 이품이의 형재애를 '들려주는 형식'이 아닌 '보여주기 형식'으로 서술하면서 '어떤 이야기도 잘 소화해낼 수 있는 능력'을 발휘했다는 평을 받았다.(심사위원 박성배, 이승직)

동화

아빠의 자전거

김옥선

"아파트 관리실에서 알려드립니다. 오늘 구청에서 나와 자전거를 수리해줍니다. 자전거를 수리하고자 하는 세대는 관리실 앞으로 나오시면 되겠습니다. 다시 한 번 알려드립니다……."

하트는 안내 방송에 귀를 기울였다. 엄마도 얼굴에 짜증이 묻어났다.

"아유, 속상해. 어떤 놈이 가져갔는지 발병이나 나라."

엄마는 아까워 죽겠다는 듯 조금 날카롭게 목소리를 높였다.

"뭘, 그리 악담을 해. 필요한 녀석이 가져가 잘 쓰면 됐지."

아빠가 망설임 없이 받았다. 하트는 화가 났다. 아빠가 그럴 줄은 몰랐다.

"아빠, 남의 물건을 가져간 게 잘한 거예요?"

하트가 정색하며 물었다. 아빠는 기다렸다는 듯 또 큰소리를 냈다.

"요즘 가져가는 놈은 잘못이 없어. 가져가라고 간수 못한 놈이 잘못이고 바보지."

하트는 아빠의 억지가 마음에 들지 않아 고개를 저었다.

토요일 아침, 집안 분위기는 냉랭했다. 아빠는 거실 소파에 누워 TV

를 보고 있고 엄마는 안방에서 나오지 않았다. 하트는 심상찮은 분위기에서 책을 폈다. 그러나 머리에 들어오지 않았다.

"아, 짜증나. 누가 가져간 거야? 중간고사 끝나고 자전거 타기로 약속했는데……."

자전거는 잠금장치를 철저히 했는데도 불구하고 쥐도 새도 모르게 사라졌다.

"그나저나 할아버지에게 뭐라고 말씀드리지?"

지난 봄, 할아버지는 노는 게 더 어렵다며 주민센터에서 한자 지도 일을 맡았다. 정년퇴직하면 여행이나 실컷 다니고, 운동이나 하고, 친구들이나 만나며 산다던 할아버지는 일 년도 못 되어 일을 찾았다. 한자만큼은 제일 자신 있다고 했다.

그런데 한자를 배우려는 수강생이 별로 없었다. 개강 날이 다가왔다. 맘먹고 시작한 일인데 시작도 못 해보고 폐강하게 생겼다.

"여보, 아버님이 맡으신 한자반 수강생이 미달인가 봐요. 적어도 일곱 명 이상은 돼야 개강을 한다던데……."

엄마가 걱정스런 얼굴로 말했다.

"그래? 그럼 당신이 가서 머릿수라도 채워요. 모처럼 의욕 있게 시작하셨는데 힘은 실어드려야 되잖아."

"난 시간이 애매해요. 수업 시간이 오후 다섯 시부터래요. 지금 수강 신청인원이 딱 다섯 명이래요."

아빠도 걱정을 했다. 할아버지도 초조해 하시는 것 같았다. 처음 시작하는 일이라 기대했는데 의외의 상황에 당황하는 듯했다. 개강을 앞두고 할아버지는 하트에게 전화를 했다.

"하트야, 할아버지에게 와서 한자 좀 배워라. 배워두면 좋아. 수강료는 할애비가 내주마."

하트는 당황했다. 한자는 우리글과 달리 어렵고 복잡하기 때문이었다.

"할아버지 저는 한자공부는 어려워서 하고 싶지 않아요."

하트가 엄살을 부리자 할아버지는 쉽게 가르칠 테니 엄마랑 와서 공부 좀 하라고 설득했다. 하트는 엄마에게 말을 전했다. 엄마는 이마를 짚으며 얼굴을 찡그렸다.

"애, 난 한자공부 못해. 머리 아파."

며칠 후, 하트랑 엄마는 활짝 핀 개나리꽃을 바라보며 주민센터로 갔다. 영어 학원 시간은 뒤로 미루었다.

주민센터 안으로 들어가니 강당 교탁 앞에 할아버지가 앉아 있고, 수강생 한두 명이 들어오고 있었다.

맨 뒤에 고모가 멋쩍게 앉아 있었다. 엄마가 고모 옆으로 갔다. 고모는 할아버지 눈을 피하며 쏙닥거렸다.

"에이, 아버지가 자꾸 전화를 하셔서……"

고모의 볼멘소리가 작게 들렸다. 하트도 엄마 옆에 앉으려니까 할아버지가 불렀다.

"거기 분홍 원피스 입은 학생 앞으로 와요."

하트가 당황해서 엄마를 보았다. 엄마가 얼른 가라는 눈짓을 했다.

강의 첫날 할아버지는 최선을 다했다. 목소리는 평소보다 카랑카랑했다. 엄마랑 고모는 할아버지가 실수라도 하실까봐 조마조마했다. 다행히 할아버지는 긴장은 했어도 무사히 넘겼다. 하트는 그렇게 일주일에 한 번 딱딱한 한자 강의를 듣기 시작했다.

얼마 후, 할머니 생신이었다. 맛있는 저녁을 먹고 즐거운 이야기를 나누는데 할아버지가 책 몇 권을 내밀었다.

"애들아, 공부는 대충하면 안 돼. 한자능력검정시험 알고 있지? 이거 받아라."

"이거 문제집 아니에요? 아버지, 저는 그냥 머릿수 채우는 걸로 만족 할래요."

고모가 얼렁뚱땅 넘어가려 하자 할아버지가 고모를 쏘아보았다. 엄마 는 옆에서 아무 말도 못하고 받아들었다. 사전만큼 두꺼운 책을 받아들 고 서로 당황하며 바라보았다.

하트는 열심히 한자를 외우고 쓰고 해 5급을 따고 얼마 안 되어 4급 까지 땄다. 하트와는 달리 엄마와 고모는 그냥 말 그대로 머릿수만 채웠 다.

하트는 할아버지의 자랑이 됐다. 주민센터 한자반에 합격자를 내는 영광을 안겼다며 기뻐했다. 아빠는 핸드폰을 들이대며 사진을 찍었다.

"누구 딸야? 영특하기도 하지."

"홍하트, 뭘 갖고 싶냐? 뭐라도 하나 상으로 줄게."

할아버지는 뭐든 사주실 듯 말씀하셨다.

엄마는 얼른 할아버지 앞으로 가 손을 저었다.

"아버님, 아니에요. 아버님께서 고생하셨어요."

하트는 엄마의 의도를 눈치 채고 재빨리 큰 소리로 말했다.

"할아버지, 예쁜 자전거를 갖고 싶어요."

"그래, 알았다."

그동안 자전거를 갖고 싶었지만 위험하다는 엄마의 반대로 갖지 못했 다. 하트는 한자를 배우고, 한자능력검정 4급도 따고, 자전거를 얻게 되 었으니 일거양득 아니 일거삼득이었다. 하트에게 아주 특별한 자전거였 다.

하트는 숨을 몰아쉬며 손톱을 입으로 가져갔다.

"하트, 뭐해? 너 또 손톱 물어뜯니?

엄마가 빼꼼히 열린 문을 밀고 들어왔다. 하트는 얼른 손을 내렸다. 답답하면 생기는 버릇이 나오고 말았다.

"왜, 속상해? 하트야, 잃어버린 자전거는 생각지 말자. 엄마도 속이 상하지만 어쩌겠니?"

"할아버지께 죄송하고, 그리고 애들하고 자전거 타기로 약속했다고요."

하트는 속이 상해 괜히 엄마에게 짜증을 냈다.

거실로 나간 엄마가 전화기를 들더니 전화를 걸었다. 몇 마디 대화를 나누더니 하트를 불렀다. 수화기를 건네며 할아버지라고 했다.

하트는 죄지은 사람처럼 가슴이 뛰었다. 뭐라 말을 할까 걱정이 됐다. 하트는 숨을 몰아쉬고 용기를 냈다.

"안녕하세요? 할아버지, 자전거를……."

"하트야, 엄마에게 들었다. 괜찮다. 그까짓 자전거가 뭐 대수냐? 우리 손녀가 한자능력검정 4급을 땄는데 괜찮다."

할아버지는 말을 막았다. 하트는 막힌 속이 확 뚫리며 눈물이 났다.

잠시 후 현관 쪽에서 아빠의 우렁찬 말소리가 들렸다.

"하트야, 오늘 자전거 수리해 준다는데 아빠가 타던 자전거 고쳐 쓰면 어떻겠니?"

그때 문득 하트는 현관 옆 전실에 세워둔 아빠의 자전거가 떠올랐다. 아빠 회사가 가까이 있을 때 출퇴근하면서 오랫동안 탔던 자전거였다.

"여보, 애가 그걸 어떻게 타요. 다 낡은 어른 자전거를요. 이사할 때 버리라고 했잖아요."

엄마가 하트 눈치를 보며 말했다.

"아냐 요즘 하트가 부쩍 커서 가능해."

아빠가 멋쩍게 말했다.

"그래도 너무 낡았어요."

하트는 어이가 없어 못 들은 척하고 방으로 들어왔다. 낡고 오래된 구닥다리 자전거를 고쳐서 타라니 말이 안됐다.

얼마간 시간이 지났다. 하트는 답답했다. 엄마 아빠가 자전거를 사주지는 않을 것이고, 친구들과 약속은 해두었고 뾰족한 수가 생각나지 않았다.

"하트야, 이리 나와 봐. 얼른."

아빠가 또 한 번 불렀다. 하트는 기분이 나빴지만 현관으로 갔다. 먼지가 몇 겹은 쌓여 있던 아빠 자전거, 아빠는 빨간 목장갑을 끼고 자전거에 묵은 먼지를 닦아내느라 바빴다.

하트가 물끄러미 자전거를 바라보고 있으니 아빠가 멋쩍게 웃으며 걸레질하던 손을 멈추었다.

"이것 봐라. 손 좀 보면 괜찮을 것 같지 않니?"

하트는 못마땅한 얼굴로 자전거를 살펴보았다.

"모처럼 자전거 수리를 해준다는데 같이 가보자."

하트는 마지못해 아빠를 따라 나섰다. 밖에서 본 자전거는 더 낡아보였다.

"하트야. 아까는 아빠가 속상해서 그랬어."

아빠가 자전거를 끌며 미안하다고 했다. 하트도 짜증부린 것이 부끄러워졌다.

"알고 있어요. 저도 속상해요. 할아버지에게 받은 특별한 거잖아요."

"아빠라고 왜 자전거가 아깝지 않겠니. 게다가 의미 있는 자전거인데……."

하트는 그동안 답답했던 마음을 털어놓는데 하마터면 울 뻔했다.

"아까도 말했지만 가져간 놈이 오죽 필요했으면 그랬겠냐. 그 자전거는 그만 잊자. 그렇게 하자."

"알았어요. 아빠."

아빠 자전거는 오랫동안 세워두어 바퀴 바람이 빠져 찌익 직, 소리가 났다.

"이 자전거는 회사 다닐 때 아빠 다리 역할을 톡톡히 했지. 이렇게 낡도록 아빠 건강을 지켜주고 교통비도 절약해 주고……."

"오우, 아빠 자전거는 효자 자전거네요. 그래서 엄마가 버리라고 해도 안 버렸나 봐요."

"그렇지, 허허허."

아빠 말을 듣고 다시 자전거를 보니 정이 느껴졌다.

관리실 앞에 왔다. 조그만 공터에 하얀 천막을 치고 작업복을 입은 아저씨 둘이 자전거를 고치고 있었다. 앞에는 전시하듯 자전거 부품을 펼쳐 놓았다.

아저씨 한 분이 아빠 자전거를 이리저리 살펴보고 부품을 좀 갈아야겠다고 했다.

"네, 바퀴랑 벨 좀 점검해 주시고 액세서리도 달아주세요."

"예, 녹도 제거하고 요즈음 아이들이 좋아하는 저 액세서리를 달면 새 자전거 못지않을 거예요."

아저씨가 쌓여 있는 예쁜 부속품을 가리켰다.

"우리 딸이 탈거니까 멋지고 튼튼하게 잘 고쳐주세요."

"예, 예. 몇 동 몇 호인지 써놓고 이따 오후에 오세요."

낡은 자전거에 멋진 부품을 달아 새 자전거같이 고쳐준다는 말에 하트는 기분이 좋았다.

하트는 아빠 손을 꼭 잡고 집을 향해 걸었다. 그리고 멋지게 변신한 자전거를 상상해 보았다. 벌써 하트는 분홍 헬멧을 쓰고 친구들과 탄천 변을 바람을 가르며 달리고 있었다.

김옥선 _ 2017년 『아동문학평론』 신인상 동화 부문 당선작으로 그해 여름호에 수록되었다. 선물로 받은 자전거를 잃어버리고 낡은 아빠 자전거를 수리해 타게 되는 하트라는 소녀의 이야기이다. '독자의 호기심을 유발하는 도입 부분'과 '동화에 어울리는 문장, 자연스러운 대화체가 장점'이라는 평을 받았다. (심사위원 이동렬)

동화

꽃배를 탄 아이

김이플

'드디어 강이다.'

민철이는 흐르는 땀을 닦으며 강에 도착했다. 한겨울이었지만 민철이의 몸에서는 모락모락 김이 피어올랐다.

눈앞에 강이 보이자 그만 다리가 풀렸다. 그대로 주저앉고 말았다.

숨을 고르던 민철이는 달빛에 반짝이는 강을 바라보았다. 반짝이던 강이 잠시 흐릿하게 보였다.

'정신 차리자. 저 강만 건너면 되는 거야.'

강 위로 높이 올라간 둥근달은 꼭 엄마가 만들어 준 보리빵 같았다. 물결에 부딪히는 달빛들은 보리빵에서 떨어진 빵가루처럼 보였다.

"꼬르륵."

배가 고파왔다. 고프다 못해 콕콕 쑤셔왔다. 물을 마시기 위해 간신히 기어갔다. 민철이는 사흘째 끼니를 제대로 먹지 못했다. 먹은 거라곤 장마당에서 훔친 떡 두 조각이 다였다.

꽃제비만큼은 되고 싶지 않았는데……. 강물에 떠 있는 달빛가루들이 민철이의 입 속으로 빨려 들어갔다. 한참동안 물을 들이켰다. 물을 들이

키면서도 수시로 사방을 둘러보았다.

"민철아, 달이 훤하게 뜰 때는 밝게 보이니 조심해야 한다."

문득 영민이의 말이 생각났다. 민철이는 무거운 몸을 이끌고 어두운 곳을 찾아 몸을 숨겼다.

영민이는 민철이의 가장 친한 친구였다.

민철이처럼 부모님이 모두 돌아가시게 되자 학교에 나갈 수 없게 되었다. 영민이는 민철이보다 먼저 장마당에서 터를 잡았다.

"민철아, 너 장마당에 나온 거 처음이디?"

"응."

민철이는 잔뜩 풀이 죽은 목소리로 대답했다.

"걱정하디 말고 내가 하는 대로만 따라 해라. 많이는 못 먹어도 굶지는 않을 거다."

"정말 여기서는 뭐라도 먹을 수 있단 말이니?"

"그렇다니까. 일단 나를 따라와라."

민철이가 주춤하자 영민이는 민철이의 손을 잡고 어디론가 달려가기 시작했다.

장마당에는 먹을 것을 비롯해서 여러 가지 물건들이 다 나와 있었다. 무엇보다 먹을 것을 사러 온 사람들과 먹을 것을 찾으러 나온 꽃제비들로 북적거렸다. 특히 국수나 간단한 먹을거리를 파는 식당 앞은 더했다.

민철이는 영민이와 함께 어느 국수식당 앞에 도착했다. 두 아이 말고도 다른 꽃제비들도 식당 안과 밖을 서성거렸다. 좀 더 좋은 자리를 잡기 위해 서로 다투는 꽃제비들의 모습도 보였다.

"여기가 제일 얻어먹기 좋은 곳이다. 재수 좋으면 우리 같은 애들 먹으라고 일부러 국수를 남겨주는 사람도 있다."

"아무리 기래도 어드렇게 남이 먹다 남은 걸 먹는단 말이니?"

"지금 우리가 그런 걸 따질 처지니? 일단 배부터 채우고 보자."

"너나 먹어라! 내 아무리 배를 곯아도 이런 짓은 못하겠다."

민철이는 식당 앞에서 발길을 돌렸다.

"민철아! 기리디 말고 날래 들어오라!"

식당 안으로 들어간 영민이가 한 손님이 나가자 손짓을 하며 불렀다.

민철이는 요동치는 배를 부여잡으면서도 끝까지 모른 척했다. 영민이는 식당 밖으로 나와 민철이를 억지로 데리고 다시 식당 안으로 들어갔다.

식당 안으로 들어오니 국수 냄새가 진동을 하였다. 국수 냄새 앞에서 민철이의 강철 같았던 마음도 그만 무릎을 꿇고 말았다.

"국수가락은 얼마 없지만 국물이라도 마셔봐라."

"영민이 너는?"

"난 괜찮으니 너 먼저 먹어라."

국수국물을 맛 본 민철이는 국수그릇까지 먹을 기세였다. 영민이는 다른 자리에서 손님이 나가길 기다리고 있었다. 영민이와 눈이 마주치자 미안한 생각이 들었다. 영민이는 괜찮다는 듯이 빠진 이 사이로 웃음을 내보였다.

이후 민철이와 영민이는 자주 식당 근처에서 허기를 달랬다. 하지만 매번 손님이 나가길 기다릴 수는 없는 노릇이었다. 그러다보니 물건에 손을 대는 일이 잦아졌다. 상인에게 걸려 매를 맞는 일도 많았다. 영민이의 이가 빠진 것도 이런 이유 때문이었다. 두 아이의 몸은 하루도 온전한 구석이 없었다. 매대마다 상인들은 민철이나 영민이 같은 꽃제비들 때문에 늘 경계를 낮추지 않았다. 진열한 음식이나 물건은 못 집어가도록 그물로 쳐 두기도 했다.

민철이는 더는 이렇게 살 수 없다는 생각이 들었다. 이 생활에서 벗어나기 위해 영민이와 함께 강을 건너기로 계획했다. 그러나 영민이는 계획한 날을 며칠 앞두고 갑작스레 세상을 떠나고 말았다. 무엇이 잘못되었는지 사흘밤낮동안 토악질을 해댔다. 그뿐만이 아니었다. 계속 열이 오르고 내리길 반복하더니 입에 허연 거품을 물기도 했다. 나중에 알고 보니 장마당에서 상한 음식을 주워 먹은 게 탈이었다.

"영민아! 정신차려라!"

"민철아. 너만이라도…… 너만이라도……."

"안 돼! 일어나! 우리 같이 가야 한다!"

민철이는 영민이의 얼굴을 감싸안고 울부짖었다.

영민이 생각에 민철이는 꿀꺽 울음을 삼켰다. 땀이 식자 곧 추위가 달려들었다. 추위를 이기기엔 민철이의 옷이 너무나 얇았다. 온몸이 바들바들 떨렸다.

그때였다. 저 멀리 강 한 가운데 무언가 움직이고 있는 것이 보였다. 그 물체는 점점 민철이 쪽으로 다가오고 있었다. 물체는 서서히 얼굴을 드러냈다. 그것은 다름 아닌 작은 나무배였다.

'어드렇게 하디? 강을 건너가는 사람이 많으니 강 위에서도 보초를 서는구나.'

강을 건널 수 없을 것 같은 생각이 들자 눈물이 맺혔다.

'내래 여기까디 어드렇게 왔는데…….'

너무도 속상하고 억울한 마음에 입술을 꽉 깨물었다.

배는 점점 가까워지더니 민철이가 숨은 곳 가까이에서 멈추었다. 민철이는 더욱 숨을 죽였다. 순간 자기의 눈을 의심했다.

'배가 고파 헛것이 보이나?'

배에서 한복을 곱게 차려입은 예쁜 누나가 내리는 것이 아닌가. 그런데 어딘지 모르게 꼭 옛날 사람 같았다.

"아까 여기서 본 것 같은데……."

누나의 고운 목소리가 들렸다. 민철이는 꼼짝 않고 누나를 지켜보고 있었다.

"애, 어디 있니?"

'나를 부르는 건가? 아니야, 기래도 나가디 말아야디. 저 부름에 꼬여 나가면 끌려갈지도 모르잖아?'

아까 물을 많이 먹어서 그런지 오줌이 마려웠다. 들키지 않으려면 참아야 했다. 누나는 긴 머리를 한번 쓸어 올리며 주위를 두리번거렸다. 민철이는 한계에 다 다른 듯했다. 더 이상 참을 수가 없었다.

가랑이 사이로 뜨거운 것이 흘러나왔다.

"아이씨."

저도 모르게 욕이 나와 버렸다. 황급히 손으로 입을 막았지만 이미 늦었다.

"여기 있구나."

누나의 말소리가 민철이 쪽으로 빠르게 걸어왔다. 얼음이 된 듯 발을 뗄 수 없었다. 그렇게 쭈그려 앉은 채 누나와 얼굴이 마주쳤다. 그러자 민철이의 얼굴이 빨간 숯덩이처럼 확 달아올랐다.

"살려주시라요. 이번이 처음입네다. 다시는 안 그러겠습네다!"

민철이는 누나의 치맛자락을 부여잡고 애원했다. 치맛자락에서는 처음 맡아보는 좋은 냄새가 났다. 그 냄새에 잠시 머리가 어지러웠다. 누나는 손을 내밀었다. 반사적으로 민철이는 팔로 머리를 감싸고 몸을 웅크렸다.

"때리지 마시라요! 잘못했습네다!"

"얘야, 일어나 봐."

누나는 부드러운 목소리로 말했다.

민철이는 힐끗 누나를 쳐다본 뒤 자리에서 일어섰다. 일어서서 보니 누나는 정말 예뻤다. 태어나서 엄마 다음으로 예쁜 여자는 처음 보는 것 같았다.

"저……저…… 저를 경비대에게 넘기실 겁네까?"

민철이는 떨리는 목소리로 물어보았다.

"강림도령[1]이 말한 아이가 너였구나."

강림도령이라는 말에 민철이는 화들짝 놀랐다.

"그 사람이 나 잡아오라고 시켰습네까?"

누나는 미소를 보일 뿐 별 말이 없었다. 그 모습이 민철이를 더욱 불안하게 했다. 가슴이 마구 방망이질 쳤다. 강림도령은 또 누구인가? 민철이는 그 사람이 자기를 어떻게 알고 있는지, 이런저런 생각에 더욱 가슴이 뛰었다. 강림도령은 분명 남자일 것이고 끌려가면 그 이후는 상상만 해도 끔찍했다. 민철이는 이제 죽었구나 싶었다.

불안해하는 민철이의 머리를 쓰다듬으며 누나는 안심시키듯이 말했다.

"무서워할 것 없어. 나는 너를 좋은 곳으로 데려갈 거야. 그 곳에선 행복하게 지낼 수 있단다."

"정말입네까? 어디 수용소로 가는 거 아닙네까?"

"민철아. 나는 너처럼 강을 건너려는 아이들을 여러 번 만났단다. 그 아이들 모두 나와 강을 건너 잘 지내고 있지. 아침이 오기 전에 서둘러 떠나야 해."

---

1) 원님 밑에서 도둑을 잡는 포졸이었으며 건장하고 담력이 있는 사람이었다. 이를 본 염라대왕이 아주 훌륭하다고 보고 저승에 데려가서 염라국 차사(저승사자)로 삼았다.

아침이 오기 전에 떠나야 한다는 말에 민철이는 누나를 믿어보기로 했다. 경비대쪽 사람이라면 바로 잡아갔을 거였다.

"가시자요."

민철이는 마음속으로 무언가 굳게 결심한 듯이 말했다.

누나는 민철이의 손을 잡아주었다. 차가운 손이었지만 이내 마음이 따뜻해지는 것을 느꼈다.

배 안은 온통 색색의 꽃으로 가득했다. 하얀 꽃, 노란 꽃, 붉은 꽃, 파란 꽃들이었다. 이런 꽃들은 본 적이 없었다. 민철이는 그 꽃들에 눈을 뗄 수 없었다. 누나한테서 좋은 냄새가 난 것도 바로 이 꽃들 때문인 것 같았다. 누나는 노를 젓기 시작했다.

"그런데 어디로 가는 겁네까? 이 강을 건너 중국으로 가는 겁네까?"

"중국보다 더 좋은 곳으로 가지."

"거기가 어딥네까? 혹시 남조선으로 가는 겁네까?"

민철이는 설레는 마음으로 물었다.

"넌 의심도 많고 궁금한 것도 많은 아이구나. 가보면 알게 돼."

누나는 말없이 노를 계속 저었다.

민철이는 누나에 대해 궁금해지기 시작했다.

"누나는 이름이 뭡네까?"

"나? 바리데기[2]."

"무슨 이름이 그럽네까? 하하."

"……."

---

[2] 오귀 대왕의 일곱째 공주로서 버려진 존재였던 바리데기는, 부모가 병이 들어 약이 필요하게 되었을 때 다른 딸들이 약을 구해올 것을 거절하자 온갖 고생 끝에 서천의 영약을 구해 죽은 부모를 살렸다. 이후 죽은 사람을 저승으로 인도하는 오구신이 되었다.

누나는 갑자기 말이 없어졌다. 민철이는 안절부절 못했다.

"괜찮아. 내 이름을 물어보는 아이는 네가 처음이어서."

"바리데기 누나는 옷도 곱고 얼굴도 곱고 참 이쁩네다."

"바리누나로 부르렴. 그게 부르기 낫겠다."

"네, 바리누나. 누나는 좋은 곳에서 사나 봅니다. 이리 고운 걸 보면……."

바리누나는 잠시 생각에 잠긴 듯 노를 멈추었다. 그리고 민철이를 보며 말했다.

"지금은 잘 지내고 있지. 그렇지만 누나도 무척이나 힘든 때가 있었단다."

"기래요? 어떻게 힘들었습네까?"

바리누나는 말을 바로 잇지 못했다.

"내가 괜한 걸 물어봤습니다. 미안합네다."

"아니야. 미안하긴……. 나는 태어났을 때 부모님께 버림받은 아이였어."

"아니 왜요? 이렇게 예쁜 누나를 왜 버렸습네까?"

"딸이라서. 위로 언니가 여섯명이나 있었거든. 막내인 나는 아들이길 바라셨나 봐."

바리누나는 이야기를 계속했다.

"그런데 나중에 아버지가 아프시다는 이야기를 듣게 됐어. 그 이야기를 듣고 약을 구하러 여기저기 안 다녀 본 곳이 없었지."

"누나는 화도 안 납네까? 어드렇게 누나를 버린 아버지를 살릴 생각을 합네까?"

민철이는 바리누나가 이해되지 않았다.

바리누나의 이야기를 듣던 중 안타까운 사연이 더 있었다. 아버지의 약을 구하러 가던 중 결혼을 하게 되었는데 지금은 남편을 볼 수 없다고 했다. 그나마 자식들이 셋이나 있어 마음의 위안을 얻는다고 했다.

바리누나는 생각보다 험난한 일을 겪은 사람이었다. 이야기를 들으며 민철이는 바리누나의 옛 모습이 자기와 비슷한 점이 많다고 느꼈다. 민철이는 부모님이 돌아가시고부터는 늘 버림받았다고 느껴졌었다. 또 꽃제비가 되기까지 안 해 본 일이 없었다. 다만 바리누나처럼 병 때문에 돌아가신 부모님의 약을 구하러 다니지 못한 것이 후회스러웠다.

바리누나의 눈에 살짝 눈물이 고인 듯했다. 그 눈이 강물에 비쳐 더 투명하고 반짝여보였다. 바리누나는 다시 노를 잡았다. 잔잔히 배가 앞으로 나아가자 민철이는 졸음이 쏟아졌다. 정신을 차리려 해도 도저히 버티기가 힘들었다.

"졸린가 보구나. 잠시 눈 좀 붙이렴."

"그럼 조금만 자고 일어나겠습네다."

민철이는 꽃잎들 위로 몸을 뉘였다. 금세 눈이 감겼다.

"그동안 고생 많았지? 이제 편안히 쉬거라."

바리 누나는 잠든 민철이를 바라보며 들릴 듯 말 듯 한 목소리로 말했다. '후욱' 하고 입김을 불자 색색의 꽃잎들이 민철이의 몸을 덮어주었다. 다시 노래가 시작되었다.

워이 워이 어여 가자 워이 워이 바삐 가자
지난 일랑 모두 잊고 서천꽃밭3) 찾아가자
꽃배 타고 어여 가자 천리만리 바삐 가자
워이 워이 어여 가자 워이 워이 바삐 가자

---

3) 저승과 이승이 연결되어 있는 신비한 꽃밭으로 인간의 탄생과 죽음이 관련 있는 곳
4) 잔소리의 북한말

바리누나의 노랫소리는 그렇게 강에서 점점 작아져갔다. 얼마나 지났을까. 저 멀리 손을 흔드는 강림도령이 보였다.

"날래 멍석 가지고 오라우!"
"똡네까?"
"나 원 이번이 몇 번째인디……."
"벌써 일곱 번째 아닙네까?"
한 경비병이 급히 멍석을 갖고 뛰어왔다.
"잠시만!"
심부름을 시킨 경비병이 멍석을 말려던 경비병에게 말했다.
"이 아이 좀 보라. 어쩜 이리 웃는 얼굴로 갔니? 멍석 말기도 미안하단 말이다."
"그래도 날래 치워야디요. 눈에 띄면 괜스리 우리만 번다소리[4] 듣는단 말입네다."
멍석을 갖고 온 경비병은 부랴부랴 아이의 시체를 멍석에 말아냈다. 들고 가는 멍석 사이로 하얀 꽃잎, 노란 꽃잎, 붉은 꽃잎, 파란 꽃잎이 차례로 떨어졌다.

김이플 _ 2013년 '황금펜아동문학상' 당선작으로 그해 발간된 연간지 『황금펜』에 수록되었다. 강을 건너 탈북하다 죽어가는 아이를 '바리데기' 신화를 빌려 형상화했다. "절망적인 아픈 현실을 아름답게 형상화함으로써 비극적 낙차를 강화"하고 '이승과 저승을 꽃배라는 판타지를 매개로 병치해 동화적인 환상을 창출했다'는 평을 받았다.(심사위원 원유순, 김문홍, 박숙희) 본명 김미애로 2009년 『아동문예』 신인상 동시 당선으로 등단했다.

자꾸 뒤돌아보는 건 부엉이 때문이야

김정

"따라갈 거예요. 나도 갈 거란 말야!"

이번에는 할아버지 바짓가랑이를 꼭 붙들었다. 할아버지가 다리를 흔드는 바람에 금세 손가락이 뻣뻣해졌다.

할아버지는 산으로 목청을 따러 다니신다. 목청은, 덤불 우거진 깊고 맑은 산의 나무 속에 꿀벌들이 만들어 놓은 꿀을 말한다. 우리 할아버지는 평생 목청을 따러 다녀서 꿀이 있는 나무인지 아닌지 척 보면 알 수 있다고 했다. 이 곳 밤골에서 목청 따는 일꾼이 다섯 명 있는데 그 중에 할아버지가 으뜸이란다.

할머니와 밭에서 지내는 것보다 할아버지를 따라가는 일이 더 재미있을 것 같았다. 오늘은 마음먹고 새벽 바람에 일어나서 할아버지를 졸랐다.

"이러다가 늦겠구만. 윤수야, 할부지는 놀러 가는 게 아이라말따!"

할머니가 나서서 나를 달랬다. 할아버지도 두 눈을 크게 치떴다.

"허허, 이눔아가, 아즉은 안 된데이. 좀더 크마 할애비가 델꼬 가꼬마."

"나 힘세단 말야. 꿀바구니 내가 들 수 있어."

아무리 졸라도 안 되는 일이었다.

"조심하이소."

할아버지는 할머니의 인사에 대꾸도 없이 몇 걸음 나가다가 고개를 돌려 나를 바라보았다. 짐짓 화난 얼굴을 했다. 나는 입을 쑥 내밀었다.

할아버지가 지나간 마당에 싸리비 자국만 기다랗게 남았다.

"감자 삶아 가지고랑, 저기 배나무골 밭에 가자. 염생이도 델꼬, 응?"

할머니는 김이 몽실몽실 나기 시작하는 솥의 뚜껑을 열어 바가지로 재게 쇠여물을 휘저으며 말했다. 어쩔 수 없이 할머니와 함께 밭으로 가야 했다.

대충 집안일을 마무리한 할머니가 내 손을 이끌었다. 목에 끈을 길게 늘어뜨린 염소가 경중거리며 우리를 따라왔다.

아직도 산에 가지 못해서 부아가 났다. 사실은 그것만이 아니다. 아빠가 나를 할아버지 댁에 맡기고 간 날부터 기분이 나빴다.

여름 방학이 시작되자, 아빠가 나에게 공기 좋은 시골에 가서 지내는 것이 좋겠다고 했다. 내 말은 들어 보지도 않고 말이다. 나는 엄마가 많이 힘들어 한다는 것을 알았지만, 아빠에게 서운했다. 아빠 말처럼 방학이 되어도 학원 다니느라 할아버지 댁에 자주 올 수 없었다. 어쩌다 내려와도 친구가 없는 시골이 싫었다. 아빠도 그걸 잘 알고 있었다.

할머니와 염소가 뒤따라 오든지 말든지 길을 이리저리 휘저으며 걸었다. 흙길에 굴러다니는 잔돌을 걷어찼다. 뿌연 먼지가 사방으로 내려앉았다. 길 앞쪽에 비틀거리며 자전거를 타고 오는 아이가 있었다. 가까이 올수록 더 비틀거렸다. 자전거를 피하려고 움직이면 그 아이도 나와 같은 방향으로 핸들을 돌렸다. 결국 정면으로 부딪히고 말았다.

"바보야!"

자전거와 함께 길가로 나가떨어진 여자아이는 소리를 꽥 질렀다. 어이가 없었다. 미처 피하지 못한 것은 전데 나한테 도리어 신경질을 부렸다.

"어라, 어데 보자, 괜찮나?"

할머니는 잠시 나를 살펴보더니 여자아이 쪽으로 갔다.

"무르팍에 피 쪼깨 나는 거는 괜안타. 선애야, 일라 보거래이."

나도 그 아이 선애도 크게 다치지 않은 것을 확인한 할머니는, 선애에게 꿀밤을 주었다.

"섬머스마맨쿠로 조심 안 하고."

"할무이예, 자가 부딪혔다 아임미껴."

선애가 나를 턱짓으로 가리키고는 곧장 자전거를 끌고 가 버렸다.

"쯧쯧, 니캉 동무하라꼬 말할라캤더니……."

"누가 동무해? 자전거도 못 타는 지가 바보지, 누구 보고 바보래!"

나는 할머니에게 소리를 꽥 질렀다.

"니가 못 피하고 박았다 안 카나."

할머니는 웃으며 앞장섰다.

어느새 해가 산마루 고개를 넘어가기 시작했다. 아침에 한바탕 소동은 부렸지만 할아버지가 어디쯤 오시나 기다려졌다. 멀리 언덕배기 밤나무까지 이어진 구불구불한 길을 바라보았다. 노을 지는 하늘 끝 길 저쪽에 망태기를 둘러멘 할아버지의 모습이 나타났다. 발등에 걸치고 있던 운동화를 바로 꿰차고 달려갔다.

나를 본 할아버지가 환하게 웃었다.

"잘 놀았나? 우리 윤수 줄 선물 있제."

"뭔데요? 꿀바구니에 있어?"

할아버지의 망태기 안에 손을 넣으려고 했다.

"집에 가서 보제이."

궁금했지만 잠자코 할아버지 손을 잡았다.

마당에 들어서자마자 할아버지는 할머니를 큰 소리로 불렀다.

"아니? 그게 먼미꺼?"

망태기에서 나온 것은 부엉이였다. 커다란 눈을 슴벅슴벅거리며 떨고 있는 아기부엉이였다.

"구렁이가 부엉이 둥지를 덮친 기라. 요놈이 떨어졌디라. 둥지에 넣어 놓고 숨어서 한참 지켜봤다 아이가. 한쪽 날개가 뿌러져 갖고, 얼마 못 가 죽을 것 같았는 기라. 헐 수 없어 델꼬 왔다."

"잘했심더. 안 봤으면 모를까 보고는 산 짐승은 살리야지예."

"꿀은 따지도 못했다, 요놈 땜에."

"시장하지예?"

할머니가 급히 부엌으로 들어가고 할아버지는 종이상자로 부엉이 집을 만들었다. 아기부엉이의 커다랗고 노란 눈을 보자 약간 무서웠다. 동그란 눈에 노랑 색종이를 오려 붙여 놓은 것 같았다. 손가락으로 꼬리를 살짝 만져 보았다. 가만히 있었다.

마루 밑에 다가온 검둥이가 부엉이를 신기한 듯 쳐다보았다.

"윤수야, 손 씻고 얼른 오이라. 밥 묵자."

할머니가 부엌에서 밥상을 들고 나오면서 불렀다. 그 때 전화벨이 요란스럽게 울렸다.

"애비가, 와? 그래 그래, 우짜노? 알았다. 아부지하고 의논하꼬마. 그래 그래…… 오냐."

무슨 일이냐고 할아버지가 눈으로 물었다.

"윤수야, 많이 묵거래이."

할머니는 모른 척 아무 말도 하지 않았다. 저녁상을 물린 뒤 나는 아기부엉이에게 정신이 팔려 있었다. 할머니의 자근자근한 말소리가 들렸다.

"에미가 그 뭐냐, 임신중독이라꼬 하네예. 며늘아 친정 어무이는 빨래하다가 미끄러져 가꼬 꼼짝도 몬한다꼬예. 산모 수발들 사람이 없다 카네예. 안 그래도 늦둥이라……."

할아버지의 담배 연기가 대청마루를 솔솔 떠돌고 있었다.

다음 날 눈을 떴을 때 할머니는 벌써 서울로 떠나고 없었다. 할아버지는 산에 가지 않았다. 대신 집안 일을 돌봤다. 염소와 소가 먹을 풀을 베어 오고, 뒷마당에 있는 창고 문짝도 다시 고쳤다.

노란 눈의 아기부엉이는 꼭 장난감 부엉이 같았다. 내가 생고기를 손바닥에 올려놓고 들이밀었는데도 아기부엉이가 본 척도 않고 날개 사이로 고개를 넣었다. 둥지에서 떨어져 엄마도 없는 낯선 곳에 왔으니 아기부엉이가 얼마나 무섭고 불안할까 싶었다. 부엉이 마음을 알 것도 같았다.

"할배요, 기시능교?"

머릿수건을 뒤집어쓴 아주머니와 어제 그 선애라는 여자아이가 마당으로 들어섰다.

"할배요, 이거 좀 자셔 보이소."

"고맙꾸로."

선애가 부침개와 찌개를 마루 귀퉁이에 올려놓았다.

"큰손잔갑네."

"윤수야, 절 하거래이."

난 속으로 구시렁거렸다. 시골에 오면 할아버지는 뻑 하면 마을 사람들에게 절하라고 한다. 고개만 숙이는 인사 말고 무릎 꿇고 엎드려 하는 절 말이다.

"안녕하세요?"

"그래, 우리 선애는 어제 봤담서? 친하게 지내라이."

선애도 나도 멀거니 서로 바라보았다. 가까이에서 다시 보니 선애의 눈이 부엉이만큼 커다랬다. 햇살이 반짝이는 눈이었다.

"그랬나? 윤수야, 선애하고 부엉이한테 가 봐라."

"부엉이가 어데 있습디껴?"

선애보다 선애 엄마가 먼저 물었다.

"허, 그게 말따. 산에 갔다가 주워 왔다."

어른들의 이야기를 뒤로 하고 툇마루 쪽으로 걸음을 옮겼다. 선애가 뒤따라왔다.

"정말 부엉이 있나?"

"속고만 살았냐!"

말이 순하게 나오지 않았다.

"그건…… 야! 그냥 묻는데 심장 상하게 그렇게 대답하나?"

좀 미안해졌다. 부엉이 상자를 살짝 열었다.

"자, 봐. 신기하지?"

"옴머나, 진짜네."

상자를 들여다 본 선애는 방금 전 일을 잊은 듯 밝게 미소 지었다. 스스럼없이 아기부엉이 부리며 꼬리, 날개 할 것 없이 여기저기 만지작거렸다.

"우리 집에는, 흰 사슴 있데이."

선애가 왠지 뻐기는 것 같아 심술이 솟았다.

"그까짓 것."

"하얀 사슴 본 적 있나?"

난 할 말이 없었다. 언뜻 텔레비전에서 본 동물들이 생각났다.

"흰 호랑이도 보고, 흰 뱀도 봤다. 흰 건 많아."

"흐흥, 그딴 거 말고, 하얀 사슴은 못 봤제?"

"안 보고 싶어. 부엉이가 더 신기하지!"

마음은 안 그런데 자꾸 말이 엇나갔다.

선애는 기분이 상한 듯 입을 꾹 다물었다. 곧 빨개진 얼굴로 거칠게 말을 내뱉었다.

"니, 참 못됐다. 머시매가 허예 가지고는, 흥!"

선애가 벌떡 일어나 나를 노려보더니 돌아서 밖으로 나가 버렸다.

"자가 와 그러노?"

할아버지와 얘기하던 선애 엄마가 놀라 물었다. 나는 도리질을 쳤다.

'치, 그렇다고 도망은 왜 가?'

"할배요, 조석 걱정 마이소. 집에 와서 자시든지……."

할아버지는 얼른 손을 내저었다.

"선애 어매, 걱정 마라. 괜찮으이. 까짓 몇 끼쯤이야."

"그라마 지가 필요함 언제든지 말씀하이소."

봉당을 내려오며 아주머니는 부엉이를 보았다.

"부엉이 잡았다카디, 아즉 얼라구마. 쯧쯧, 날개가 부러졌네예."

"글씨 말야, 너무 어려서 잘 아물지 모르겠으이."

"선애 아부지보고 한 번 봐라카께예."

"안 그래도 갈라겠디라. 우리 마실에서 짐승은 선애 아부지가 젤로 잘 보재."

"기시소. 가 볼랍니더."

"음석 잘 먹으꼬마."

선애 엄마가 잰걸음으로 나간 뒤 할아버지가 말했다.

"윤수야, 고놈 아즉도 안 먹나?"

"응, 죽으려나 봐."

"자꾸 그렇게 상자를 끌고 댕기지 말거래이. 안 그래도 놀란 부엉인
데, 저기 구석에 놔둬라. 지금 낮이라 더 그럴 끼다."

부엉이가 점점 기운을 잃어가는 것 같아 정말 걱정이 됐다. 오후에 선
애 아빠가 왔다. 부엉이를 살펴보더니 데리고 갔다. 저녁 때 다시 온 부
엉이는 한쪽 날개에 작은 부목을 대고 있었다. 다행히 많이 다치지 않았
다고 했다. 갑갑하고 불편해서인지 쿠룩쿠룩 소리도 내고 날개를 자주
퍼덕거렸다. 그래도 노란 눈을 연신 두리번거리는 것이 아침보다 훨씬
나은 것 같았다.

"오냐 오냐, 다행이다. 에미가…… 됐데이, 됐어. 욕 봤다. 걱정 마라
캐라……."

된장국에 밥 말아 저녁을 먹고 난 뒤였다. 전화를 받은 할아버지는 활
짝 웃었다.

"윤수야, 니 여동상 생겼데이."

"응? 엄마가 아기 낳았어요?"

"그래 그래, 좋제? 아들이었으마 더 좋겠다만 다 건강하다카이 됐다.
삼신할매가 도운 기라."

할아버지는 사립짝에다 새끼줄을 꼬아 매고 숯과 솔가지를 걸었다.

"얼라 있는 집은 이렇게 해야 한데이."

"할아버지, 아기는 여기 없잖아요."

"그래도 우리 집안에 얼라 생겼다고 동네에 알리는 기 풍습이다."

다음 날, 할아버지가 논에 가고, 나 혼자 집에 있을 때였다.

상자 안 아기부엉이를 보고 있는데, 불쑥 깡통 하나가 눈앞에 들어왔

다. 선애였다.

"이거, 부엉이 먹여 봐라."

어이구머니, 아, 글쎄 선애가 가지고 온 깡통에 벌건 지렁이가 우글우글하였다.

"야아, 저리 치워, 징그러워!"

선애는 깡통에서 지렁이를 맨손으로 집어내더니 아기부엉이 가까이 가져갔다. 신통하게도 아기부엉이는 순식간에, 정말 '마파람에 게 눈 감추듯 한다'는 속담처럼 홀딱홀딱 먹어치웠다.

"잘 먹네."

무슨 여자애가 저런지 모르겠다. 우리 반 여자애들 같으면 당연히 징그럽다고 난리가 났을 거다. 온몸에 소름이 오소소 돋아났다. 내가 부르르 몸을 떨자, 선애는 오히려 내가 한심스럽다는 듯이 눈을 흘겼다.

그때였다. 마당에 있던 검둥이가 풀쩍 봉당으로 뛰어 올라왔다. 부엉이가 놀라 푸드덕거렸다.

"검둥아, 검둥아. 저리 가!"

선애가 검둥이를 잡으려고 했지만 만만치가 않았다. 검둥이는 우리가 저와 노는 줄 아는지 부엉이 주변을 이리 저리 뛰어다녔다. 선애가 가지고 온 반찬 그릇이 다 엎질러지고서야 겨우 검둥이를 붙잡았다.

아기부엉이가 노란 눈을 슴벅거리며 몸을 부들부들 떨었다. 컥컥거리면서 목구멍으로 이상한 소리를 내었다.

"야, 안 되겠다. 우리 아빠한테 델꼬 가자."

선애가 불안한 목소리로 말했다. 나는 고개를 끄덕였다.

할아버지가 걱정하실까 봐 종이에 글씨를 커다랗게 써서 방문에 붙여 놓았다.

'할아버지, 부엉이 데리고 선애 집에 가요.'

마당 한 구석에 선애가 타고 온 자전거가 있었다. 선애는 퉁명스럽게
말했다.

"자전거 잘 타나? 그라마 니가 앞에 타라."

나는 히죽 웃었다. 자전거하면 강윤수 아니겠어. 옆집 뚱뚱이 꼬마 형
철이를 태우고도 아파트를 거뜬히 돌 수 있는데, 뭐. 자전거를 일으켜,
마당 한 바퀴 빙 돌았다. 나는 선애 앞에다 자전거를 부드럽게 세웠다.

"타라."

선애는 장바구니에 넣은 아기부엉이를 안고 냉큼 자전거 뒷자리에 올
라탔다.

"잡아야지! 넘어지잖아."

나는 괜히 멋쩍어서 소리를 질렀다. 화들짝 놀란 선애가 내 허리를 두
손으로 잡았다. 등 뒤쪽이 후끈했다. 들풀향이 나는 것도 같았다. 나는
자전거 손잡이를 꽉 잡고 어깨에 힘을 주었다.

선애네 농장은 마을에서 떨어진 산비탈 쪽에 있었다.

우리가 자전거에서 내리자, 마침 농장에서 오는 듯 작업복 차림의 선
애 부모님과 선애 동생 선호가 마당으로 들어섰다.

"안녕하세요?"

"그래, 시골이라 심심하제. 점심 얼릉 해주꾸마."

한눈에도 개구쟁이처럼 보이는 선호가 해죽 웃으며 내 곁으로 왔다.

"아, 힝아가 그 멀대 형이구나."

선애가 선호 볼을 잡고 흔들더니 부엌으로 가 버렸다.

"엄마, 검둥이 때문에 그릇 다 엎었데이, 다시 담아도고."

선애의 큰 목소리가 들렸다.

선애 아버지가 상자 안 부엉이를 들여다보며 말했다.

"괜찮다. 며칠 두고 봐야겠지만 잘 아물고 있다."

선애 아빠가 아기부엉이를 살펴볼 동안, 나는 선애와 함께 선애네 농장 구경을 했다.

농장에는 사슴이 많았다. 엄마 꽃사슴 옆에 정말 하얀 아기사슴이 있었다. 철망 울타리 사이로 뽕나무 가지를 내밀었다. 뽕잎을 먹느라 입을 오물거리는 모습이 귀여웠다. 구릿한 냄새가 좀 나기는 했다.

선애 부모님 허락을 받고, 오후에는 우리끼리 놀기로 했다. 꼬맹이 선호는 연신 헤헤거리며 내 손을 놓지 않았다.

"나만 믿어. 재미있게 놀 데야 무진장 많으니까."

선애가 하자는 대로 했다. 그런데도, 하나도 속상하지 않고 오히려 선애가 다음엔 뭘 할까 기대되었다. 셋이서 달리기만 해도 자꾸 웃음이 났다. 햇볕에 그을린 선애의 갈색 피부가 보기 좋았다.

"부엉이가 개구리 같은 것도 먹을 끼다. 우리, 논에 가 보자."

"개구리? 그걸 어떻게……."

선애가 앞장서 논두렁 쪽으로 달려갔다. 내 손을 잡아끄는 선호에게 이끌려 선애 뒤를 따랐다.

논두렁 수로에 선호와 선애가 미꾸라지 잡는다고 덤벙덤벙 들어갔다.

"니도 들어온나, 야, 머스마가 겁이 와 그리 많노?"

"옷 버릴까 봐 그러지."

나는 선애의 말에 은근히 화가 나 투덜거렸다. 신발을 벗고 물에 발을 담갔다. 미끌거리기도 하고 발바닥이 이상했다. 두 눈을 부릅뜨고 발밑을 살피는데, 갑자기 선애가 개구리를 잡아서 내게 던지는 바람에 물구덩이에 넘어졌다.

"으악이이……."

나는 물이끼 쪽으로 미끄러져 일어나지 못하고 버둥거렸다. 그런 내 모습을 보고 선애와 선호가 배를 잡고 웃었다.

"하하하……."

물에 흠뻑 젖고 보니 더 이상 조심스러울 것도 없었다. 선애와 선호에게 물을 막 퍼부었다. 눈싸움하듯이 물싸움이 벌어졌다. 목이 쉬도록 소리를 질렀다.

다음 날 시골 와서 처음으로 늦잠을 잤다. 환한 햇살이 창호지를 뚫고 들어와 눈이 부셨다. 한껏 기지개를 켜며 자리에서 일어났다. 아빠 말처럼 공기가 좋아 몸도 마음도 맑아지는 느낌이었다.

'이제 보니 니 참 괜찮은 머시마다.'

선애가 헤어지면서 내 귀에 속삭이던 말이 따뜻한 안개가 되어 자꾸만 머릿속을 맴돌았다.

"윤수 깼나?"

할아버지가 헛기침을 하며 방문을 열었다.

그 때 마당에서 자동차 소리가 들렸다. 아빠가 왔다. 할아버지께서 놀라지 않으시는 걸 보니 아빠가 내려온다고 미리 전화를 했던 모양이었다.

"우리 윤수 잘 지냈니? 녀석, 흰둥이가 그 새 많이 탔구나."

마치 아빠를 아주 오랫동안 보지 않았던 것처럼 낯설고 반가웠다.

"엄마는?"

"할머니하고 집에 있지. 이쁜 여동생이랑."

할아버지가 대청마루에서 우리를 흐뭇한 표정으로 보고 있었다. 아빠가 내 머리를 한 손으로 헝클며 말했다.

"아버지, 지금 서울 가입시더. 손녀도 보시고."

"짐승 때문에 갈 수가 있나."

말은 그렇게 하면서도 할아버지가 벙싯 미소를 지으시는 걸 보니 서울에 가고 싶으신가 보다.

"선애네 부탁하면 될 겁니다. 선걸음에 지금 가보지요. 뭐."

아빠가 선애 집에 올라가자, 할아버지는 이것저것 챙기기 시작했다.

"윤수야, 저 꿀통도 챙겨 넣거래이."

"할아버지, 부엉이는 어떡해요?"

얼핏 선애 얼굴이 떠올랐다. 나는 허리를 굽혀 상자를 들여다보았다. 아기부엉이가 잔뜩 웅크리고 있었다.

아빠와 함께 선애 엄마와 선호가 마당으로 들어섰다. 나도 모르게 누가 또 오는지 뒤를 살폈다.

"걱정 마이소. 지가 할배 집 돌볼 테니 서울 갔다 오이소."

"힝아도 가나? 그라마 아기부엉이 나 주라."

선호의 말에 선애 엄마가 웃으며 거들었다.

"할배요, 고마 부엉이 우리 주이소. 선애 아부지가 잘 돌볼 깁니더."

"그라마 안심이데이. 날개 나을 때까정은 사람이 돌봐야제."

나는 선호의 팔을 잡아당기며 작은 소리로 물었다.

"누나는?"

"집에 있다. 힝아 서울 간다고 했는데, 암말 안 했다. 힝아, 또 올 끼제?"

"그럼, 너! 우리 부엉이 잘 봐야 한다."

할아버지와 내가 차에 타자 아빠는 천천히 차를 몰았다.

선호는 두 손을 머리 위로 높이 들고서 마구 흔들었다. 부엉이 상자를 안고 있던 선애 엄마도 손을 흔들었다. 차가 골목을 다 빠져나왔는데도 선애의 모습은 보이지 않았다. 길가 미루나무의 초록빛 잎들이 바람에 하르르 흔들렸다.

"저기 선애 아이가? 섬머스마 맨쿠로 어데를 저리 가는 기고."

할아버지 말씀에 뒤돌아보니 선애가 우리 차 뒤를 따라오고 있었다.

자전거가 돌부리에 걸렸는지 비틀거렸다. 넘어질까 봐 나도 모르게 손에 힘이 들어갔다. 주먹을 꼭 쥐었다.

"윤수야, 똑바로 앉거래이. 인자 고마 뒤돌아보고."

"부엉이 괜찮을까?"

"허허, 우리 윤수가 부엉이하고 정이 많이 들어 버릿구면."

차가 마을 어귀를 지나 신작로에 들어섰다.

선애는 두어 번 비틀거렸지만 머리카락을 휘날리며 야무지게 달리고 있었다. 내 주먹만큼 작아진 선애의 자전거는 당산나무를 돌았다. 어제 우리가 놀았던 논두렁을 지나면서, 달리던 자전거가 스르르륵 뒤로 밀려갔다.

"아이쿠, 윤수야! 할애비를 자꾸 발로 차마 되나. 고마 돌아보거래이."

순식간에 선애의 모습이 새끼손톱만 해졌다. 얼음 조각을 먹을 때처럼 목구멍이 알알했다. 나는 또다시 힐끗 뒤돌아보며 중얼거렸다.

"부엉이 때문이야. 아기부엉이 때문이라니까."

김정 _ 2003년 푸른문학상 '새로운 작가상' 추천우수작으로 그해 수상작품들을 묶은 『김홍도, 무동을 그리다』에 실렸다. 여름방학을 맞아 할아버지 집에 내려온 윤수가 시골 소녀 선애와 상처 입은 아기부엉이를 만나면서 자연의 삶에 동화되어 가는 모습을 담았다. "인물의 성격이 잘 드러나는 맛깔스런 사투리와 소박하면서도 건실한 주변 인물의 묘사" 등으로 잔잔하게 이야기를 끌고 가는 작품이라는 평가를 받았다.(심사위원 강숙인)

할머니의 숙제

노혜진

겨울 햇살이 아침을 알렸습니다. 유리창에 핀 성에꽃이 녹으며 물방울이 흘러내렸습니다. 할머니는 창문을 부지런히 닦았습니다. 날이 추워지면 녹은 물기가 다시 얼어붙기 때문입니다. 할머니가 힘을 줄 때마다 창문은 덜거덩덜거덩 소리를 냈습니다.

"할머니, 또 청소해?"

결이가 내복 차림으로 눈을 비비며 거실로 나왔습니다. 할머니는 청소하는 것을 좋아했습니다. 텔레비전도 뉴스만 나오면 탁 끄고 마른걸레로 화면을 닦아냈습니다. 신문도 쌓이기 무섭게 눈에 안 보이는 곳으로 싹싹 치웠습니다.

"아고, 우리 결이 벌써 일어났네? 방학인데 좀 더 자지 않구."

할머니는 부엌으로 향했습니다. 할머니 등 뒤에서 알싸한 파스 냄새가 났습니다. 결이가 할머니 뒤를 따라가며 말했습니다.

"할머니, 나 방학숙제 해야 해."

"숙제? 이학년 올라간다고 할 일도 많아지는구나. 괜찮아. 못해도 좋으니까 그냥 밥 잘 먹고 건강하게 크면 되어."

가지런히 두부를 썰던 할머니가 말했습니다. 결이는 방학숙제 잘해오면 개학날 큰 상을 준다던 선생님 말이 생각났습니다. 결이는 여름방학 때처럼 유나에게 지기 싫었습니다. 명색이 부반장인데 무엇이든 제일 잘하고 싶었습니다. 결이가 할머니에게 종이를 내밀었습니다.

"할머니, 봐봐. 방학 안내문이야."

할머니는 종이를 읽어 내려갔습니다. 중간쯤 읽자 결이가 집게손가락으로 한 곳을 가리켰습니다.

"할머니, 이거 읽어봐."

"이거? 어디 보자. 선택 과제. 첫째는 여행 다녀와 보고서 쓰기, 둘째는 가족신문 만들기. 음, 두 개 중에 하나를 고르면 되겠구나."

식탁 위에 턱을 괴고 앉은 결이가 할머니에게 물었습니다.

"할머니, 우리 여행 갈 수 있어?"

"여행? 아무래도 힘들지. 할아버지도 나도 일 때문에 여행은 어렵잖아."

"피. 난 보고서 쓰기 하고 싶은데."

결이가 시무룩하게 대꾸했습니다. 할머니는 아픈 어깨를 두드렸습니다. 고민이 있으면 할머니는 버릇처럼 어깨를 만졌습니다. 찬바람이 부는 듯 가슴 한 편이 시려왔습니다. 가만히 할머니를 살피던 결이가 어색하게 웃으며 말했습니다.

"할머니, 괜찮아. 나 보고서 쓰기 대신 가족신문 만들래."

할머니는 어깨를 두드리던 손을 멈췄습니다.

"그래도 되겠어? 우리 결이 착하구나. 결아, 할아버지가 곧 신문 가져오실 테니까 그거 보고 만들어봐."

"아! 그럼 되겠다."

결이가 발딱 일어났습니다. 좋아하는 결이를 보자 할머니 마음도 편안해졌습니다.

때마침 현관문이 열렸습니다. 건물에서 경비를 서는 할아버지가 아침 교대를 마치고 오는 길입니다. 결이는 할아버지보다도 신문이 반가웠습니다.

"할아버지! 신문 주세요."

안경에 하얗게 서린 김도 닦아내지 못한 채 할아버지는 결이에게 신문을 내주었습니다. 신문을 넘겨보던 결이가 얼굴을 찡그렸습니다.

"할머니, 뭘 보고 만들어야 해? 기사가 열 개도 넘어."

할머니가 결이 옆에 붙어 앉아 신문을 뒤적였습니다. 사실 할머니는 신문 보는 것을 싫어합니다. 알고 싶지 않은 사건들이 많아서였습니다. 아니나 다를까 빙판길 사고 발생이라는 큼직한 제목 밑에 자동차 두 대가 부딪혀 형체를 알 수 없게 찌그러진 사진이 보였습니다. 할머니는 아들 생각에 가슴이 철렁 내려앉았습니다. 서둘러 다음 장을 넘겼습니다. 뒷장에는 메달을 달고 환하게 웃고 있는 운동선수 기사가 보였습니다. 할아버지는 영문을 몰라 결이와 할머니에게 물었습니다.

"왜? 무슨 일인데? 신문에 뭐가 났대?"

밤을 지새운 탓에 할아버지는 졸음이 몰려왔습니다. 할아버지가 길게 하품을 했습니다. 결이가 할아버지에게 말했습니다.

"할아버지. 나 신문 만들어야 해요."

"신문? 이런 녀석두, 말도 안 되는 소리를……. 네가 어떻게 신문을 만들어?"

답답한 마음에 결이가 한숨을 폭 내쉬었습니다.

"아니, 진짜 신문 말고 가족신문요. 방학숙제 해야 한다고요. 그런데 이것처럼 못 만들겠다. 어떡해. 너무 어려워."

결이는 개학날 빈손으로 갈까봐 벌써부터 걱정이 들었습니다. 다른

아이들보다 잘하면 잘했지 못하고 싶지 않았습니다. 학교에서는 무엇이
든 척척 잘하고 어른스러운 결이도 집에서는 어리광쟁이였습니다.

"할머니, 할아버지, 신문 만들기 해봤어요?"

할머니와 할아버지가 고개를 가로저었습니다. 결이는 금방이라도 울
음이 나올 것 같았습니다. 할머니는 난감했습니다. 아이들 숙제가 왜 이
렇게 어려운지 속이 상했습니다.

자명종 시계가 댕댕 울리며 여덟 시를 알렸습니다. 결이는 돌봄 교실
에, 할머니는 가게에 나갈 시간입니다. 할머니는 시계 곁에 걸어놓은 빛
바랜 사진을 보았습니다. 아무것도 모르는 아들 내외가 빙그레 웃고 있
었습니다. 도망치듯 떠난 자식들이 미웠습니다. 할머니는 소화제를 마
셨습니다. 답답했던 명치의 통증이 그제야 사라졌습니다. 할머니를 지
켜보던 할아버지가 결이에게 말했습니다.

"이 녀석아. 뭐가 걱정이야. 너 돌봄 교실 나가잖아. 가서 선생님한테
물어보면 되지."

할아버지가 두툼한 손으로 결이의 양 볼을 꼬집었습니다. 결이 얼굴
이 밝아졌습니다.

"아, 그래야겠다. 유나도 오니까, 유나는 어떤 숙제 하는지도 물어봐
야지."

결이 말에 마음이 놓인 것은 할머니였습니다. 할머니도 가게에 나가
면 젊은 손님들에게 물어봐야지 하고 마음먹었습니다.

갓 나온 시루떡을 좌판에 올리며 할머니는 이제나저제나 손님을 기다
렸습니다. 할머니네 떡집은 도로와 이어진 시장길 어귀에 있었습니다.
길을 오고가는 사람들은 많았지만 떡집을 찾는 사람이 좀처럼 없었습니
다. 오후가 되자 한 손님이 떡집을 찾았습니다.

"이거 두 팩 주세요."

한 손에 장바구니를 든 아주머니가 떡볶이 떡을 가리키며 말했습니다. 할머니가 검은 봉지에 떡을 담으며 물었습니다.

"아이들 간식인가 봐요? 혹시 애들이 여기 초등학교 다녀요?"

"네. 이학년하고 사학년, 그렇게 둘이에요."

아주머니의 말에 할머니가 반가운 표정을 지었습니다.

"아, 그럼 잘 알겠네요. 실은 우리 손녀 방학숙제를 도와줘야 하는데, 내가 도통 몰라서 말이에요. 뭐 하나만 물어봐도 되겠어요?"

"예. 물어보세요."

미안한 마음에 할머니는 포장하지 않은 시루떡 몇 점을 아주머니에게 건네며 물었습니다.

"저기 말이오. 가족신문을 만들어야 하는데, 그거 어떻게 만드는 거요?"

아주머니는 떡을 받아 오물오물 씹었습니다.

"어머, 이거 맛있네요. 가족신문이면, 그거 하나도 안 어려워요. 가족 이름 쓰고 옆에 소개하면 돼요. 아빠 누구, 엄마 누구, 어디에서 어떤 일을 하는지 무엇을 좋아하는지 말이에요. 가족 이야기를 기사처럼 만들면 돼요."

"가족 이야기요?"

"네. 별거 없어요. 가족신문이니까 그냥 가족사진을 붙이고 옆에 이야기를 쓰세요. 애들 숙제가 다 그렇고 그렇잖아요. 일학년 숙제면 뭐 그냥 형식적인 거죠. 아고, 춥다. 여기 두 팩이니까 오천 원 맞죠?"

가격을 치른 후 아주머니는 자리를 떴습니다. 혼자 남은 할머니는 체한 듯 갑갑한 기운이 들었습니다.

'가족 이야기를 어찌 쓰나.'

가슴이 조여왔습니다. 할머니는 가방 안을 열어보았습니다. 가게 열쇠와 지갑, 휴대폰이 전부였습니다.

'소화제를 어디 뒀더라.'

결이 숙제를 신경 쓰느라 약 챙기는 것을 깜박한 것이 그제야 생각났습니다. 할머니는 어쩔 수 없이 크게 숨을 내쉬었습니다. 명치가 눌리고 머리가 띵했습니다. 떡시루에서 하얀 김이 피어올랐습니다. 할머니는 덜덜 떨리는 손으로 솥뚜껑을 열었습니다. 뜨거운 열기가 얼굴을 감쌌습니다. 때마침 시장 옆 도로 위를 구급차가 지나고 있었습니다. 사이렌 소리가 요란했습니다.

'삐오삐오. 애앵!'

그 순간 할머니 눈앞에 그날 중환자실에 누워 있던 아들 내외 얼굴이 떠올랐습니다. 가슴 깊이 묻어두었던 기억이 파도처럼 밀려왔습니다. 할머니 등에 업힌 결이가 앙, 하고 울음을 터뜨렸습니다. 배가 고파 엄마를 찾는데, 할머니는 움직일 수가 없었습니다. 아들과 며느리의 얼굴 위로 하얀 천이 덮였습니다.

'얘들아, 안 된다! 석아! 석아!'

하얀 연기 속으로 아들이 흐물흐물 사라지고 있었습니다. 다급한 마음에 할머니는 손을 뻗었습니다. 할머니의 오른손이 솥 언저리에 닿았습니다. 뜨거운 열기가 손을 할퀴었습니다. 할머니는 화들짝 놀라 정신을 차렸습니다. 온몸에 식은땀이 흘렀습니다.

'왜 또.'

할머니는 손을 바라보았습니다. 발갛게 덴 상처가 따끔따끔 아파왔습니다.

"어쩌다 다치셨어요?"

할머니 손을 살펴보던 약사가 말했습니다. 약사는 선반을 둘러보며 약을 골랐습니다. 할머니가 의자에 앉아 대꾸했습니다.

"그러게요. 괜스레 잡지도 못할 걸 잡다가 손을 데었네요."

할머니는 애써 웃음 지었습니다. 약사가 할머니를 돌아보며 말했습니다.

"화상에 바르는 연고랑 밴드 드릴게요. 참, 소화제랑 파스도 드릴까요?"

약사의 말에 할머니가 고개를 끄덕였습니다.

할머니는 약국의 단골손님입니다. 일을 마치고 집에 가는 길이면 어김없이 약국에 들러 소화제와 파스를 샀습니다. 약사는 익숙하게 할머니에게 약봉지를 건넸습니다.

"연고 바르시면 화끈거리는 증상은 좀 가라앉을 거예요. 혹시 진물이 나면 병원에 가보셔야 해요. 화상이라 감염되면 고생하세요."

병원이라는 말에 할머니는 쓸쓸한 표정을 지었습니다. 아들이 떠나던 날의 기억 때문에 피할 수 있으면 피하고 싶은 것이 병원이었습니다.

"괜찮아요. 소화제 먹고 파스 붙이면 다 괜찮았던 것처럼. 이것도 차차 아물겠죠."

할머니는 가방에 약봉지를 가만가만 집어넣었습니다.

"할머니 괜찮아?"

결이가 할머니 곁을 떠날 줄 모릅니다. 텔레비전에서 만화가 끝나는 줄도 모르고 결이는 할머니의 다친 손만 쳐다보았습니다. 할머니는 상처에 연고를 발라 널찍한 밴드로 싸맸습니다. 밤 근무를 나가야 하는 할아버지도 걱정이 태산이었습니다.

"당신, 병원 안 가도 되겠어? 하필 오른손을 다쳤으니. 불편해서 큰일이네."

할머니는 말이 없었습니다. 텔레비전에서 저녁 뉴스를 시작했습니다. 할머니는 얼른 일어나 텔레비전을 껐습니다. 그러고는 제자리에 앉아 왼손에 걸레를 들었습니다. 할머니는 세상의 나쁜 소식도 걸레로 싹싹 문질러 닦아내고 싶었습니다. 할아버지가 할머니 손에 든 걸레를 빼앗듯 집어 들었습니다.

"그만 닦아. 좀 쉬어."

할아버지는 결이의 눈치를 살피며 조심스레 말했습니다.

"지난 일은 이제 그만 잊어. 병원도 말이야. 그러니까."

할머니가 시린 눈빛으로 할아버지를 쳐다보았습니다. 할아버지는 말을 잇지 못했습니다. 결이가 되물었습니다.

"할머니, 병원 무서워서 그러지? 내가 같이 가줄까?"

할머니는 고개를 가로저었습니다.

"아니야. 약 발라서 괜찮아. 그런데 결아. 그 방학숙제 말이야. 그거 꼭 해야 하는 거니? 상 안 받아와도 좋으니까. 그냥 말이다……."

"안 돼, 할머니. 숙제는 꼭 해갈 거야. 내가 돌봄반 선생님한테 물어봤는데, 하나도 안 어려워. 그냥 우리 가족 소개하는 거야."

할머니는 졸아드는 마음을 숨기며 결이의 머리를 쓰다듬었습니다.

"그게 말이야. 결아, 가족 이야기를 신문으로 만드는 건……."

"걱정 마, 할머니. 선생님도 도와주신대. 유나도 가족신문 만든다고 해서 오늘은 만들기 시간에 이거 했어. 봐봐, 할머니."

결이가 가방에서 도화지를 꺼냈습니다. '결이네 신문'이라는 제목이 할머니 눈에 들어왔습니다. '1면: 가족을 소개합니다'라는 공간에 그림이 그려져 있었습니다. 결이가 눈을 반짝이며 말했습니다.

"이것 봐, 할머니. 우리 집이야. 이건 청소하는 할머니고, 이건 신문

보는 할아버지야. 책을 읽고 있는 건 나야. 선생님이 그러는데, 사진 대신 그림을 그려도 된대. 그리고 이건……."

할머니는 그림을 물끄러미 보았습니다. 활짝 열린 창문 그림이었습니다. 창문 너머로 두 사람이 환하게 웃으며 집안을 바라보고 있었습니다. 결이는 그림을 손으로 가리켰습니다.

"할머니, 이건 말이야. 엄마랑 아빠야."

끝마디 말이 할머니의 심장을 파고들었습니다. 그림 옆으로 결이가 적어 넣은 글이 보였습니다.

우리 가족은 다섯 명이다. 나, 할머니, 할아버지가 함께 산다. 엄마와 아빠는 하늘나라에 산다. 내가 어렸을 때 하늘나라에 가셨다. 슬프지만 난 할머니랑 할아버지가 있어서 괜찮다. 또 가족사진이 있어서 엄마 아빠를 늘 볼 수 있다. 할아버지는 밤을 지키는 경비원이다. 할머니는 우리 집 청소 대장이다. 그래서 우리 집은 항상 깨끗하다. 하지만 청소를 많이 해서 어깨도 아프고 속도 아프다. 할머니는 날마다 파스를 붙이고 약을 드신다. 그래서 걱정이다. 나는 할머니랑 할아버지가 제일 좋다. 우리 가족은 좋은 가족이다.

"할머니, 어때 가족신문 잘 만들었지? 그치?"

결이가 신이 나서 말했습니다. 할머니는 뚫어져라 가족신문을 쳐다보았습니다. 할머니는 명치를 꽉 눌러왔던 응어리진 숙제가 순간 탁, 하고 풀린 것 같았습니다.

할아버지가 할머니를 대신해 결이에게 말했습니다.

"우리 결이. 잘했구나. 참 잘 만들었어."

칭찬을 받은 결이가 반색을 했습니다.

"할아버지, 내일은 말이야. 우리 가족 소식을 신문으로 만들 거야. 할아버지가 건물 지키는 이야기도 써줄까?"

"그래. 그래 주면 좋지."

"할머니는? 음. 아무래도 할머니는 손 다친 이야기를 써야겠어."

생기 넘치는 결이 모습에 할머니 눈가가 촉촉하게 젖어왔습니다. 할머니가 말했습니다.

"그래. 할머니 이야기도 써줘. 아픈 곳 다 나아서 씩씩해진 이야기로 알았지?"

말을 마친 할머니가 다친 손을 쳐다보았습니다. 쿡쿡 쑤시며 몸으로 퍼지던 통증이 잠잠하게 사그라졌습니다. 할머니는 어룽어룽 눈물이 고인 눈으로 가족사진을 올려다보았습니다. 사진 속에서 아들이 환하게 웃고 있었습니다.

노혜진 _ 2016년『아동문학평론』신인상 동화 부문 당선작으로 그해 여름호에 수록되었다. 사고로 부모를 잃고 조부모와 사는 결이의 이야기를 담았다. "다소 진부한 소재임에도 동심을 밝게 형상화한 점"이 주목되었고, "반전의 미학과 함께 아름다운 동심을 껴안고 있"는 작품이라는 평가를 받았다.(심사위원 박상재)

춤

박가연

움직이는 나무 얘기 들어봤니? 사실 식물들은 모두 조금씩 움직일 수 있어. 다만 사람들이 눈치 채지 못할 정도로 느릴 뿐이야. 근데 이런 식물 중에서도 더 많이 움직일 수 있는 애들이 있어. 그게 바로 내 몸통 왼쪽 부분이었지. 어느 순간부터 가슴팍이 간질간질한 걸 느꼈을 때 나는 이 부분을 자유롭게 움직일 수 있다는 걸 깨달았어. 힘을 세게 줄 때마다 콩콩 소리가 나면서 흔들렸거든. 그때 내 꿈이 뭐였냐고? 춤추는 나무였어. 자유로운 이파리처럼 말이야. 나는 지금 방에서 노래를 들으며 그때를 꿈꾸고 있어.

"영운아, 지금 시간이 몇 신 줄 아니? 아직도 그 문제집만 풀고 있어? 중학교 가서 어떡하려고 그래? 자꾸 음악 들으면서 공부하니까 시간 내에 못 끝내지. 집중하란 말이야, 집중!"

어휴, 시끄러운 소리. 영운이 어머니가 또 잔소리를 하고 있어. 나는 영운이 책상 위에 놓인 문제집이야. 영운이 앞에서 배를 보이며 누워 있는 게 하루의 일과야. 다른 문제집들은 아무 말도 안 해. 가끔씩 말을 걸어 봐도 대답이 없어. 다들 문제집이 되고부터는 말하는 법을 잊어버렸나 봐.

영운이 어머니는 노래가 나오고 있는 라디오를 꺼버렸어. 영운이는 말없이 내 모습만 바라보고 있어. 내 몸에 빼곡하게 적힌 수학 공식들. 이것 때문에 몸이 무거워 미칠 지경이야. 빨리 영운이랑 영운이 어머니가 나갔으면 좋겠어. 그래야 나만의 시간을 즐길 수 있거든.

"어머, 시간 좀 봐. 문제집은 이따 풀고 어서 일어나. 빨리 학원 가야지. 영운이 너 이러다 늦겠다, 늦겠어. 엄마가 차 시동 걸어놓을 테니까 빨리 와."

영운이는 내 몸을 뒤집어놓곤 가방을 챙기기 시작했어. 영운이는 정말 말이 없어. 어쩔 때는 영운이가 원래는 나처럼 나무가 아니었을까 하는 생각이 들어.

영운이가 나가자 나는 조심스레 자리에서 일어났어. 하나, 둘, 셋, 쾅. 현관문 닫는 소리가 들려와. 바로 이때야. 토요일 오후 세 시. 스트레스를 풀 수 있는 시간이야. 나는 몸을 살짝 비틀어 책상 위에 있는 라디오를 다시 틀었어. 랄랄라 랄라랄랄라 노랫소리가 방 안에 울려퍼졌어. 나는 책표지를 들었다 놨다 으쓱으쓱 어깨춤을 추기 시작했어. 바닥에서 한 바퀴 돌면서 쿵쿵짝쿵짝쿵 리듬도 탔어. 으악! 영운이 녀석, 수학 공식을 얼마나 적어 놓은 거야? 전보다 몸이 훨씬 무거워졌나 봐. 그만 기우뚱 자빠지고 말았지 뭐니. 그러다 그만 라디오 채널을 돌려버리고 말았어.

"오늘 초등학생이 건물 옥상에서 뛰어내렸다고 하죠. 정말 충격적인 일이 아닐 수가 없습니다. 유서에 따르면 학교 성적 때문이라고 하는데요."

라디오 DJ의 말이 들려왔어. 순간 속이 메스꺼워졌어. 저 아이도 세상이 갑갑했던 걸까?

"네가 움직이면 세상이 혼란스러워진단다. 그러면 훌륭한 나무라고 할 수 없어. 마음대로 움직일 수 있다는 건 우리에게 행복이 아니란다."

나무둥치가 내게 한 말이 생각났어. 이 세상이 막 생겼을 때 식물들은 모두 자유롭게 움직일 수 있었지. 하지만 세상이 혼란스러워질까 봐 조심하게 된 거야. 그러다 보니 모두 힘차게 움직이는 법을 잊어버렸지 뭐니. 그래도 가끔은 본능이 남아 있어서 나처럼 움직일 수 있는 식물이 생기기도 해. 물론 말도 할 수 있단다. 혹여나 말을 했다가 단체로 실험실에 끌려가게 될까 봐 숨기고 있을 뿐이야.

"왜 움직이면 안 되나요? 저기에 있는 이파리도 자유롭게 움직이는데. 제가 움직인다고 해서 다른 이들에게 피해를 주는 것도 아니잖아요."

"네가 마음껏 움직인다고 해봤자 너는 나무일 뿐이야. 식물은 그저 가만히, 조용히 있는 게 좋은 거란다. 그리고 이파리는 이미 줄기에서 떨어져 나간 애란다. 언제 죽을지도 모르면서 혼자 돌아다니는 이파리가 뭐가 부럽니?"

식물로 태어났다는 이유만으로 가만히 있어야 한다니. 이건 너무 불공평해.

"그러면 차라리 숲속에서 지내면서 몰래 몰래 춤을 추면서 살아갈래요."

"그건 우리가 정하는 게 아니야. 인간들이 정하는 거지."

나는 나무둥치의 말에 화가 났어. 내 인생을 왜 인간들이 결정하는지 이해할 수 없었어.

"그래도 난 춤을 출 거예요."

"네가 그렇게 움직이는 걸 알면 인간들이 널 불에 태울지도 몰라."

나무둥치와 대화하는 도중, 우지끈 하는 소리가 났어. 날카로운 톱에 내 가운데 몸통이 잘려버렸어. 잘된 일인지는 알 수 없지만 많이 움직일 수 있는 왼쪽 부분이 통째로 잘렸단다. 그래서 잘리고 나서도 움직일 수 있었어. 나는 그대로 종이가 되어 문제집이 됐어. 사람들 몰래 숲에서 추던 춤이 그리웠지만 할 수 없었어. 문제집이 된 이상 가만히 누워 있어야 했지. 이게 내가 해야 할 일이니까.

띠, 띠, 띠. 번호키를 누르는 소리가 들려와. 아직 영운이나 영운이 어머니가 들어올 시간이 아닌데. 나는 재빨리 라디오를 껐어. 그리고 허둥지둥 책상 위에 드러누웠지.

"영운아, 너 집에 있니? 아니 얘가 대체 어딜 갔어?"

방문이 열리고 영운이어머니가 들어왔어. 나는 힐끔 책상 위에 놓인 시계를 봤어. 오후 다섯 시. 아직 영운이는 학원에 있을 시간인데.

"학원에 안 왔다고 선생님이 걱정하시던데. 학원은 안 가고 어딜 간 거야?"

영운이 어머니는 영운이의 방 이곳저곳을 뒤지기 시작했어. 영운이 친구들의 연락처를 찾는 모양이야. 그러고 보니 영운이는 한 번도 학원을 빼먹은 적이 없어. 대체 무슨 일일까. 순간 자살했다는 초등학생 이야기가 떠올랐어. 힘들게 문제를 풀던 영운이의 모습이 생각이 나. 혹시 영운이도, 영운이도 그렇게 된 게 아닐까?

한참 동안 영운이 방을 뒤지던 영운이 어머니는 서랍에서 영운이의 공책을 꺼냈어. 가끔 영운이가 뭔가 적어놓곤 하던 공책이야.

"아니, 얘가, 얘가. 세상에!"

영운이 어머니는 갑자기 거실로 뛰어갔지. 그러곤 어디론가 전화를 걸었어.

"여보, 우리 영운이가 없어졌어요. 없어졌다고요!"

영운이 어머니의 목소리가 떨리고 있었어. 세상이 점점 어두워져. 나

역시 영운이가 걱정되어 가만히 있을 수 없었어. 하지만 내가 할 수 있는 거라곤 책상 위에서 부들부들 떨고 있는 것밖에 없었어.

위잉, 위이잉. 그때 진동소리가 들렸어. 영운이 어머니 휴대전화에서 나는 소리였어.

"여보세요? 네, 맞아요. 제가 영운이 엄마예요. 네? PC방이라고요?"

영운이 어머니의 목소리가 커졌어. 나는 휴우 안도의 한숨을 내쉬었어. 다행히 영운이에게 큰 일이 일어나진 않은 모양이야. 전화를 끊자마자 영운이 어머니는 헐레벌떡 밖으로 달려나갔어.

얼마 뒤에 영운이와 영운이 어머니가 집으로 들어왔어. 가방을 놓기 위해 방으로 들어온 영운이는 나를 힐끔 보곤 거실로 나갔어. 여전히 영운이는 말이 없었어.

"네가 제정신이니? 학원을 빼먹고 PC방에 갈 생각을 해? 간도 크다."

영운이 어머니의 잔소리가 방 안까지 들려왔어.

"어린애가 공책에 죽고 싶다는 둥 이상한 소리만 써놓고. 이렇게 써놓으면 PC방 가도 안 혼날 줄 알았니? 엄마 걱정하는 건 생각도 안 해? 그리고 네가 도둑이야? 돈도 없으면서 PC방엘 왜 가?"

살짝 열린 문틈 사이로 영운이를 보았어. 뻣뻣하게 굳어 있는 영운이의 모습이 꼭 나무 같더라. 하늘은 벌써 어둑해졌는데 영운이 어머니는 거실에 불을 켤 생각도 하지 않고 화만 내고 있었어.

"부러워서 그랬어. 부러워서 그랬다구!"

영운이 목소리가 들려왔어. 영운이가 큰 소리를 내는 건 처음이었어.

"뭐가 부러워? PC방 다니는 애들이 부러워? 그런 애들은 나중에……."

"애들이 아니라 캐릭터가 부러워서 그랬어. 게임 캐릭터가 부러웠단 말이야."

나는 흐느끼는 영운이의 모습을 빤히 바라봤어. 영운이 어머니도 당황했는지 더 이상 말하지 못하고 영운이를 바라보기만 하더라.

"게임 속 캐릭터들은 자유롭게 여기저기도 다니고, 싸우기도 하고, 어울리기도 하고, 놀기도 하는데. 나는 뭐야. 도대체 나는 뭐야! 노래 하나 맘대로 듣지도 못하구. 친구들 다 가는 피시방 한 번 못 가고. 맨날 공부만 해야 하구. 왜 이래야 하는 거야?"

영운이가 갑자기 방으로 들어왔어. 쾅 소리와 함께 문짝이 흔들렸어. 영운이는 문을 잠근 채 벽에 기대어 앉았어.

"영운아! 영운이 너 문 안 열어? 너 이게 뭐하는 짓이야? 어휴, 속 터져."

밖에서 영운이 어머니가 영운이를 불렀어. 하지만 영운이는 꼼짝 않고 있었지. 얼마나 지났을까. 영운이 어머니도 더이상 영운이를 찾지 않았어.

나는 영운이에게 말해주고 싶었어. 컴퓨터 안에 갇혀 있는 게임 속 아바타가 뭐가 부럽냐고 말이야. 뛰어놀고 싶으면 뛰어놀고 화내고 싶으면 화내고 웃고 싶으면 웃고. 그냥 네가 움직이면 되는데, 그냥 그러면 되는데. 하지만 겁이 났어. 내가 영운이에게 다가갔다가 영운이가 놀라면 어떡하지? 영운이가 소리라도 지르면 난 영운이 어머니한테 붙잡혀서 불에 활활 탈지도 몰라.

영운이는 한참동안 고개를 숙인 채 벽에 기대 있었어. 저러다 영운이가 죽어버리겠다고 하면 어떻게 하지? 영운이가 없으면 나도 활활 태워지거나 버려지고 말 거야. 에이, 모르겠다. 이판사판이다.

"영운아, 내 말 들리니? 내 말이 들리면 나를 봐."

내 목소리에 영운이가 나를 바라보았어. 나는 종이를 이리저리 펼치며 영운이를 향해 흔들었어. 영운이가 내 쪽으로 다가왔어. 나는 영운이에게 나만의 춤을 알려주고 싶었어. 나는 몸이 무겁든 말든 상관없이 춤을 추기 시작했어. 어깨를 흔들기도 하고 종이를 흐느적거리며 웨이브를 췄어.

"세상에, 문제집이 살아있잖아? 넌 대체 뭐야?"

영운이가 내 몸을 만졌어. 영운이의 손길에 신이 난 나는 책상 위에서 내려와 바닥에서 춤을 추기 시작했어.

"영운아, 답답할 땐 나처럼 춤을 춰 봐. 한결 나아질 거야. 놀고 싶으면 놀고, 춤을 추고 싶으면 추고, 음악을 듣고 싶으면 듣는 거야."

이렇게 신나게 춤을 추는 건 나도 처음이었어. 아무런 눈치도 보지 않고 신나게 춤을 췄지. 영운이는 놀란 표정으로 나를 바라보았어. 나는 책표지로 영운이의 발가락을 톡톡 건드렸어.

"뭐하고 있어. 어서 나처럼 춤을 춰 봐. 얼마나 신나는데. 나는 사실 춤추는 나무가 되고 싶었어. 근데 문제집이 되고부터는 그 꿈을 포기해야 했어. 하지만 이제는 아니야. 나도 즐기면서 살아갈 거야. 자, 나를 따라 해봐."

내가 왼쪽 종이를 흔들자 영운이도 왼손을 흔들었어. 영운이도 이 상황이 싫지 않은 모양이야. 영운이는 라디오를 틀었어. 라디오에서 음악이 흘러나왔어. 딱, 딱 리듬에 맞춰 영운이와 나는 춤을 추기 시작했어. 정말 최고의 순간이었어.

한참동안 춤을 춘 나는 헉헉거리며 바닥에 누웠어. 한결 몸이 가벼운 기분이 들었어. 굉장히 좋았지.

"너 어떡하려고 그래? 문제들이 바닥에 떨어져버렸잖아."

나는 내 배를 들여다보았어. 세상에, 깨끗한 백지가 되어버렸지 뭐야. 주위를 살펴보니 숫자들이 굴러다니고 있었어. 수학 공식은 바닥에 시커멓게 들러붙어 있었어.

"수학문제집인데 수학문제가 없다는 게 말이 돼? 빨리 주워 담자."

영운이가 바닥에 붙은 수학공식을 떼어 내 배에 붙이려 했어. 나는 재빨리 몸을 덮어버렸어.

"싫어. 난 이제부터 내 이야기로 채워나갈 거야. 내 꿈, 내 문제들로만 내 문제집을 채워갈 거야. 억지로 수학문제만 담기는 싫어. 춤을 추고 싶은 나에게 수학문제들은 어울리지 않아."

수학공식들이 떠나고 나면 쓸모없는 문제집이 될 거라고? 아니야. 문제집이면 어때. 나는 세상에서 제일 춤을 잘 추는 문제집이 될 거야.

"나도 나만의 이야기를 쓸래. 이제부터 하기 싫으면 싫다고 말할 거야. 힘들면 안할 거야."

영운이가 말했어. 라디오에선 새로운 음악이 들려오고 있었어. 영운이와 나는 다시 춤을 추기 시작했어. 아마도 이 춤은 내일도, 모레도 계속될 거 같아. 드디어 우리는 자유로운 몸이 된 거야.

박가연 _ 2016년 웅진주니어문학상 단편 부문 대상을 받은 「말주머니」는 아이들의 이야기에 귀를 기울이지 않는 부모를 풍자적으로 그려내 '흥미로운 소재를 어린이의 눈높이에서 잘 풀어낸 작품'이란 평가를 받았다.(심사위원 이주영, 송언, 이상권, 김기정) 같은 시기에 창작한 「춤」(2015) 또한 공부만 하라는 어머니와 이를 거부하는 영훈이의 갈등을 '문제집이 된 나무'가 풀어주는 과정을 담았다.

꽃 도둑

박정미

베란다 창문 사이로 꽃향기를 실은 봄바람이 스며들었습니다. 봄바람은 곧 은은한 장미꽃 향과 치자꽃 향을 집안 가득 퍼뜨려 주었습니다. 봄바람을 타고 온 꽃향기는 거실 한쪽 구석에서 잠을 자던 내 콧잔등을 살짝 간질이고는 사라졌습니다.

"에잇, 냐옹……."

나는 설핏 잠에서 깨어나 그것이 날벌레인 줄 알고 헛손질을 해댔습니다. 그때 할머니의 목소리가 들렸습니다.

"아, 배고파. 어멈아, 너 나를 굶겨 죽일 셈이냐?"

거실 소파에 앉아 있던 할머니가 진아 엄마를 보고 말했습니다.

"어머니, 벌써 배가 고프신 거예요? 드신 지 얼마 안 되는데 고새 잊으셨네."

진아 엄마가 거실로 달려왔습니다.

진아네는 시골에서 할머니가 올라와 같이 살게 된 뒤부터 집안 풍경이 바뀌었습니다. 조용하고 아늑했는데 할머니가 시도 때도 없이 먹을 걸 찾는 바람에 조용할 새가 없었습니다. 안방에서 흘러 들은 말로는 할머니가 다섯 살이 되었다는 겁니다.

'저렇게 늙으신 다섯 살이 어딨어? 냐옹.'

나는 콧방귀를 뀌었지만, 할머니 행동을 보면 정말 그런 것 같다는 생각이 들었습니다.

"어머니, 적적하니 화초들이라도 보세요."

진아 엄마는 아파트 생활을 따분해 할까 봐 베란다에 화초들을 많이 들여다 놓았습니다.

꽃들의 여왕이라 불릴 만큼 아름다운 자태를 뽐내는 색색의 미니장미, 하늘을 향해 노래를 부를 듯 오종종하게 솟아 있는 연보라색 카라, 베란다 바닥으로 수북이 머리를 늘어뜨린 아이비, 그리고 몽글몽글 솜사탕 생각이 절로 나는 치자꽃, 그야말로 진아네 베란다는 근사한 작은 정원 같았습니다.

하지만 나는 별로 달갑지 않았습니다. 할머니가 온 뒤로 거실에 있던 푸른 버섯 모양의 내 집이 베란다 한쪽 구석으로 쫓겨났기 때문입니다. 베란다에 화초들이 많아지자 어디서 들어왔는지 날벌레들도 한두 마리씩 나타나 성가시게 했습니다. 게다가 독무대였던 거실을 이제는 조심조심 살피며 돌아다녀야 했습니다. 아무 생각 없이 할머니 옆을 알짱거리다가는 난데없이 꼬리를 잡혀 잡아당기는 꼴을 견뎌야 했습니다.

"얘, 어멈아. 나 배고프다고! 저 진달래 화전이 먹고 싶어."

할머니가 향긋한 꽃내음이 풍기는 베란다 쪽을 가리키며 말했습니다. 아마도 다섯 살 할머니는 배고픈 병도 걸린 것 같았습니다. 나는 거실 구석에서 진아를 기다리기로 했습니다. 그나마 날 아껴주고 사랑해 주는 진아가 있어 위안이 되었습니다.

"학교 다녀왔습니다."

내가 그토록 기다리던 진아가 왔습니다. 진아의 손에는 탐스럽게 핀 장미허브 화분이 들려 있었습니다.

'또 꽃이네, 냐아옹.'

나는 못마땅해서 진아와 눈길도 맞추지 않고 딴청을 피웠습니다.

"진아 왔니?"

"엄마, 이거 아파트 앞에서 꽃 아저씨가 팔길래 할머니 드리려고 하나 샀어. 할머니가 꽃을 무지무지 좋아하시잖아."

"그랬어? 할머니가 정말 좋아하시겠네. 주무시니까 깨어나면 보여드리자."

진아 엄마는 기특하다는 듯 진아의 엉덩이를 토닥이며 말했습니다.

"냐아옹. 냐옹. 진아야, 나 좀 봐줘."

나는 안 되겠다 싶어 꼬리를 흔들었습니다.

"어, 페르시안 야코. 나 없는 동안 잘 놀고 있었어?"

진아는 그제야 내게 관심을 보였습니다. 그러나 같이 놀아줄 것을 기대한 마음과 달리 진아는 화분을 들고 베란다로 쌩하니 가버렸습니다. 그렇게 목이 빠지게 기다렸는데……. 페르시안 고양이의 체면도 잊고 그렇게 반가워했는데, 무척 서운했습니다.

베란다에서 나온 진아가 방으로 들어가자 나는 이때다 싶어 장미허브가 놓인 베란다로 갔습니다. 나는 나보다 장미허브를 더 신경 쓰는 것 같은 진아가 알미워 앞발로 장미허브를 퍽하고 내리쳤습니다. 그때였습니다.

"야, 야코! 누가 화분을 건들랬어? 어?"

나는 화들짝 놀라 몸을 동그랗게 웅크린 채 재빨리 뒤로 물러섰습니다. 어느샌가 진아가 옆에 와 있었습니다. 진아는 내 앞발을 꼭 움켜쥐었습니다. 그러고는 가뜩이나 큰 눈을 더 동그랗게 뜨고 내 눈을 똑바로 바라보았습니다.

"냐옹. 내가 얼마나 기다렸는데 놀아주지도 않고! 냐옹."

나는 진아를 향해 가릉댔습니다.

"야코, 한 번만 더 화분을 건들면 그땐 국물도 없어!"

진아가 큰소리로 으름장을 놓았습니다. 그러고는 방으로 쏘옥 들어가 버렸습니다.

"치, 나하고 놀아주지도 않고, 미워. 냐옹. 할머니가 집으로 가면 좋겠어. 정말 싫어!"

나는 집으로 들어가 애써 잠을 청했습니다. 진아가 다시 나를 찾을 때까지 말입니다.

가족들이 모두 잠든 새벽, 어스름 달빛이 베란다 창가를 비추고 있었습니다. 나는 집에서 나와 앞발을 쭉 뻗어 스트레칭을 했습니다. 일찍 잠을 청한 탓에 배가 고팠습니다. 그래서 앞에 놓인 사료를 허겁지겁 먹기 시작했습니다.

그때였습니다. 머리맡이 갑자기 어두워지면서 무언가가 스윽 다가오는 것이 느껴졌습니다. 나는 깜짝 놀라 몸을 잔뜩 웅크렸다가 얼른 집으로 들어갔습니다. 그리고 검은 움직임이 있는 쪽으로 고개를 쭉 내밀었습니다.

"참, 맛나다. 히히, 요것도……."

'이 말소리는?'

할머니였습니다. 어스름 달빛 아래 움직임이 조금씩 선명하게 보였습니다. 바로 그때 퍼버벅, 둔탁한 소리가 들렸습니다. 나는 반사적으로 뛰어나갔습니다. 그런데 진아가 사온 화분이 바닥에 나동그라져 있었습니다. 할머니는 상황을 모르는지 미니장미와 그 옆에 있던 치자꽃을 만지작거리고 있었습니다.

"냐옹, 이거 어떡할 거예요? 냐옹. 할머니, 안 돼요. 그러지 마세요.

냐옹. 화분을 건들면 가만 안 둔다고 했단 말예요. 냐오옹."

할머니는 내 말에는 아랑곳하지 않고 만지작거리고 있던 꽃잎들을 하나둘씩 따서 킁킁거리며 냄새를 맡더니 이윽고 입에 넣고는 잘근잘근 씹어 먹었습니다. 그러는 중에 화분이 몇 개 더 넘어져서 뒹굴었습니다.

순간, 이 집에 처음 왔을 때 거실에 두루마리 휴지를 마구 풀어놨다고 쫓겨나고 싶으냐고 했던 진아 엄마의 말이 떠올랐습니다. 어쩌면 이 일로 할머니가 집으로 가게 될 수도 있겠다는 생각에 걱정이 웃음으로 물렸습니다.

그때 할머니가 내 코앞까지 얼굴을 바짝 갖다 대었습니다.

"쉿! 나비, 조용히 해. 안 그러면 애들이 다 깨잖아. 이히히, 이거 너도 한번 먹어 볼래? 아주 맛나다니까."

"난 야코라구요. 냐옹."

나는 가족들을 깨워야 하나 말아야 하나 고민하며 뒷걸음을 쳤습니다.

"진달래 먹고 물장구치고 다람쥐 쫓던 어린 시절……."

할머니가 노래를 흥얼거리기 시작했습니다. 그러다 나를 빤히 보았습니다.

"옛날, 내가 어렸을 때 말이야. 아주아주 가난했어. 죽어라 농사를 짓는데도 먹을 것이 늘 모자랐지. 내 밑으루다가 동생이 셋이나 더 있었거든, 경호, 경순이, 경미. 그런데 제일 예뻤던 우리 막내, 경미가 몸이 너무나 약했어. 게다가 먹을 것도 잘 먹질 못해서 일곱 해를 못 넘기고는 저 세상으로……. 나를 제일 따랐던 동생이었어."

할머니는 베란다를 통해 달을 바라보고 있었습니다. 눈가가 눈물로 반짝거렸습니다.

"경미가 떠났던 그 해, 뒷산에 말이다. 연분홍의 진달래며 샛노란 생강꽃이 유난히도 많이 폈어. 사는 게 뭔지. 동생이 그렇게 떠났는데도 배는 고프더란 말이야. 그래서 남몰래 혼자 뒷산으로 가 진달래를 마구잡이로 따서 입에 넣었지. 아무리 먹고 또 먹어도 배가 부르지 않았어."

할머니가 달을 보며 나지막이 읊조리듯 말했습니다. 그리고 나와 눈이 마주치자 손을 입에 갖다 대었습니다.

"쉿, 나비야. 이거 비밀이야."

"냐옹……."

"그래, 착하지. 약속한 거다."

할머니는 느적느적 방으로 들어갔습니다. 나는 나비가 아니라고 하려고 한 건데, 그만 약속을 한 게 되고 말았습니다. 할머니가 지나간 곳은 짙은 꽃향기가 남아 있었습니다. 나는 멍하니 꽃향기를 맡고 있었습니다.

"엄마! 내 화분……. 이거 누가 이랬어? 아, 난 몰라."

아침부터 진아의 목소리가 담장을 넘어갈 듯했습니다.

"왜 그래? 무슨 일이야?"

주방에서 아침 식사를 준비하던 엄마가 달려왔습니다. 나는 집에서 꼼짝하지 않고 있었습니다. 두 눈을 폭 가린 채.

"세상에! 아니, 이게 무슨 일이래? 간밤에 꽃 도둑 한 마리가 놀다 갔나?"

진아 엄마의 말에 가슴이 콩닥거렸습니다.

"야코! 이거 네 짓이지? 누가 이러라고 했어! 엉?"

진아의 고함에 몸이 움츠러들었습니다. 진아는 나를 번쩍 들었습니다.

"냐옹냐옹."

진아는 내 발을 이리저리 꼼꼼히 살펴보았습니다.

"내 이럴 줄 알았어. 야코 네 발바닥에 잔뜩 묻은 이 흙은 뭐야? 너 오늘 베란다에서 한 발짝도 못 나올 줄 알아! 알겠어?"

"진아야, 냐옹! 그러니까 그건……."

나는 진아에게 진실을 알리고 싶었습니다. 하지만 '쉿, 비밀이야'라던 할머니의 모습이 눈앞에 아른거렸습니다.

"야코, 이게 뭐야. 꽃잎도 죄다 듬성듬성 뽑아 놓고."

진아 엄마도 나를 보고 나무랐습니다.

'그게, 그러니까…….'

나는 몇 번이나 입을 오물거리다가 다물었습니다. 그때 할머니가 거실로 나왔습니다.

"오늘은 우리 어머니 기분이 좋으시네."

진아 엄마가 말했습니다.

"응. 좋아좋아. 내가 아주 맛난 걸 먹었거든. 히히."

"어이구. 그랬어요. 어머니만 맛난 거 먹었네. 이 딸도 좀 주지. 먹을 때 제 생각은 안 났어요?"

할머니의 말에 진아 엄마가 맞장구를 치며 말했습니다. 그때 향기로운 봄바람이 너울너울 불어왔습니다. 곧이어 어디서 날아들었는지 연노랑 흰나비 한 쌍이 할머니 주위를 맴돌기 시작했습니다.

"어머, 어디에서 날아온 거야? 예쁘기도 해라. 어머니, 이 나비들 보여요?"

"그럼, 보이구 말구. 내가 장님인 줄 아냐? 멀쩡한 네 에미를 그렇게 놀리면 못 써."

진아 엄마가 할머니의 두 손을 슬며시 잡았습니다.

연노랑 흰나비 한 쌍이 나풀나풀 날다가 할머니의 진분홍색 스웨터에 살포시 내려앉았습니다. 그때 할머니 스웨터 주머니에 샛노란 꽃잎이 삐죽 나와 있는 것이 보였습니다. 이때다 싶어 슬금슬금 할머니에게 다가갔습니다. 그 꽃잎을 꺼내서 진아와 진아 엄마에게 보여주면 간밤에 다녀간 꽃 도둑이 내가 아니란 걸 알 것입니다. 그러면 베란다로 쫓겨난 처지에서 벗어날 수 있을 테니, 스리슬쩍 살살……

"어머니, 진아가 할머니 꽃 좋아한다고 어제 장미허브를 사왔는데, 글쎄 간밤에 꽃 도둑이 홀라당 꽃잎들만 다 떼어먹었지 뭐예요."

진아 엄마가 나를 보며 말했습니다.

'내가 아니라고요. 알지도 못하면서. 냐아아옹!'

난 억울해서 앞발로 바닥을 긁어댔습니다.

"아, 그거 맛있어, 맛있어."

할머니는 베란다로 눈길을 주며 말했습니다.

"아휴, 우리 어머니 맛난 거 아주 많이 드셔서 좋았겠네."

"그럼. 저기 저 나비도 나와 같이 있었는걸."

할머니는 손가락으로 나를 가리켰습니다. 그리고 할머니 주위를 맴돌고 있던 연노랑 흰나비도 가리켰습니다. 나는 슬그머니 꽁무니를 뺐습니다.

"저, 나비랑? 아니 야코! 그럼 그렇지. 야코, 네가 꽃 도둑인 게 확실해."

진아가 나를 보며 말했습니다.

'냐옹, 그러니까, 난……'

나는 더 참을 수 없었습니다. 그래서 발톱을 세워 으르렁거리려고 하는데 진아가 할머니 목을 껴안았습니다.

"할머니 기억나요? 할머니 집 화단에 나비가 많았잖아요."

"응, 나비?"

"엄마가 직장 다녀서 제가 다섯 살 때까지 할머니 집에서 살았는데,

기억나죠? 할머니 그건 잊으면 안 돼요? 네?"

진아가 목소리에 힘을 주어 말했습니다.

'다섯 살 때까지?'

나는 슬그머니 앞발을 내렸습니다. 진아가 나와 놀아주지 않는다고 심술부리면 안 될 것 같았습니다.

'할머니, 제가 오랫동안 약속 지킬 테니 어서 여섯 살 되고 일곱 살 되고 나이가 많아지세요. 진아가 걱정하잖아요. 냐오옹.'

나는 앞으로 몇 번 더 꽃 도둑으로 몰릴지 모르지만 다섯 살 할머니를 응원하기로 했습니다. 할머니 주위로 연노랑 흰나비가 사뿐사뿐 날갯짓을 했습니다. 마치 오래전 할머니의 이야기를 듣고 있는 듯이.

박정미 _ 2014년 『아동문학평론』 신인상 동화 부문 당선작으로 그해 겨울호에 수록되었다. 다섯 살 상태가 된 치매 할머니를 고양이의 눈으로 그리고 있는 작품이다. "고양이의 심리 묘사가 돋보이고" "탄탄한 문장력과 짜임새 있는 구성"도 칭찬할 만하다는 평을 들었다.(심사위원 박상재)

동화

그림자 도둑

손아사내

잠이 안 오니? 그럼 내가 재미난 이야기해 줄게.

가끔 그림자가 안 보일 때가 있을 거야. 뭐? 그림자가 안 보였던 적이 없다고? 이 이야기를 듣고도 그렇게 생각할까?

산 속 깊은 곳에 조그마한 마을이 있었대. 조용하던 이 마을은 얼마 전부터 시끄러워지기 시작했어. 그것은 바로 이 마을에 나타난 그림자 도둑 때문이었지. 마을은 온통 그림자 도둑 이야기로 들썩였어.

"어제는 옆집 아이도 당했다면서요?"

어른들은 모이면 모두 그림자 도둑 이야기를 했지. 그림자 도둑은 그림자를 훔쳐가는 도둑이었던 거야. 처음에는 사람들 그림자만 없어졌대. 그러다 산의 그림자도, 나무의 그림자도, 동물들의 그림자도 없어졌어. 그림자가 없어지자 그늘이 없어졌어. 사람들은 뜨거운 태양을 피할 곳을 찾아다녀야 했지.

마을 사람들은 한 곳에 모여 의논을 하기에 이르렀단다.

"이러다가 정말 큰일나겠어요."

"곡식은 물론, 우리들도 픽픽 쓰러질 겁니다."

마을 사람들은 저마다 한 마디씩 했어.

"이럴 게 아니라 우리가 그림자 도둑을 잡도록 합시다!"

마을 사람 중 누군가 말했어. 사람들은 그 말에 찬성했지. 짝을 지어 밤과 낮, 교대로 마을을 지키기로 한 거야.

그러나 며칠이 지나도 그림자 도둑은 잡히지 않았어. 상황은 점점 나빠지기만 했고 말이야. 아침만 계속 됐고 더 이상 밤은 오지 않게 됐지. 사람들은 밝은 빛 때문에 잠을 제대로 잘 수 없었어. 나뭇잎과 풀잎들은 모두 말라갔단다.

"도저히 안 되겠어요. 옆 마을에서라도 그림자를 빌려옵시다."

참다못한 마을 사람 중 누군가 말했단다. 며칠이나 잠을 못 잔 사람들은 옆 마을로 몰려갔지. 그렇지만 헛수고였어.

"옆 마을 그림자도 죄다 도둑맞았대요. 남아 있지 않았다고요."

마을에서는 또다시 대책회의가 열렸어.

"그림자 도둑은 누굴까요. 대체 왜 훔쳐가는 걸까요?"

마을 사람 어느 누구도 대답할 수 없었단다. 몇몇 사람들은 푹푹 한숨을 내쉬었지.

그때였어.

"어머, 넌 그림자가 있잖아?"

누군가가 마을의 가장 어린 꼬마에게 말했어. 마을 사람들은 아이 곁으로 모여들었어. 정말 아이에게는 그림자가 있었던 거야.

"이 꼬마의 그림자에게 물어보면 알지 않겠어요?"

마을 사람들은 그 말에 고개를 끄덕였어.

"꼬마 그림자야, 네가 우리를 좀 도와줘. 그림자 범인은 대체 누구고 우리들의 그림자는 어디 있는 거니?"

꼬마 그림자는 꼬마 뒤로 몸을 숨겼지. 꼬마 그림자는 입을 열지 않았어.

마을 사람들은 꼬마 그림자를 하루에도 몇 번씩 찾아갔어. 그러나 꼬마 그림자는 대답하지 않았단다.

"그림자야, 너 정말 몰라?"

마을 사람들이 다 가고 나자 꼬마가 물었어.

"알고 있어."

꼬마는 눈이 휘둥그레졌지.

"그런데 왜 말해 주지 않는 거야?"

그림자가 우물거리며 말했다.

"대답해 줄 수가 없어."

"좋아, 그렇다면 앞으로 뜀박질 따윈 절대 하지 않을 테야!"

꼬마는 단호한 표정으로 그림자에게 말했어. 뜀박질은 그림자가 제일 좋아하는 거였거든. 그림자는 거의 울먹이는 목소리로 말했어.

"산으로 가면 만날 수 있을 거야……"

꼬마는 서둘러 산으로 향했어.

"안 가면 안 될까? 나 정말 혼날지도 몰라."

그림자가 꼬마의 팔에 찰싹 달라붙었어.

"벌써 마을 사람 몇이나 쓰러졌어. 먹을 것도 부족하고. 가만히 앉아서 구경만 할 수는 없어."

꼬마는 막무가내였단다. 그림자는 꼬마의 다리에 달라붙었어. 안 보이게 눈에도 달라붙었어.

"나 정말 혼날 거야, 응?"

그림자가 애원했어. 그러나 꼬마는 대꾸도 하지 않았어. 그림자는 제 풀에 지친 듯 달라붙은 눈에서 스르르 흘러내렸어.

"좋아, 따라와."

꼬마 그림자는 깊은 산으로 들어갔단다.

"아직 멀었어?"

숨을 거칠게 몰아쉬며 꼬마가 말했어. 그림자는 잠시 멈추었지.

"힘들지? 그냥 갈까?"

그림자가 다시 꼬마의 발에 달라붙으며 말했단다. 꼬마는 대답 대신 발걸음을 옮겼지.

한참만에 도착한 곳은 어느 동굴이었어. 꼬마 그림자는 동굴 입구 앞에서 주춤거렸어. 꼬마가 성큼성큼 먼저 동굴 안을 들어갔지. 그림자는 군소리 없이 따라 들어갔고 말야.

사라진 그림자들 때문에 동굴 안은 밝았어. 동굴 안으로 걸어가던 꼬마는 순간 걸음을 멈췄어. 갑자기 눈앞이 안 보이지 뭐야?

"그림자야, 장난치지 마."

꼬마는 그림자가 또 눈을 가렸다고 생각했어.

"나 아냐……."

꼬마 그림자는 기어들어가는 목소리로 말했어.

그때였어.

"어떤 녀석들이냐!"

동굴 안을 쩌렁쩌렁한 목소리가 뒤흔들었단다. 그 소리가 얼마나 큰지 꼬마가 휘청거릴 정도였어. 꼬마는 너무 놀라 도망가려 했단다. 그러나 몸이 움직이지 않았지. 마치 누가 꽉 붙들고 있는 것처럼 말이야.

"거 봐, 내가 오지 말자고 했잖아."

그림자가 중얼거렸어.

꼬마와 그림자는 몸을 움직일 수 없었는데, 사실 그림자들이 달라붙어 있었던 거였지.

"넌 우리와 함께 하지 않겠다더니 왜 왔어?"

"대장, 이것 좀 놔줘요. 할 말이 있대서 온 것뿐이에요."

그림자는 누군가와 대화를 했어. 그렇지만 앞이 잘 보이지 않았단다. 꼬마는 어리둥절했어. 이윽고 몸을 꼭 죄고 있던 그림자가 스르르 풀렸어.

"사실 그림자 도둑은 없어. 그림자들은 여기로 도망 온 거야."

그림자가 말했어.

커다란 그림자가 꼬마를 내려다보았어. 동굴 여기저기서 그림자들의 웅성거리는 소리가 들려왔지.

"그래, 할 말이 뭐냐?"

그림자 대장이 물었어.

"마을의 그림자들을 찾으러 왔어요."

꼬마가 떨리는 목소리로 말했어. 그림자 대장은 코웃음을 쳤어.

"있을 때는 정작 중요한 걸 모르더니, 아쉬운가 보군."

"그림자 대장님, 모든 식물들이 말라가요. 밤이 오지 않고 있지요. 사람들은 잠을 제대로 자지도 못하고, 먹지도 못해서 쓰러져 가고 있어요."

꼬마가 애원했어.

대장은 고개를 절레절레 흔들었단다.

"얼마 만에 휴식인데! 이제까지 우리는 쉬지도 않고 일해 왔다. 그러나 우리에게 돌아온 건 아무것도 없었어. 오히려 자기들을 따라 다닌다며 귀찮아하더군. 혼 좀 나보라지?"

대장의 말에 꼬마는 침울해졌어.

"더 할 말이 없다면 가봐. 배신자인 꼬마 그림자 너도 함께 말이야!"

꼬마와 그의 그림자는 터덜터덜 동굴을 나왔단다.

"이대로 그냥 돌아갈 수는 없어."

꼬마가 말했어.

"그렇다고 뾰족한 수가 있는 것도 아니잖아. 그림자를 다시 훔쳐올 수도 없고."

그림자가 말했어. 그 말을 들은 꼬마는 박수를 짝 하고 쳤어.

"바로 그거야!"

"그림자 대장님! 큰일났어요! 제 그림자를 누가 훔쳐갔어요!"

꼬마는 동굴 앞에서 고래고래 소리 질렀어. 그러자 동굴 안에 있던 그림자들이 우르르 몰려나왔지.

"그게 정말이야? 이거 큰일이군. 정말 그림자 도둑이 있었단 말이야?"

"우리와 같이 도망 오진 않았지만 꼬마 그림자 녀석, 착했어."

"맞아요, 대장. 우리가 도와야 해요."

"그래요, 우리도 납치당할지 몰라요."

"그림자 도둑이라니, 끔찍해요!"

그림자들은 저마다 한 마디씩 했어.

"좋다. 우리가 찾도록 한다. 도둑이 어디로 갔는지 보았나?"

꼬마는 손끝으로 가리켰어. 그림자들은 우르르 그곳으로 몰려갔어. 꼬마도 그 뒤를 따랐지. 그림자들이 몰려간 곳에는 마을 사람들이 모여 있었어. 두 무리는 한참을 마주보며 서 있었단다. 꼬마는 씨익 웃었어. 꼬마 뒤에 숨어 있던 그림자가 빼꼼 고개를 내밀었어.

"잘 되어야 할 텐데."

그림자가 중얼거렸어.

꼬마는 모처럼 잠을 잘 수 있었어. 밤이 돌아왔기 때문이야. 마을은 다시 활기를 되찾았어.

"너 이 녀석!"

마을의 커다란 나무를 지나가는 데 낯익은 목소리가 들렸어.

"그림자 대장!"

그림자 대장은 꼬마 쪽으로 길게 늘어졌단다.

"어제 마을 사람들이랑 이야기는 잘 하셨어요?"

"덕분에 휴가가 생겼어. 내가 그렇게 소중한지 이제 깨달았다나 어쨌다나. 하하하."

그림자도 따라 웃었어.

"이제 다시는 가출하지 마세요, 대장님!"

그림자 대장은 큰 소리로 웃었어. 꼬마도 그림자도 웃었단다.

어때? 이야기를 듣고 나니까 내 말을 믿겠어?

가끔 그림자가 안 보일 때 당황하지 마. 그림자 대장이 했던 약속처럼 잠시 휴가를 떠난 것뿐이니까.

손아사내 _ 2014년 『아동문예』 신인상 동화 부문 당선작으로 그해 7.8월호에 수록되었다. 그림자가 사라진 마을을 배경으로 늘 함께 있어 소중함을 모르고 살아가는 것들에 대해 성찰하는 계기를 마련해 주는 작품이다. 동화의 보편적 구조 속에 "동화가 지향하는 특성"을 잘 살린 작품으로 "문장력도 양호하고 이야기를 전개시키는 솜씨"가 있는 작품이라는 평을 받았다.(심사위원 박상재, 이승지)

동화

괴물 난동 사건의 진실

안수연

엄마 말이 옳아요. 오늘, 허락도 안 받고 늦게 들어온 건 잘못한 일이 맞아요. 그렇지만 나도 할 말은 있어요. 요즘 날씨가 이상했잖아요. 하늘이 맑고 햇살이 비치는데도 비가 자주 왔잖아요. 알고 보니 이유가 있었어요. 나도 마찬가지예요. 학원을 빼먹었지만, 이유가 있었어요. 정말 어쩔 수 없는 이유가 있었단 말이에요.

22일, 하늘이 맑은데 짭짤한 비가 온 날

오늘 방학을 했어요. 우리 학교는 방학식 대신 동화축제를 했죠. 동화나 상상 속에 나오는 등장인물로 변장해서 학교 주변을 도는 행사예요. 나는 괴물 역할을 맡았어요. 싫었어요. 일주일 전 선생님이 나더러 "괴물 역할을 해"라고 말하셨을 때, 너무 속이 상해서 집에 와서 울었어요. 엄마가 괴물은 겉모습만 우리와 다를 뿐이라고 달랬지만, 마음이 풀리지 않았어요. 나도 영훈이처럼 멋진 왕자를 하고 싶었어요. 선생님은 왜 공부 잘하는 아이에게만 좋은 역할을 주시는지 모르겠어요.

괴물 역할이 창피했어요. 운동장을 돌 때도, 집으로 올 때도, 남에게 내 모습을 보이기 싫었어요. 엄마는 바느질 솜씨가 좋아요. 괴물 옷을 어찌나 잘 만드셨는지, 괴물 옷을 머리부터 뒤집어쓰면 내가 진짜 괴물로 보일 정도였어요. 그래서 큰길로 오지 않고, 아파트 단지 옆으로 난 숲길을 따라 빙 돌아서 걸었어요. 그 길은 낮에도 어두워요. 작년에 벼락이 숲 안의 바위에 떨어진 이후에는 괴물이 나온다는 소문이 돌아서 사람들의 발길이 더욱 뜸했어요. 그래서 괴물 옷을 입은 내 모습을 동네 사람들에게는 보이지 않을 수 있을 거라 생각했어요.

낮에 물을 너무 많이 마셨나 봐요. 숲길을 걷는데 갑자기 오줌이 마려웠어요. 나무가 우거진 뒤편으로 돌아갔어요. 아무도 보지 않으니 뭐 어떠랴 싶었어요. 바지를 내리려는데, 갑자기 누군가 내 손목을 와락 쥐더라고요.

"여기서 이러면 안 돼! 큰일나!"

"잘못했어요. 그렇지만 너무 급해서⋯⋯."

변명을 하려다가, 깜짝 놀랐어요. 날 잡은 손등이 복슬복슬한 털로 덮여 있었어요. 갈고리처럼 날카로운 손톱도 보였고요. 고개를 들어보니, 부리부리한 외눈에 이마에는 번쩍번쩍 빛나는 커다란 뿔을 단 괴물이 서 있었어요. 나처럼 변장한 괴물이 아니라, 진짜 괴물이었죠.

"으아아. 괴, 괴⋯⋯ 읍!"

괴물이 내 입을 막았어요.

"아휴, 얘 좀 봐! 큰일나겠네. 소리 지르다가 사람들에게 들키면 어쩌려고?"

괴물은 뿔 달린 머리를 내밀어 주변을 두리번두리번 살폈어요.

"다행이다, 사람이 없네. 우리 인사하자. 나는 큰뿔이라고 해. 너는 처음 보는 괴물인데, 이름이 뭐니?"

"나는⋯⋯ 승찬이."

"뭐야? 사람 같은 이름이잖아. 이름 때문에 놀림 많이 당하겠다. 하하하."

괴물이 내 어깨를 치며 웃었어요. 엄마가 만들어준 괴물 옷이 펄럭거렸어요. 그때는 엄마의 바느질 솜씨가 고마웠어요. 괴물 옷이 엉성했다면 어떻게 됐을까 생각하니 저절로 다리에 힘이 풀렸어요. 큰뿔이가 내 손을 다시 잡아끌었죠.

"이럴 때가 아냐. 어서 가자!"

"가자고? 어, 어딜?"

"괴물회의 말야. 너도 회의에 참석하러 가던 길 아니었어?"

큰뿔이가 나를 보며 물었어요. 얼음 빙수를 그릇째 들이켠 기분이었어요. 큰뿔이의 이빨이 아빠 공구함 속 송곳처럼 날카로워 보였어요.

"마, 맞아. 핫하하! 나도 회의에 참석하러 가던 길이었어."

"그럴 줄 알았지. 함께 가자!"

큰뿔이가 날 끌고 가더니, 오솔길 옆의 커다란 바위 앞에 섰어요. 작년 여름에 벼락이 떨어졌던 바로 그 바위예요. 큰뿔이가 바위 앞에서 세 번 맴을 돌더니, 커다란 발을 들어서 바위를 "뻥!" 찼어요.

"벼락! 벼락! 열려라, 벼락!"

"쿠르릉, 쿠르르릉!"

집에 있다 보면, 가끔씩 맑은데도 멀리서 이상한 천둥소리가 울릴 때가 있잖아요. 그것과 똑같은 소리가 나면서, 바위가 둘로 "쩍!" 갈라졌어요. 안으로 회색빛의 길이 나타났어요. 벼락 모양처럼 지그재그로 만들어진 길이었어요.

"으아, 이게 뭐야?"

"벼락길도 몰라? 학교에서 안 배웠니? 벼락은 구름에서 땅까지의 길을 만들기 위해서 떨어지잖아."

나는 학습만화에서 봤던 내용을 생각했어요. 벼락은 구름에 쌓인 전기가 터져 나오면서 생기는 것이라고 배웠어요. 그 얘기를 해주려는데, 큰뿔이가 갑자기 나를 번쩍 안아들었어요.

"실례! 내 다리가 너보다 훨씬 길고 튼튼하니까."

필요없다고 말할 틈조차 없었어요. 큰뿔이가 나를 안은 채 달리기 시작했거든요. 바람이 코와 입을 마구 때렸어요. 말하기는커녕 숨쉬기도 바빴죠. 정말 순식간이었어요. 몇 번 눈을 감았다 뜨니까, 벌써 벼락길의 끝에 도착해 있더라고요.

"여기가 어디야? 왜 이렇게 하얘? 하늘엔 구름이 한 점도 없어."

"이런. 구름 위니까 구름이 안 보이는 게 당연하잖아."

넓은 운동장이었어요. 학교 운동장보다 훨씬 넓었어요. 아빠를 따라갔던 축구장보다도 열 배는 더 넓어 보였어요. 바닥이 눈에 덮인 듯 하얬어요. 바닥도, 담장도, 의자도 모두 눈부신 흰색이었죠. 바닥은 너무 희어서 푸르렀고, 하늘은 너무 파래서 희게 보였어요. 너무 예뻐서 나도 모르게 손바닥을 뻗었어요. 와락 움켜쥐었지만, 파란색은 묻어나지 않았어요. 큰뿔이가 내 손을 다시 쥐었어요.

"저쪽으로 가자."

큰뿔이는 운동장 스탠드 위로 나를 데려갔어요. 형형색색 피부에 이상하게 생긴 괴물들이 여기저기 의자에 앉아 있었어요.

"여기가 비었네. 앉자."

"앗, 차거!"

나는 앉았다가 깜짝 놀라서 다시 일어났어요. 손으로 만져보니, 엉덩이가 축축하게 젖어 있더라고요.

"하하! 구름이니까 차갑지. 구름이 땅으로 떨어지면 눈이나 비가 되는 건 알지?"

"아!"

이렇게 많은 괴물들이 쿵쾅쿵쾅 걸어다니면, 구름 알갱이가 먼지처럼 떨어져내릴 거예요. 맑은 하늘에서 비가 내렸던 건 호랑이가 장가가는 까닭이 아니었어요. 괴물 회의 때문이었어요.

괴물들은 계속 늘어났어요. 눈, 코가 없이 입만 세 개뿐인 나불나불 괴물, 해파리처럼 흐느적거리면서 다리가 수십 개 달린 흐느적다리 괴물, 엉덩이 위에 바로 머리가 붙은 궁뎅납작 괴물은 큰뿔이랑 친해서 내 주변에 모였어요.

이윽고 대장 괴물이 나타났어요. 대장 괴물은, 내가 그때까지 봤던 괴물들을 모두 모은 것보다 더 무섭게 생겼어요. 머리가 큰뿔이보다 세 배쯤 더 크고, 입과 코에 불꽃이 일렁거렸어요. 머릿속이 하얘지고, 온통 엄마 생각뿐이었어요.

"지, 집에 가고 싶어, 큰뿔아. 엄마가 보고 싶어."

눈물이 왈칵 쏟아질 것 같았어요. 큰뿔이가 내 등을 다독여주었죠.

"기다려. 회의가 끝나면 바래다줄게. 아까 만났던 곳으로 가면 되지?"

바래다주는 건 친구끼리 하는 행동이에요. 그래선지 큰뿔이의 뿔이랑 손톱, 이빨이 처음만큼 무섭지는 않았어요. 영훈이처럼 친구 같은 느낌도 들었어요. 사람과 괴물은 친구가 될 수 없을 텐데도 말이에요.

"고마워. 그런데 오늘 회의는 주제가 뭐야?"

"우리 괴물들의 권리에 대해서야. 말하자면 괴물권리 회의지."

"거기 새로 온 괴물! 큰뿔이랑 그만 떠들고!"

대장 괴물의 쩌렁쩌렁한 목소리가 들려왔어요. 나는 놀라서 얼른 차렷 자세를 취했어요. 허리를 꼿꼿이 펴자 아랫배가 욱신욱신 아렸어요.

'맞아, 나 오줌을 누려다가 큰뿔이를 만났지.'

잊고 있을 때는 모르겠더니, 일단 생각이 나니까 참지 못할 정도로 급해졌어요. 제발 조금만 참아줘, 오줌아.

"괴물권리에 대한 마지막 회의를 시작한다. 이미 여러 번 회의를 거쳤으니까, 모두들 내용을 알고 있을 것이다. 그렇지?"

괴물들이 "우우워!" 하고 큰소리로 대답했어요. 나만 울상을 짓고 있었죠. 아랫배가 터질 것 같았어요.

"우리는 그동안 사람의 친구로 살며 이야기 속에서나마 사람들에게 교훈을 주기 위해 열심히 노력했다. 하지만 사람들은 그런 우리를 계속 무시해 왔다. 겉모습이 다르다는 핑계로 우리에게 손가락질했다."

식은땀이 뻘뻘 흘렀어요. 오줌을 지나치게 참으면 어떤 느낌인지 모두들 아실 거예요. 눈물도 찔끔 나왔어요.

"그래서 우린 결정을 내렸다. 사람들이 생각하는 괴물다운 행동을 해 주기로 말이다. 오늘은 괴물 난동 사건을 일으킬 특공대원을 선발하기 위해서 모였다. 자아, 지원자는 손을 들어라!"

괴물들은 서로 눈치만 살폈어요.

"손을 들고는 싶지만, 사실 누군가를 괴롭히는 게 쉬운 일은 아니라서……."

"알다시피 내 얼굴이 좀 험상궂어? 이 얼굴로 나타나면 사람들이 놀라서 기절할지도 몰라."

괴물들이 소곤거리는 소리가 여기저기서 들렸어요. 나는 참지 못하고 번쩍 손을 들었어요. 물론 특공대원이 되려고 손을 든 것은 아니었어요.

"대, 대장님, 저 화장실에 좀……."

하지만 내 말은 괴물들의 환호성에 묻히고 말았어요.

"와아아!"

큰뿔이도 박수치면서 소리를 질렀어요.

"승찬이 괴물, 최고! 대장님, 저도 승찬이 괴물과 함께 특공대원이 되겠습니다!"

괴물들은 쿵! 쾅! 쿵! 쾅! 발을 굴리며 소리를 질렀어요. 구름 알갱이들이 엄청나게 떨어졌겠죠? 오후에 소나기가 내렸다고 들었어요. 미안해요. 그때 내렸던 빗물이 좀 짭짤했을 거예요. 괴물들이 나를 보며 박수를 치고 소리를 지르는 통에 화장실에 갈 시간이 없었거든요. 그냥 바닥에 흘리고 말았지요. 한 방울, 한 방울씩 주변 괴물들의 눈치를 살피면서 말이에요.

그렇게 해서, 나는 괴물 난동 사건을 일으켜야 하는 특공대원 1호로 뽑혔어요. 학원 갈 시간이 있었을 리 없잖아요. 그런데 이 얘기를 엄마가 믿어줄까요?

23일, 날씨는 상관없는 날

생각대로예요. 엄마는 내 얘기를 믿지 않았어요. 나는 엄마가 벌 대신 내준 숙제를 서둘러 끝냈어요. 수학 문제를 열 바닥이나 풀었고, 동시도 두 편 외웠어요. 방학인데도 애들이랑 놀지 않고 공부를 했어요. 숙제 검사를 맡아야 밖으로 나갈 수 있으니까요. 괴물 옷을 입고 나가서 특공대원의 임무를 시작해야만 해요.

괴물 대장님이 얼마나 무시무시한지 엄마는 몰라요. 괴물 대장님의 말을 듣지 않았다간 어떤 일을 당할지 생각만 해도 다시 오줌보가 아려와요. 엄마는 아무 것도 모르고 나만 야단치셔요. 정말 서운해요. 하지만 결국은 달라질 거예요. 괴물 난동 사건이 일어나면 그때는 엄마도 믿을 수밖에 없을 테니까요.

27일, 괴물 난동 사건이 일어난 다음날

엄마가 내 방에 오더니, 어제 마을에서 생긴 이상한 일들에 대해 물으셨어요. 기다리던 때가 온 거예요. 솔직하게 대답했어요.

"맞아, 엄마. 이젠 내 얘기 믿지? 모두 우리 괴물특공대원들의 짓이야."

우선, 수영장에 나타난 괴물에 대해서 말했어요. 갑자기 수영장에 나타나서 놀고 있는 아이를 물 밖으로 던져 버린 이마에 뿔 달린 괴물은 특공대원 2호 큰뿔이라고 알려줬어요.

혼자 사는 사람의 집에 나타난 괴물. 그러니까 고래고래 고함을 지른, 눈과 코가 없고, 입만 세 개 달린 괴물은 특공대원 3호, 나불나불이라고 말했죠.

엄마는 옆집 할머니 앞에 나타났던 괴물에 대해서도 물었어요. 옆집 할머니는 나이가 드셔서 걷는 것도 힘들어 하셔요. 그런데 어떤 괴물이 할머니를 등에 업고, 캄캄한 밤에 호수공원 주변을 마구 달렸던 거예요.

"대장 괴물님이야. 사실은 그때 나도 큰뿔이와 함께 멀리서 지켜보고 있었어. 할머니가 목이 터져라 소리를 지르시는데 마음이 아팠어. 하지만 말릴 수가 없었어. 대장 괴물님의 얼굴을 보면 하고 싶던 말이 목 안으로 꿀꺽 되삼켜지거든."

"알겠다."

엄마는 고개를 끄덕이더니 내 머리를 쓰다듬었어요.

"그동안 믿지 않아서 미안하구나."

"그럼 이제부터 벌 숙제는 하지 않아도 되지? 오늘부터 다시 오락해도 괜찮지?"

"할일 끝내고 쉬는 시간에만. 그런데 말이다, 낮에 어른들끼리 모여서 회의를 했다. 괴물들과 담판을 짓기로 결정을 내렸어."

"싸우면 안 돼, 엄마. 큰뿔이는 보기보단 착한 애라고요."

나도 모르게 벌떡 일어났어요. 엄마가 그런 나를 물끄러미 보더니 갑자기 내 머리를 쓰다듬었어요.

"걱정 마라. 협상을 하려는 거야. 그러자면 협상 대표가 필요하지 않겠니. 맞혀 보렴. 엄마가 사람 대표로 누굴 추천했을까?"

맙소사, 정말 말이 안 되는 얘기였어요. 나는 괴물특공대원 1호예요. 그런데 어떻게 또 사람들 대표가 되냐고요. 나는 엄마에게 차라리 벌 숙제를 다시 하겠다고 우겼지만, 엄마는 대꾸도 하지 않고 내 방을 나가버렸어요.

30일, 또다시 하늘이 맑은데 비가 온 날

사흘 만에 다시 햇빛이 쨍쨍한데도 비가 내렸어요.

"승찬아, 서둘러. 괴물회의에 가야지."

엄마의 독촉에 괴물옷을 꺼내 입으면서도, 나는 한숨을 푹푹 쉬었어요.

"나 정말 가야 해? 안 가고 싶어. 안 가면 안 돼?"

"엄마는 벌써 준비 끝냈다. 참, 오늘 수학 학원은 저녁 시간으로 미뤘다."

입을 삐죽 내밀고 현관으로 갔어요. 엄마는 커다란 상자 두 개를 안고 기다리고 있었어요. 숲길로 들어가자, 벼락 맞은 바위 앞에 머리가 벗겨진 아저씨 한 분과 고등학생 누나가 보였어요.

나는 세 번 제 자리에서 맴을 돈 다음, 바위를 "뻥!" 찼어요.

"벼락! 벼락! 열려라, 벼락!"

엄마, 아저씨와 고등학생 누나는 부지런히 걸었어요. 나는 어기적어 기적 걸었고요.

"무섭지 않아, 엄마? 괴물 대장님은 엄청 무섭게 생겼어. 아저씨! 누나! 괴물을 만나야 하는데 무섭지 않아요?"

"무서울 게 뭐가 있니?"

엄마가 느리게 걷는 나를 흘겨보셨어요.

"괴물은 우리랑 생김새가 조금 다를 뿐이야. 더 빨리 걷자, 고승찬."

동화축제에서 괴물 역할을 맡았을 때도 엄마는 같은 말을 했어요. 나를 달래려는 입발림이 아니라 진심이었나 봐요. 흘겨보는 엄마 눈빛이 괴물 대장님만큼 무서워서 나는 걸음을 서둘렀어요.

구름 운동장에는 수많은 괴물들이 모여 있었어요. 대장 괴물님이 큰뿔이, 나불나불이와 함께 우리를 환영했고요.

"어서 오시오, 사람 대표님들. 그런데 승찬 괴물! 네가 사람 대표로 올 줄은 몰랐구나. 어떻게 된 일이냐?"

머뭇거리다가 나는 결국 괴물 옷을 벗었어요. 대장 괴물님의 코와 입에서 불똥이 튀었어요. 큰뿔이는 하나뿐인 눈을 어찌나 크게 떴는지, 금세 펑! 하고 눈알이 터질 것만 같았어요.

"속이려고 한 건 아니에요, 대장님. 속이려고 한 게 아니야, 큰뿔아. 오늘은 괴물 특공대원 1호 승찬 괴물이 아니라 사람 대표로 왔어요. 우리 엄마에요. 건너편 아파트 아저씨랑 동네 누나에요. 여러분께 할 말이 있으시대요."

말을 끝낸 뒤, 나는 엄마 뒤로 자라목처럼 냉큼 숨었어요. 대장 괴물님이 계속 노려보고 있었거든요.

"하실 말이 있으면 차례로 해 보시오, 사람 대표님들."

머리 벗겨진 아저씨가 앞으로 나갔어요.

"우리 애가 물놀이를 하다가 쥐가 났는데요, 저기 있는 큰뿔이 괴물이 도와줘서 살았습니다. 감사드립니다, 큰뿔이 괴물씨. 우리 애가 정말 크고 멋진 뿔이라는 말을 전해달라는군요."

큰뿔이가 이마의 뿔을 잡고 외눈을 끔벅거렸어요.

고등학생 누나가 나불나불이에게 달려가 고개를 숙였어요.

"감사합니다. 집을 비웠는데, 도둑이 들었어요. 소리를 질러서 도둑을 쫓아주시지 않았더라면 우린 큰 피해를 봤을 거예요."

구름 운동장에 모인 괴물들이 모두 어리둥절한 표정을 지었어요.

"뭐야? 사람들을 괴롭히러 간다더니 도와만 준거야?"

"괜찮아. 아직 대장님이 남으셨잖아. 나는 대장님을 믿어."

엄마가 대장 괴물님의 앞에 상자를 내려놓았어요. 뚜껑을 열자 모락모락 김이 피어올랐어요. 맛있는 떡 냄새가 사방으로 퍼졌어요. 쑥떡과 찹쌀떡과 인절미가 상자 안에 가득했어요.

"옆집 할머니께서 해주셨어요. 할머니의 말로는 괴물들이 가장 좋아하는 음식이 떡이라던데. 맞나요, 대장님?"

"뭐 어쨌건, ……그런데 그 할머니가 왜 나한테 떡을?"

"재미있으셨대요."

"응?"

"대장님의 코와 입에서 불이 나오니까 밝아서 밤인데도 무섭지 않으셨대요. 다음에 또 업어 달라고 부탁하셨어요. 정말 고맙대요."

"어흠. 어흐흠. 뭐, 고맙다는 말은…… 태어나서 처음 들어보는데……"

대장 괴물님은 목이 아픈지 계속 기침을 했어요. 아빠가 엄마에게 꽃다발을 줄 때 하는 헛기침과 비슷한 소리였어요.

"…… 우리 특공대원들은 어디까지나 난동 사건을 벌이기 위해서 노력을…… 생각해보니 할머니를 업고 다니면 운동도 되고, 어흐흠."

대장 괴물님의 목소리가 차츰 작아졌어요. 코와 입의 불꽃도 사그라졌죠. 그러다 완전히 꺼지고 말았어요. 나는 불꽃이 없는 괴물 대장님의 얼굴을 그때 처음 봤어요. 코와 입이 상상했던 것과 달리 재미있게 생겼더라고요. 나는 엄마 뒤에서 고개만 삐죽 내민 채 킥킥 웃었어요.

"알아요, 대장님. 승찬이에게 모두 들었어요."

엄마가 내 손을 잡아끌어 괴물들 앞에 서게 한 다음 말했어요.

"우리랑 다르다고, 여러분 괴물들을 무시하거나 깔본 사람이 있었다면 제가 대신 사과드릴게요. 만약 여러분들이 계속 지금과 같은 난동 사건을 일으키고 싶으시면 그렇게 하셔도 좋아요."

사방이 조용해졌어요. 눈알 괴물의 눈알 구르는 소리가 들릴 정도로 조용했어요.

"하지만 그보다 더 좋은 방법이 있지 않을까요? 훨씬 더 좋은 길을 함께 찾을 수 있을 거라고 생각해요."

괴물 대장님이 꿀떡 침을 삼키는 소리가 천둥보다 더 크게 울렸어요. 괴물들이 가장 좋아하는 음식이 떡이라는 옆집 할머니의 말씀이 옳았어요. 대장 괴물님이 침을 삼키자 모든 괴물들도 침을 삼켰고, 결국은 아무도 참지 못했어요. 모든 괴물들이 떡을 향해 달려들었어요. 그 뒤에 어떻게 되었냐 하면요…….

으음, 그 다음은 말하지 않을래요. 최근 일어난 괴물 난동 사건의 진실에 대한 제 얘기는 여기까지가 끝이에요.

그날 밤에 꿈을 꿨어요. 사람들이랑 괴물들이 함께 떡을 먹으면서 춤추는 꿈이었어요. 나도 괴물 옷을 입고 덩실덩실 춤을 췄어요. 더 이상 괴물 옷이 창피하지 않았어요. 춤을 추다보니, 내가 사람 승찬이인지, 괴물특공대원 1호 승찬이인지 모르겠더라고요. 아무렴 어때요. 떡은 맛있고 춤은 즐거웠어요. 큰뿔이의 손을 잡고 깔깔깔 소리 내어 웃었어요.

안수연 _ 2010년 「무지개 구슬」로 『아동문학평론』 신인상 동화 부문에 당선했고, 2012년 '웅진문학상' 단편 부문에 「괴물 난동 사건의 진실」로 우수상을 받았다. 두 작품 모두 동화적 상상력으로 이야기를 끌어가는 힘을 평가받았다. 특히 「괴물 난동 사건의 진실」은 "문장이 안정되어 있고, 전체적으로 인물과 이야기 배치가 잘 되어 있다"는 평가를 받았다.(심사위원 이주영, 송언, 이상권)

링고스타

염희정

　민주네 집은 승마장입니다. 말을 기르는 마장이 다섯 개나 있는 커다란 승마장이지요. 눅진한 여름 바람이 말똥 냄새를 피워도 민주는 온종일 마장에서 놉니다. 민주는 3마장을 제일 좋아합니다. 바로 '링고' 때문입니다. 링고! 링고스타는 아라비아에서 온 멋진 흑색 말입니다. 꼬리털은 반짝반짝 윤이 나고 튼튼한 다리로 바람처럼 장애물도 넘습니다. 여섯 살 민주와 동갑내기입니다. 링고는 영리해서 민주 이야기라면 뭐든지 척척 알아듣습니다.

　민주가 벌건 얼굴로 헐레벌떡 마장으로 뛰어 들어왔습니다.

　"링고야 큰일났어. 나 좀 숨겨줘!"

　링고는 '푸루룩 푸루룩' 알 수 없는 소리만 냅니다.

　"어? 사료를 또 안 먹었네?"

　요즘 링고가 이상합니다. 오늘은 아예 민주를 알은척도 않습니다.

　'먹보가 왜 그러지? 아차, 큰일날 뻔했다. 빨리 숨어야지.'

　민주는 재빨리 마구 문을 열고 안으로 들어갔습니다. 어른들은 말 뒤쪽으로 가는 것을 절대 못하게 합니다. 링고는 그럴 리가 없지만, 사람이 뒤로 가면 말들은 뒷발로 냅다 차버린다고 합니다.

"링고야, 나 차면 안 돼. 알았지?"

민주는 건초 더미가 한 키쯤 쌓여 있는 곳에 숨었습니다. 링고는 꼼짝 않고 서 있었습니다. 민주가 건초 사이로 고개를 내밉니다. 링고의 꼬리가 보였습니다.

'꼬리털이 반짝거리면 건강하다고 했는데……, 밥을 왜 안 먹지?'

민주는 아빠가 했던 이야기를 떠올렸습니다.

'배고프지 않을까?'

그때였습니다. 마방 문이 벌컥 열렸습니다.

"김민주, 너 여기 숨어 있는 거 다 알아. 빨리 안 나와?"

엄마 목소리가 뙤약볕처럼 따갑게 마장을 울렸습니다. 엄마는 매운 치약이 듬뿍 묻은 민주 칫솔을 들고 있었습니다.

"너 자꾸 이렇게 숨어 다닐래?"

엄마는 오늘 단단히 화가 났습니다. 어제도 치과 예약 시간에 민주가 숨어버렸거든요.

"오늘도 안 가면 망태 할아버지한테 잡아가라고 할 테니까 알아서 해."

민주는 까만 콩처럼 썩은 이가 보이지 않도록 입을 꼭 다물어버렸습니다. 밖에서 할아버지가 엄마를 부르는 소리가 들렸습니다. 엄마는 민주에게 한 번 더 큰 소리로 엄포를 놓고 마장을 나갔습니다.

민주가 건초 더미 뒤에서 살그머니 나왔습니다. 고개를 한껏 젖히고 올려다보았지만 링고는 민주랑 눈도 맞추지 않았습니다. 민주가 포대에서 당근을 하나 꺼냈습니다. 링고가 고개를 숙이고 포대 자루에 관심을 보였습니다.

"링고야, 네가 제일 좋아하는 빨간 당근인데 왜 안 먹어?"

민주가 링고의 입을 벌렸습니다. 링고는 당근을 몇 번 씹다가 고개를 흔들었습니다. 떨어진 당근을 주우려는데 갑자기 마방 문이 열렸습니다.

"깜짝이야, 할아버지! 엄만 줄 알았잖아!"

"그러게, 왜 여기저기 숨어 다니는 게야?"

"자꾸만 치과에 가라고 하니까 그렇지."

할아버지는 아무 말 없이 링고 마방에 건초를 한 아름 깔아주었습니다.

"할아버지, 링고가 이상해!"

"링고도 치과에 갈 때가 돼서 그런 거야."

"치과에 간다고? 할아버지, 링고도 치과에 가야 해?"

"그럼, 말도 이빨을 갈아줘야 하거든."

할아버지는 침이 잔뜩 묻은 링고 입을 닦아주었습니다.

"안 돼! 치과 가는 거 무서워. 링고가 밥도 안 먹잖아."

"인석아, 이빨이 성치 못하니까 밥을 못 먹는 거지."

"아니야. 치과 가는 거 싫어서 그러는 거야."

"민주야. 링고는 수의사가 와서 고쳐줄 거니까 걱정 말아라."

할아버지가 마장 안쪽으로 가시며 말했습니다. 민주는 힘없이 앉아 있는 링고의 목을 가만히 쓰다듬어 주었습니다.

"걱정 마! 이빨 못 빼게 할 테니까!"

민주는 링고를 안심시키고 사료를 조금 집어주었습니다. 링고는 이히힝! 히힝 울며 딴청만 피웁니다.

"안 먹으면 무서운 수의사 아저씨가 이빨 고치러 올걸!"

민주는 링고에게 당근을 반으로 잘라주었습니다. 링고가 당근 반개를 겨우 받아먹었습니다.

할아버지가 내마장 쪽에서 소리쳤습니다.

"민주야, 링고 이빨이 좋지 않아서 당근을 못 씹는단다. 그만 주거라."

'걱정 마. 엄마가 아플 땐 많이 먹어야 한다고 했거든.'

민주는 링고에게 반씩 자른 당근을 자꾸 주었습니다. 링고가 침을 질질 흘리더니 아예 고개를 돌려버렸습니다.

"아버님! 여기 계세요?"

마방 가까이에서 엄마 목소리가 들렸습니다.

'어, 엄마다!'

민주는 후다닥 일어났습니다.

"내가 너 이럴 줄 알았어. 꼼짝 말고 여기 서 있어."

"싫어, 안 갈 거야."

"시끄러워!"

엄마가 민주 손목을 꽉 붙잡았습니다. 민주는 꼼짝할 수 없었습니다.

"아버님! 링고는 좀 어때요?"

"반들반들한 근육질 몸이 홀쭉해졌구나."

"저러다 병이 나면 어쩌죠?"

"이빨만 갈면 금방 괜찮아질 게다. 너무 걱정은 말아라."

"훈련은 못하죠?"

"훈련이 다 뭐냐? 굴레를 안 쓰려 하는데. 고삐를 맬 수도 없고……."

"어쩌죠? 민주 아빠가 수의사를 데리고 온다고 했는데 확실치가 않네요."

"여름 휴가철이라 바쁜가 보다."

"어머, 얘가 또 당근을 먹였나 봐요."

엄마가 민주를 흘겨보며 소리를 지릅니다.

"씹지도 못하는데 자꾸 주면 어쩌려고 그래?"

손목을 비틀며 빠져나가려던 민주도 한마디 합니다.

"아프단 말이야. 엄마는 왜 맨날 나한테 화만 내!"

그러거나 말거나 엄마는 민주 손목이 빨개지도록 힘을 주어 잡았습니다.

"아버님, 민주 데리고 치과에 갔다 올게요."

"안 갈 거야, 안 간다고!"

민주는 기를 쓰며 엉덩이를 바닥에 붙이고 앉았습니다. 안간힘을 썼지만 팔목을 붙잡힌 민주는 결국 엄마한테 끌려 나갔습니다. 할아버지가 허허 웃으며 한 소리 던집니다.

"애나 말이나 이 때문에 말썽이구나."

링고가 물끄러미 민주의 뒷모습을 바라보았습니다.

민주는 눈물 콧물 범벅이 되어 집으로 돌아왔습니다. 치과에서 돌아오며 이제 엄마랑 다시는 말도 하지 않을 거라고 다짐했습니다. 민주는 입에 물고 있던 솜을 빼버리고 링고가 있는 마장으로 갔습니다. 링고는 거슴츠레 겨우 눈만 뜨고 있었습니다.

"링고야, 이것 좀 봐."

민주는 아! 하고 소리 내며 입을 벌렸습니다. 링고에게 뻥 뚫린 어금니 자리를 보여주었습니다.

"어른들은 다 거짓말쟁이야. 하나도 안 아프다고 했는데."

민주는 링고의 마구 앞에 앉아 치과에서 있었던 일을 이야기해주었습니다.

"주사까지 막 놓고 얼마나 아픈데."

링고는 민주 이야기에 관심이 없어 보였습니다. 민주에게 맞장구를 쳐주며 큰 눈을 껌벅이던 링고가 아니었습니다. 민주는 링고가 자기편을 들어주지 않자 더 속이 상했습니다.

마방 문이 활짝 열렸습니다. 어수선한 사람들 소리에 시끄러운 매미 소리가 따라 들어왔습니다. 아빠가 돌아왔습니다. 아빠는 민주를 번쩍 안았습니다.

"우리 민주, 여기 있었구나? 얼굴이 왜 그래? 울었어?"

아빠가 민주에게 얼굴을 비비며 말했습니다. 민주는 아빠 말이 하나도 들리지 않았습니다. 등잔만 해진 민주의 눈에 수의사 아저씨가 들어왔기 때문입니다. 아저씨는 치과 선생님처럼 흰 가운을 입고 있었습니다. 햇살을 등진 수의사 아저씨가 링고의 마구로 저벅저벅 걸어갔습니다. 민주는 아빠의 꺼칠한 턱수염을 밀치고 링고에게 달려갔습니다. 아저씨가 마스크를 쓰고 머리엔 랜턴을 썼습니다. 커다란 집게도 들었습니다. 민주는 간이 콩알만 해졌습니다.

"아저씨, 잠깐만요."

민주가 아저씨를 붙잡고 강동거리며 소리쳤습니다. 아저씨는 못 들은 척 링고의 입을 한껏 벌리고 입안을 들여다봅니다. 수의사 아저씨는 영락없는 치과 선생님처럼 보였습니다.

"아저씨! 링고 이빨 뺄 거예요?"

민주는 아까 뺀 어금니 자리를 혓바닥으로 꼭 막았습니다. 비릿한 피 맛이 아직 느껴졌습니다. 아저씨가 집게를 빼고 랜턴 불을 껐습니다. 링고는 겁먹은 눈으로 민주를 바라보았습니다.

"아저씨, 링고 이빨 안 뺄 거죠?"

아저씨는 말없이 도구를 하나둘 꺼내놓았습니다. 치과에 있는 것보다 무시무시한 것이 열 배는 더 커보였습니다.

"김민주, 너 자꾸 시끄럽게 방해할래? 응?"

엄마는 민주를 마방 밖으로 쫓아냈습니다. 문밖에서 민주가 고래고래 소리쳤습니다.

"아빠, 할아버지, 들어갈래, 들어갈 거라고. 링고랑 같이 있을 거야!"

아빠가 살며시 문을 열었습니다. 아빠는 울먹이는 민주에게 작은 소리로 말했습니다.

"방해하지 않고 조용히 있을 거지?"

민주가 마장으로 들어와 보니 링고는 수의사 아저씨한테 꼼짝없이 잡혀 있었습니다.

"이빨이 비정상적으로 마모가 됐어요. 충치가 발생했는데요."

링고의 입안을 들여다보던 아저씨가 말했습니다.

'링고도 충치가 생겼다고?'

민주가 다가가자 링고가 고개를 푹 떨어뜨렸습니다. 민주가 링고 옆에 놓인 기승 사다리를 타고 올라갔습니다. 민주는 링고의 목덜미에 손을 갖다대었습니다. 링고의 가냘픈 숨소리가 전해져왔습니다. 수의사 아저씨가 커다란 주사기를 꺼냈습니다. 민주는 어깨가 움찔했습니다. 아까 뺀 어금니 자리가 또 욱신거렸습니다. 아저씨가 링고에게 마취제를 놓았습니다. 민주의 잇몸을 쑤욱 찔렀던 치과 선생님 생각이 났습니다. 민주는 두 손으로 입을 막았습니다.

"아빠! 링고 이빨 안 빼면 안 돼?"

아빠가 민주의 머리를 쓰다듬으며 말했습니다.

"민주야, 이빨을 지금 안 빼주면 더 큰 병에 걸릴 수도 있어."

아저씨가 입벌리개를 링고의 입에 물렸습니다. 링고가 머리를 높이 쳐들었습니다. 아저씨 손이 링고의 입안에 깊이 들어갔다 나왔습니다.

"보통 일 년에 한 번 점검을 하는데 말에 따라 두 번은 해야 할 때도 있어요. 링고는 부정교합이 심하네요."

"그래서 입안에 상처가 생긴 거군요?"

"네, 이빨도 이빨이지만 소화를 못 시키는 게 더 문제가 돼요."

"안 그래도 우리 애가 당근을 너무 줘놔서 아침에 소화제를 좀 먹였어요."

"이빨만 갈면 바로 회복될 겁니다. 자, 시작합니다."

수의사 아저씨가 랜턴 불을 켰습니다. 마방은 쥐 죽은 듯이 고요해졌습니다. 불빛이 링고의 입안을 환히 비췄습니다. 민주는 치과 의자에 앉았던 일이 떠올랐습니다. 아저씨가 링고 이빨을 하나하나 손으로 만져 보았습니다. 민주 눈이 휘둥그레졌습니다. 민주 입안을 들여다보던 치과 선생님의 무서운 눈이 생각났습니다. 링고가 긴 목을 자꾸 쳐들자 할아버지와 아빠가 양쪽에서 고삐를 잡았습니다. 링고는 옴짝달싹 못하고 서 있었습니다. 민주 어깨를 꼭 눌러 의자에 앉혔던 간호사 언니도 떠올랐습니다. 민주는 콧마루가 찡해졌습니다. 링고가 눈물 머금은 큰 눈으로 민주를 바라보았습니다.

"으악, 안 돼! 안 돼요. 링고한테 그러지 마."

아저씨가 커다란 총처럼 생긴 기계를 링고의 입안에 넣었습니다.

'드르륵, 드르르룽, 드르륵, 드르르룽'

요란한 기계 소리가 마장을 울렸습니다. 수의사 아저씨가 링고 이빨을 갈기 시작했습니다. 민주는 '꿀꺽' 마른 침을 삼켰습니다.

'지이이잉, '지이이잉'

이빨 가는 소리가 링고의 울음 같았습니다. 민주는 주먹 쥔 손으로 입을 막고 눈을 감았습니다. 빠진 어금니 자리가 또 저릿저릿했습니다. 온몸이 쭈뼛쭈뼛하고 식은땀이 흘렀습니다. 한참을 돌아가던 드릴 소리가 멈췄습니다. 민주가 살짝 눈을 뜨니 고개를 축 늘어뜨린 링고가 보였습니다. 휴, 하고 한숨을 내쉬는데 아저씨가 다시 드릴을 집었습니다.

"아저씨, 그만해. 아저씨 미워."

민주는 수의사 아저씨 옷자락을 붙잡고 늘어졌습니다. 아빠가 민주를 들어올렸습니다. 민주는 아빠 품에 안겨서 엉엉 울었습니다. 민주는 드릴 소리에 귀를 세우다 눈을 질끈 감아버렸습니다.

'드르륵 지이잉, 드르르륵 지잉'

한참을 울리던 소리가 잦아들더니 마장이 조용해졌습니다. 민주가 살그머니 눈을 떴습니다. 링고가 의젓하게 서 있었습니다.

"민주야, 이제 거의 다 끝났다. 링고가 아주 잘 참아냈구나."

할아버지가 링고의 갈기를 쓰다듬으며 말했습니다. 아빠가 민주를 번쩍 들어 링고의 코앞에 갖다 놓았습니다. 링고의 눈이 물기 어린 민주의 눈과 마주쳤습니다.

쓱싹쓱싹 벅벅 쓱싹쓱싹 벅벅.

이번엔 아저씨가 커다란 솔로 링고의 이빨을 문질렀습니다.

링고가 우스꽝스럽게 입을 헤 벌리고 민주를 바라보았습니다. 링고의 콧구멍이 벌름거렸습니다. 민주는 저도 모르게 '헤' 하고 웃었습니다.

"링고 콧구멍 좀 봐!"

아저씨가 이마에 땀을 닦으며 마스크를 벗고 랜턴 불을 껐습니다.

"링고가 씩씩하게 잘해냈다. 이제 당근을 맘껏 먹을 수 있겠구나."

민주가 기승사다리로 쏜살같이 올라갔습니다. 링고가 민주에게 코를 갖다 댔습니다. 민주는 링고의 목덜미를 꼭 안아주었습니다.

"링고야, 안 아팠어? 이제부터 우리 치카치카 잘하자. 알았지?"

제3마장 뾰족한 천장에서 옅은 오후 햇살이 쏟아져 내렸습니다.

염희정 _ 2016년 『아동문학평론』 신인상 동화 부문 당선작으로 그해 여름호에 수록되었다. 여섯 살 민주와 동갑내기 말 링고스타가 함께 치아 치료를 받는 과정을 그리고 있다. 소재가 신선하고 "말하는 민주나 말 못하는 링고스타의 미세한 감정까지 잘 들여다본 작품"이라는 평을 받았다.(심사위원 배익천)

동화

모과

이명희

　창밖으로 보이는 파란 하늘이 오늘따라 유난히 눈이 부십니다.

　그 즈음, 주말이면 아빠는 나를 데리고 부산에 갔습니다. 엄마가 아파서 부산 외할머니 댁으로 요양을 갔기 때문입니다. 아파트를 빙 둘러싼 개나리 가지에 노란 봄이 들 때였습니다. 엄마의 얼굴도 덩달아 점점 노랗게 물들어 갔습니다. 엄마의 병이 깊어진 탓이었습니다.

　"엄마는 이제 그만 퇴원해서 조용한 곳으로 가 쉬시는 게 좋겠구나."

　의사 선생님은 나에게 나지막이 말씀하셨습니다.

　엄마가 부산 외할머니 댁에 내려와 있는 동안 외할머니가 엄마의 병수발을 도맡았습니다. 누워서 일어나지도 못하던 엄마는 주말마다 가는 나를 반갑게 맞아주었습니다.

　"엄마는 이 사진이 제일 마음에 들어요?"

　엄마 머리맡을 지키고 있는 가족사진을 가리키며 물었습니다. 그 사진은 내가 다섯 살 때 부산 외할머니 댁에 놀러 와 찍은 사진이라고 했습니다. 엄마가 퇴원해 외할머니 댁으로 내려올 때 가져온 사진이었습니다. 아빠는 어린 날 무동을 태우고 있고, 엄마는 나를 올려다보며 옆에서 활짝 웃고 있습니다. 내 손에는 노란 열매 하나가 쥐어져 있는데 그 노란 열매가 열린 아름드리나무 아래서 찍은 가족사진입니다. 그런데 나는 그 사진을 찍은 기억이 통 나지 않았습니다.

그러던 엄마는 더운 여름을 못 넘기고 저 하늘나라로 떠났습니다.

창가에 하늘거리는 은행잎들, 엄마의 얼굴빛을 닮았습니다. 그 옆으로 교정의 울긋불긋 단풍 든 나무들이 고개를 내밀고 서 있습니다. 그때였습니다.

"야, 이준수! 샘이 니 부른다."

짝이 내 팔을 흔들었습니다. 다음 순간 아이들이 모두 나를 쳐다보았습니다. 나는 깜짝 놀라 주위를 둘러보았습니다. 나는 그제야 책상 위에 있는 책을 보았습니다.

"준수야, 공부 시간에 창밖만 보고 넋이 나가서 샘이 불러도 모르노? 정신 차리고 읽기 책 57쪽 나긋나긋한 목소리로 함 읽어 보래이, 서울 총각아!"

전학 오고 나서 도대체 이게 몇 번째인지 모르겠습니다. 내가 딴 생각에 빠져 있는 걸 선생님은 용케도 알아채십니다. 나는 미적거리며 일어나 책을 읽기 시작했습니다. 여자 아이들은 시시덕거렸고 남자 아이들 몇몇은 소름 돋는다며 팔을 쓸어내렸습니다. 얼굴이 화끈 달아올랐습니다. 내 서울말 때문이었습니다. 쉬는 시간 종이 울리자 나는 얼른 화장실에 갔습니다. 볼일도 급했지만 창피해서였습니다.

"너거들, 오줌 밖에다 찔찔 싸지 말고 단디 해라이."

화장실 문 앞에서 들려오는 목소리에 나는 멈칫했습니다.

"아, 또 욕재이 할매닷!"

"할매요, 남자 화장실에 여자가 오믄 우짜는데예?"

"이 문디, 할매는 여자도 아이고 남자도 아이다. 할매는 할매다, 알겠

나? 요, 5학년 머스마들 쓰는 화장실이 젤 더러븐 기라. 얼릉 볼 일들이
나 싸게싸게 봐라이, 늙은 할매 일 시키지 말고!"

작달막한 키에 뚱뚱한 몸매, 뽀글뽀글 파마머리, 아이들 사이에 '욕쟁
이 할매'로 통하는 청소 할머니가 또 남자화장실에 뜬 것입니다. 막무가
내인 욕쟁이 할매는 소변기 뒤에 떡 버티고 서서 볼일 보는 우리를 감시
하였습니다. 몇몇은 못마땅해 할머니게 대거리를 했지만 결국 대부분
아이들이 그러하듯 감시를 받으며 볼일을 보았습니다.

전학 온 지 한 달째, 이제 나도 할매가 나타났을 때 어떻게 해야 하는
지 잘 알고 있습니다. 나는 눈치껏 기다렸다 욕쟁이 할매로부터 제일 멀
리 떨어져 있는 소변기로 갔습니다. 이런 날은 정말이지 오줌이 쏙 들어
가 버려 한동안 아랫배에 힘을 꾹 주어야 했습니다. 조심해서 잘 해야지
신경을 쓰고 있을 때 등 뒤에서 욕쟁이 할매의 호들갑스런 목소리가 들
려왔습니다.

"아이고, 우리 선재스님 아인교."

우리 반 선재였습니다. 빡빡 깎은 머리에 큰 덩치의 선재는 어디에서
나 눈에 띄었습니다. 선재와 할매는 서로 합장을 하며 연신 허리를 굽실
거렸습니다.

"보살님, 또 화장실 감시 나오셨습니꺼? 힘드시지예?"

선재의 말투가 제법 의젓했습니다. 선재가 할매에게 손을 잡힌 채 다
리를 꼬고 있는 게 보였습니다. 나는 그 틈에 얼른 화장실을 나왔습니
다.

일명 '땡중'이라 불리는 선재는 근처 절에서 학교에 다니는 절집 아이
였습니다. 아이들 말에 의하면 욕쟁이 할매가 선재네 절에 다니는 신도
라 했습니다.

수업 시작종이 울렸습니다. 선재가 허겁지겁 교실로 뛰어들어 왔습니

다. 뒷문 근처 아이들 몇 명이 선재에게 몰려가 선재를 떠밀며 한마디씩 했습니다.

"땡중, 와 이리 늦었노? 니 욕재이 할매캉 수다 떨다 왔재?"

"할매가 니만 이뻐하니까 좋재?"

아이들은 웃음을 터뜨렸습니다. 선재는 늘 아이들 틈에 있었고 주변은 왁자지껄했습니다. 지난번 선재 모둠이 청소 당번일 때 일입니다. 아이들 몇몇은 내빼고 나머지는 장난치느라 교실은 온통 아수라장이었습니다. 그 틈바구니에서 혼자 청소를 하면서도 싱글거리는 선재를 보았습니다. 참 이상한 녀석이라는 생각이 들었습니다.

선재가 절에서 학교를 다닌다 하여 처음에 나는 선재가 스님의 아들인가 했습니다. 그러나 생각해보니 스님은 신부님처럼 결혼을 안 하니까 부모님이 절에서 일을 하시나 보다 했습니다. 그런데 이주 전, 쓰기 시간이었습니다. '감사하는 마음 전하기'라는 주제로 글쓰기를 할 때 알게 되었습니다, 녀석이 고아라는 것을. 선재는 그때 스님께 편지를 썼습니다.

"큰스님께 ……절 키워주시고 ……이렇게 공부시켜 주셔서 감사합니다."

발표를 하던 녀석의 목소리가 조금 떨렸던 것 같습니다. 어깨를 잔뜩 움츠린 선재를 나는 가만히 바라보았습니다. 내가 선재를 자꾸만 몰래 훔쳐보게 된 것은 바로 그때부터였습니다. 연필만 입에 물고 멍하니 있던 나는 녀석의 발표를 듣고 나서 비로소 아빠를 떠올렸습니다.

엄마가 돌아가시고 나자 아빠는 해외파견 근무를 하게 돼 멕시코로 간다고 했습니다. 그래서 나를 외할머니 댁에 데려다 놓았습니다. 떠나기 전 아빠는 말했습니다.

"준수야! 우리 아들 씩씩하게 잘 있을 거지? 아빤 널 믿어. 아빠도 가서 열심히 일할게. 하늘에 계신 엄마한테……으읍, 야단맞지 않게 우리 열심히 생활하……."

아빠는 말을 맺지 못하고 나를 꼭 안더니 좀처럼 팔을 풀지 못했습니다. 나는 아빠가 울음을 꾹꾹 삼키고 있다는 걸 알았습니다.

하굣길, 나는 화단에 서서 운동장에서 공을 차고 있는 아이들을 바라보았습니다. 운동장 모래알, 작은 사금파리 조각에 부딪혀 반짝이는 햇빛에 고개를 들었습니다. 거기엔 끝간 데 없이 펼쳐져 있는 높은 가을 하늘이 있었습니다.

'엄마, 거기서 지금 나 보고 있어요?'

엄마 얼굴이 흐릿하게 그려지다 구름 따라 무심히 흩어져버렸습니다.

"준수야, 그런 슬픈 얼굴하지 마! 엄마 병은 이제 엄마의 친구 같은 거야. 병도 제 얘기를 잘 듣고 귀 기울여 주면 친구가 되거든. 친구랑 같이 있어서 엄만 괜찮아, 정말이야."

엄마가 병을 앓고 있을 때 하던 말이 떠올랐습니다. 쉴 새 없이 찾아드는 고통을 꾹 참으며 하던 말이었습니다. 나는 얼른 핸드폰을 꺼내 저장된 사진을 열었습니다. 엄마가 돌아가신 후 엄마의 머리맡을 지켰던 그 가족사진입니다. 나는 그 사진을 내 책상 위에 두었습니다. 그리고 그 사진을 찍어서 내 핸드폰에 저장해 두었던 것입니다. 엄마는 여전히 사진 속에서 환하게 웃고 있었습니다.

어스름이 조금씩 밀려들고 있습니다. 나는 운동장에서 먼지를 뒤집어쓰고 달리는 아이들을 바라보았습니다. 하굣길에 으레 스탠드 한 구석에 앉아 시간을 보내는 게 이제 버릇이 되어버렸습니다.

'준수야 니 거기서 머하노? 또 학원 빼 묵고 공차나? 잘한데이, 빨리 일로 안 오나!'

교문 어디선가 엄마 목소리가 들려왔습니다. 엄마는 화가 나면 평소에는 쓰지 않던 부산 사투리가 툭 튀어나오는 버릇이 있었습니다. 나는 피식 웃음이 났습니다. 해질녘 교문 앞에서 나를 기다리던 엄마는 늘 그렇게 소리를 질러댔습니다. 운동장 구석에 던져져 있는 책가방을 챙겨서 느릿느릿 엄마에게 다가가면 어김없이 꿀밤이 날아들었습니다. 해거름이 되었는데도 나는 교문을 나서지 못했습니다. 외할머니가 걱정하고 기다리실 텐데도……. 내일은 토요일, 시간이 가지 않는 지겨운 주말입니다. 나는 괜스레 맨 땅에 발길질을 해댔습니다.

토요일 아침, 나는 방에서 뒹굴고 있었습니다. 내 방으로 들어오신 외할머니께선 누워 있는 내 곁에 앉으시며 내 머리를 가만히 쓰다듬으셨습니다.

"우리 준수 마이 컸다. 저 사진 찍을 때만 해도 얼라였는데……."

외할머니 말씀에 나는 내 책상 위의 액자를 바라보았습니다.

"니 기억나나? 니가 그때 참외라고 저거를 따 달라 얼매나 조르던지, 그래 한입 콱…… 근데 그 단단한 기 어데 물리나? 앙 하고 울음이 터지고 고마 다시는 안 묵는다꼬 던지뿌더라."

사진을 보고 또 보아도 나는 엄마와 함께 한 그 날이 떠오르지 않았습니다.

"저 사진 찍은 데가 할매가 댕기는 절 아이가. 어려서는 그 절에 니를 몇 번 데꼬 갔는데 커서는 니가 할매랑 엄마를 통 안 따라다녔다 아이가. 오늘 이 참에 할매캉 그 절에 한 번 가볼래? 엄마가 요양 중에도 몇 번 갔었는데…… 벨로 멀도 않데이."

나는 아무 대답도 하지 않고 외할머니만 물끄러미 쳐다보았습니다. 문득 외할머니에겐 엄마가 하나밖에 없는 딸이었다는 사실이 떠올랐습니다. 외할머니 얼굴에 주름이 유난히 도드라져 보였습니다. 나는 선선히 외할머니를 따라 나섰습니다.

산 중턱에 있는 절이라면 오래 걸리진 않을 것 같았습니다. 낙엽이랑 마른 솔잎이 바스러져 산길은 미끄러웠습니다. 안개가 자욱하게 내려앉은 산을 오르자니 구름 위를 걷는 것 같은 기분이 들었습니다. 산문에 들어서자 발걸음이 무거워졌습니다. 엄마가 요양 중에도 자주 찾은 절이라는 생각 때문이었습니다. 외할머니는 자꾸만 뒤처지는 나를 돌아보며 말씀하셨습니다.

"그 절에서 아를 몇 명 거둬 키우는데, 와, 동자승 안 있나? 참, 준수 니보다 쪼매 큰 아도 하나 있고 나머지는 네댓 살짜리들인데…… 큰 아는 글쎄 저거 에미가 돌이 채 안 된 거를 새벽에 절 앞에 버리두고 갔다 카네. 스님이 새벽 불공드릴라카는데 아 울음 소리가 자지러지게 들리서 나와 보고…… 거기 인연이 돼서 그 후로 이 절에서 동자승을 몇이나 거두고 있다 아이가. 큰 아는 어려서는 그리 울어싸서 내가 볼 때마다 짠하더만 인자는 새벽 네 시에 예불도 척척 잘 올리고, 동생들도 잘 챙긴다카더라."

안개가 차츰 걷히더니 석등이 불쑥 우리 앞에 나섰습니다. 이어 드러난 절은 고즈넉하고 아담했습니다. 어려서 몇 번 간 절이라지만 내겐 낯설기만 했습니다.

"요 돌계단으로 쭉 내리가믄 약수가 있데이. 그거 마시고 쪼매만 기다리래이. 내 법당에 가서 부처님께 인사만하고 금방 가꾸마. 그라고 그 옆에…… 아, 아이다. 얼른 가봐라"

할머니 말씀을 듣고 돌계단을 한 계단 내려서 보니 돌계단 위가 아주 높은 곳이었습니다. 아래로 펼쳐진 계단이 꽤 많았습니다. 스님이 기거하시는 것 같은 집이 한 편에 있었고, 가운데는 마당 그리고 맞은편에 약수가 흐르는 작은 샘이 있었습니다. 그리고 더 아래쪽으로 커다란 나무가 있었습니다. 나는 터덜터덜 계단을 내려갔습니다. 한 계단 한 계단 살피며 내려가는데 저 멀리 서 있는 나무가 자꾸만 눈에 들어왔습니다.

'저 나무는……어, 어…….'

순간 그 나무가 내 눈 앞으로 쑥 밀려왔습니다. 노란 열매가 주렁주렁 열린 그 나무는……. 주변의 돌담이며 나무모양이며……틀림없이 사진 속의 그 나무였습니다. 나는 어떻게 그 많은 계단을 내려갔는지 모릅니다. 나는 그 나무 아래 서서 가만히 나무를 쳐다보았습니다. 가지마다 노란 참외들이 달려 있는 나무, 그 참외 사이로 파란하늘을 올려다보았습니다. 희미한 미소를 짓던 노란 엄마 얼굴이 거기 있는 듯했습니다.

'엄마, 거기선 이제 아프지 않은 거죠?'

두런두런 이야기 소리에 돌아보니 언제 나왔는지 네댓 살 된 승복 입은 아이들 두 명이 마당에서 낡은 축구공을 굴리고 있었습니다. 동자승들이었습니다. 그런데 잠시 후에 아이 하나를 무동을 태운 스님이 집에서 나왔습니다. 잠시 서 있는가 싶던 그 무동이 움직이기 시작했습니다. 한 걸음 한 걸음 내가 있는 쪽으로 다가왔습니다. 무동을 태운 그 스님은 노란 열매 가득한 나무 아래까지 와서 나를 향해 환하게 웃고 있었습니다.

선재였습니다!

축구공을 굴리던 동자승들이 선재에게 몰려왔습니다.

"준수야, 니 여긴 우짠 일이고?"

"어, 할머니랑 같이……."

나는 어쩐지 머쓱해져 얼버무렸습니다.

"할매 불공드리시는데 따라왔는갑네."

"행님아, 누고?"

무동을 탄 동자승이 발을 간당거리며 물었습니다.

"우리 반 친구아이가. 이 행님아는 서울, 서울에서 전학 왔다 아이가."

"우와!"

내가 서울에서 온 게 무슨 대단한 자랑거리라도 되듯 선재가 말했습니다.

"스님네들, 고매 삶아논 거 좀 묵고 노소."

쩌렁쩌렁한 목소리가 들려왔습니다. 맞은편 마당 앞에 빠글빠글한 파마머리에 통이 넓은 승복 바지를 입은 할머니가 연신 웃고 있었습니다. 욕쟁이 할매였습니다. 놀란 얼굴을 하고 있는 내게 선재가 목소리를 낮추며 말했습니다.

"욕재이, 아, 아니 할매가 주말마다 오셔서 저래 우리 빨래도 해주시고, 방 청소도 해주신데이, 미안쿠로. 저, 이건 비밀인데 사실은 할매한테 아들이 하나 있었거등. 근데 그 아들이 젊어서 절에 출가를 했다카네. 우리 절에 자주 오시는 것도 아들 생각이 나서인 기라. 마이 보고 싶으실 끼야."

동자승들은 욕쟁이 할매에게로 뛰어갔습니다. 할매는 한 손으로 동자승들의 빡빡머리를 하나하나 쓰다듬어 주었습니다. 학교에서는 무섭기만 한 욕쟁이 할매의 얼굴이었는데 지금 웃고 있는 할매의 얼굴은 꼭 하회탈 같았습니다.

나는 동자승들과 할매를 쳐다보다 선재에게 물어보았습니다.

"저 나무 이름이 뭐야?"

"모과나무라 카는 기다. 저 나무, 나이가 엄청 많데이. 큰스님보다 더 할배라카던데……."

'모과!'

나는 핸드폰을 꺼내 이 나무 아래서 찍은 가족사진을 선재에게 보여주었습니다.

"와, 이기 우리 모과나무가? 니 어릴 때 사진인갑네."

감탄하며 쳐다보는 선재의 눈에 언뜻 부러움이 스쳤습니다.

"지금 우리 엄마는…… 저기 계셔."

나는 파란 하늘을 가리켰습니다. 선재는 갑작스런 내 말에 당황한 듯했습니다. 말없이 고개를 박고 내 핸드폰의 사진만 한참 들여다보았습니다. 그러던 선재가 갑자기 돌담 위를 뛰어올랐습니다. 그리고 노란 모과 하나를 땄습니다. 선재는 그것을 내게 쓰윽 내밀었습니다.

"내는…… 엄마 얼굴도 모른데이. 준수야, 엄마랑 여서 사진도 찍었는데 이거 기념으로 하나 갖고 가래이. 엄마가 어데 가나? 여게 있재."

선재는 제 왼쪽 가슴께를 두드렸습니다. 나는 선재가 준 모과를 두 손에 꼭 쥐었습니다. 언제부터였는지 외할머니께서 돌계단 중간쯤에 서서 나를 바라보고 계셨습니다.

"냄새가 참말로 진하데이. 니 책상에 놔두 봐라. 억수로 오래간데이."

선재가 내 등에 대고 소리쳤습니다.

절에 다녀온 뒤 나는 책상 앞에 앉았습니다. 가족사진을 한참 바라보았습니다. 왼쪽 가슴에 가만히 손을 얹고서 말입니다. 나는 모과를 집어 사진 앞으로 내밀었다 사진에서 모과를 건네받는 시늉을 하였습니다. 그리고 모과를 사진 앞에 내려놓았습니다. 그윽한 모과향이 방안 가득 퍼졌습니다.

"엄마…… 이 모과 엄마가 내게 준 거야, 그렇죠?"

열어둔 창으로 어느새 파란 하늘이 성큼 들어와 있습니다.

이명희 _ 2012년 『아동문학평론』 신인상 동화 부문 당선작으로 그해 여름호에 실렸다. 엄마를 잃은 아픔을 겪는 선재가 동무와 모과를 통해 그 아픔을 치유해 나가는 이야기이다. '좋은 글감으로 빛나는 글을 쓸 수 있는 역량'을 평가받았다. (심사위원 소중애)

라오스의 달콤한 눈

이서림

너를 만난 건 평범한 어느 날이었어. 그날 아침에도 어김없이 탁발 수행이 있었지.

"릭, 아직 멀었니?"

"아니에요. 이제 준비 다 했어요."

"아홉 살이나 된 스님이 옷도 똑바로 못 입으면 어떡하누."

큰스님은 어깨 밑으로 흘러내린 장삼을 바로 올려주며 근엄한 목소리로 물으셨어.

"탁발이 스님들에게 얼마나 중요한 수행인지 너도 잘 알고 있지?"

큰스님의 말씀에 나는 말없이 고개를 끄덕였어. 스님이 된 지 일 년도 채 안 됐지만 그 정도는 나도 잘 알고 있거든.

메콩강에 나룻배들도 아직 깨어나지 않은 고요한 시간이었어. 새벽의 푸른빛이 가시기도 전이지만 사람들은 벌써 거리로 나와 우리를 기다리고 있었어. 시작을 알리는 북소리가 울리면 앞장선 큰스님을 따라 나이 순으로 주홍빛 장삼을 입은 스님들의 탁발행렬이 이어져. 스님들이 지나가면 사람들은 정성껏 준비해온 찰밥을 떼어내 스님들의 발우에다 시주를 해. 발우에는 밥뿐만 아니라 과자나 빵, 가끔은 돈도 들어 있어. 음식을 얻어먹는다고 해서 우리를 거지로 오해하지는 말아줘. 스님들은 아무것도 가질 수가 없기 때문에 신도들에게 받는 거거든.

"무언가를 가지게 되면 욕심이 생기는 법이란다."

큰스님이 그러셨어. 그런데 우리가 가진 발우는 조금 신기하단다. 시주를 아무리 많이 받아도 넘치는 일이 없거든. 그 비밀은 거리 곳곳에 놓여진 빈 바구니에 있어. 우리는 받은 음식 일부를 이 바구니에 덜어내야 해. 덜어낸 음식으로 채워진 바구니는 길 끝에서 기다리고 있던 가난한 사람들의 것이야. 받은 것을 나누는 것이지. 멋지지 않아? 그런데 바로 그날 너와의 만남으로 인해 나의 수행 인생 일대 최고의 고비를 맞이하게 돼 버렸어.

너와의 만남은 운명적이었어. 그날따라 내 발우는 금세 채워졌어. 그런데 무심코 발우를 들여다보다 눈이 휘둥그레졌어. 발우 속에는 손바닥만 크기의 네가 짠! 하고 들어와 있는 거야. 넌 마치 푸시산에 떠오른 해처럼 반짝거렸어. 사실 널 본 건 그날이 처음은 아니었어. 몇 달 전 우리 사원에 온 여행객들이 너를 먹는 걸 본 적이 있었는데, 풍기는 냄새가 보통의 초콜릿 냄새가 아니었어. 초콜릿만큼이나 달콤하지만 그보다 더 진한 냄새였어. 라오스에서는 절대 맡아볼 수 없는 특별한 달콤함이었다고나 할까. 얼마나 먹고 싶었는지 나도 모르게 손을 내밀 뻔했어. 군침을 삼키는 나를 보았는지 착해 보이는 아저씨가 너를 나에게 건네려는데 바로 그때,

"릭! 마당은 다 쓸었니, 여기서 여태 뭐하고 있는 거니?"

큰스님이 부르시는 거야. 마음 같아선 너를 냉큼 받았겠지만 큰스님이 나무라시는데 널 받아 챙길 수는 없잖아. 잡은 고기를 놓쳤을 때 어떤 기분인 줄 아니? 그렇게 눈앞에서 놓쳐버려 내내 아쉬웠지만 어딜 가

봐도 널 찾아볼 수가 없는 거야. 그런 네가 저절로 나의 발우 속으로 들어왔으니 이런 기적이 또 어디 있겠니. 원칙대로라면 길 위에 있는 바구니에 너를 던져버려야 했어. 내 발우는 이미 가득 찼었거든. 그런데 운명의 장난이었을까. 난 너를 바구니에 덜어내지 못했어. 그때 누군가가 나를 쳐다보는 것 같았어. 흠칫 놀라 걸음을 멈추고 돌아보았더니 그곳에는 바구니를 든 소녀가 있었어.

'스님 난 다 봤어요. 그렇게 욕심을 부리다니 스님 맞아요?' 라고 하는 것 같았어. 그런데 뭔가 이상한 거야. 소녀는 지팡이를 짚고 있었어. 왜 있잖아, 앞 못 보는 사람들이 쓰는 지팡이.

'뭐 어때. 부처님도 한 번쯤은 이해해 주실 거야.'

너를 가진 순간부터 그날 오전 내내 내가 무얼 했는지 기억이 나질 않아.

이글거리는 태양이 씨엥통 사원의 황금지붕을 녹여버릴 듯이 뜨거운 오후가 되어서야 쉬는 시간이 주어졌어. 무더운 낮에는 스님들도 자유 시간이야. 난 뒤뜰로 나가 주변에 아무도 없는지 확인을 하고 조심스레 널 품에서 꺼냈어. 몇 달 전에 봤던 그때의 그 모습과 똑같았어. 얼마나 반가웠는지 그만 소리를 지를 뻔했어. 빨간색 봉지에 앙증맞게 그려진 네 모습은 어느새 내 마음 깊은 곳을 차지하고 말았지. 너를 어떻게 꺼내 볼까. 가위로 자를까, 아니면 과감하게 손으로 뜯을까. 한참을 머뭇거리다가 끝부분을 잡고 단번에 봉지를 열었지. 달콤한 냄새가 먼저 내 코를 사로잡았지. 갈색 바탕에 윤기가 흐르는 동그란 네 얼굴은 먹기가 아까울 정도로 매력적이었어. 한입 너를 베어 무는 순간 난 너에게 반해 버리고 말았지. 네 몸속에 숨어 있던 하얀 크림은 말로는 표현할 수 없는 맛이었어. 폭신하면서도 부드럽고 사르르 녹는 게, 눈의 맛이 이럴까. 라오스는 여름뿐이라 눈을 직접 본 적은 없지만 언젠가 책에서 본 적이 있어. 초콜릿색처럼 동그란 항아리 뚜껑 위에 소복이 덮여 있던 눈. 눈은 쉽게 녹아버린다고 했거든. 새하얀 크림이 혀에 닿는 순간 사르르 녹는 너는 꼭 눈 같았어. 눈 깜짝할 사이에 너는 사라지고 말았어. 하지만 슬프진 않았어. 다행히 너는 하나 더 있었거든.

그때부터 난 너에 대해 공부하기 시작했지. 이름 옆에 적힌 '情'이라는 한자 때문에 처음에는 네가 중국에서 온 줄 알았어. 하지만 끈질긴 추적 끝에 네가 한국 출신이라는 걸 알게 되었지. 왜 강남스타일 춤으로 유명한 그 나라 말야. 난 하나밖에 남지 않은 너를 보물상자에 담아 뒤뜰에 있는 보리수나무 밑에 숨겨 두었어. 그리고선 매일 꺼내 보았지.

그날도 네가 잘 있나 확인해보려 보물상자를 열어보던 참이었어.

"릭, 그게 뭐야?"

깜짝 놀라 돌아보니 키산이었어. 키산은 나처럼 집이 가난해 스님이 된 아이야. 학교에 다니고 싶어서 스님이 된 거지. 난 너를 얼른 등 뒤에 숨겼지만 키산은 이미 다 알고 있다는 눈빛으로 물었지.

"네가 매일 들여다보는 그게 뭐냐고?"

명색이 스님인데 거짓말을 할 순 없잖아. 난 솔직히 말했어.

"한국에서 만든 초코빵인데 얼마나 맛있는지 몰라. 라오스에 이보다 달콤한 건 없을 걸."

"얼마나 맛있길래?"

"너 눈 알지? 추운 나라에 내리는 새하얀 눈. 눈처럼 달콤한 맛이야."

"거짓말 마. 본 적도 없는 눈을 네가 어떻게 알아?"

"꼭 봐야만 아니? 안 봐도 맛으로도 느낄 수 있는 거야."

"어디서 났어?"

"그건 비밀이야."

키산은 뭔가 골똘히 생각하는 듯했어. 그러고선 한참 뜸을 들이더니 내게 말했어.

"릭, 그거 나한테 주면 안 돼?"

"말이 돼? 이 초코빵은 내가 정말 아끼는 거라고!"

"하지만 우리는 욕심 부리면 안 되잖아. 넌 지금 부처님의 법을 어기고 있어. 네가 안 주면 큰스님에게 모두 일러바칠 거야."

"비겁해!"

"욕심 많은 네가 더 비겁해!"

"내 꺼라고!"

"세상에 네 것 내 것이 어디 있니. 공평하게 승부를 해서 이긴 사람이 갖도록 하자. 대신 내가 지면 못 본 걸로 해줄게. 내일 이 시간, 꽝시 폭포에서 만나기로 하자."

너를 둘러싼 우리의 승부는 그렇게 시작됐어. 사슴이 뿔로 들이받은 곳에 물이 쏟아져 폭포를 이뤘다는 전설처럼 꽝시 폭포의 물은 엄청나. 물살이 너무 세서 숨을 오래 참기는커녕 그냥 서 있기도 힘들 정도지.

"오래 참는 사람이 이기는 거다."

난 참는 거라면 자신이 있거든. 하루에 두 끼만 먹는 것도 참을 수 있고 수업 시간에 잠 오는 것도 참을 수 있지만 너를 빼앗기는 건 참을 수가 없었어.

"하나, 둘, 셋 하면 들어가는 거다. 하나, 둘, 셋!"

난 마음속으로 너를 갖고 싶은 만큼 셌어. 초코빵 하나, 초코빵 둘, 초코빵 셋, 초코빵 열, 초코빵 백. 헉헉. 이쯤이면 되겠지. 가쁜 숨을 내뱉으며 물 밖으로 나오니까 키산의 얼굴은 여전히 물속에 있는 거야. 얼른 다시 물속으로 얼굴을 넣으려는데, 바로 그때 푸우! 하고 키산이 물 밖으로 나왔어.

"내가 이겼지?"

"무슨 소리야. 사람이라면 그렇게 오래 숨을 참을 수가 없어."

"뭐라고? 내가 속이기라도 했단 말야?"

"안 봤으니 알 수가 없지."

"그래. 좋아. 그럼 이번에는 헤엄쳐서 저기까지 먼저 도착하는 걸로 붙자."

키산은 폭포 끝을 가리켰어. 난 한 치의 망설임 없이 고개를 끄덕였지.

"준비, 시작!"

물살을 가르며 목적지까지 최선을 다해 헤엄쳤어. 너를 지킬 수만 있다면 차가운 물살쯤은 아무것도 아니었어. 네가 얼마나 소중한지는 너를 맛본 사람만 알 수 있을 거야. 그런데 네가 어떤 맛인지도 모르고 너에 대해 아무것도 알지 못하는 키산은 무엇 때문에 너를 그렇게 갖고 싶었던 걸까. 두 번째 대결도 무승부로 끝이 났어.

"이번에는 무조건 승부를 내는 거다."

마지막 승부는 다이빙이었어. 더 높은 나무에서 뛰어내리는 사람이 이기는 거야. 내 키의 세 배쯤 되는 나무에 올라가 나는 멋진 폼으로 뛰어내렸어. 그런데 키산은 내가 올랐던 나무보다 훨씬 높은 나무를 찾은 거야. 키산이 나무를 오를 때 나는 생각했지.

'하나 남은 초코빵 못 먹게 되어도 좋아. 키산에게만은 절대 뺏길 수 없어!'

나는 키산이 나무에서 미끄러지길 속으로 빌었어. 그런데 아뿔사. 정말 그렇게 돼 버린 거야. 키산은 나무에 오르자마자 휘청거리더니 중심을 잃고 미끄러지고 말았어.

키산은 누워 지내야 했어. 당연히 아침 탁발 수행에도 나갈 수가 없었지. 나는 너를 갖고 있었지만 네가 먹고 싶다거나 예전처럼 좋지는 않았어. 너를 품에 안고 키산이 누워 있는 방을 서성이기만 했지. 그렇게 며칠이 지나고 메콩강 위의 달이 네 모습처럼 동그랗게 부풀던 날 밤 다시 한 번 용기를 내어 키산을 찾아갔어. 그런데 빼꼼 열린 문 틈 사이로 방 안을 들여다보다 깜짝 놀라고 말았어. 키산 곁에는 탁발 때 보았던 낯익은 얼굴이 있었거든. 왜 있잖아. 우리가 준 음식 바구니를 가져가던 그 지팡이 소녀.

"스님, 왜 그동안 탁발하러 나오지 않았어요?

"짠, 아무도 없을 땐 스님이라고 안 불러도 돼."

"오빠가 나오질 않아서 얼마나 걱정했는지 몰라."

"짠, 오빠가 네 선물을 구하기 위해 잠시 어디 좀 다녀왔어."

"어떤 선물인데?"

"짠, 너 눈이 어떻게 생겼는지 궁금하다고 했지? 보지 않아도 알 수 있는 눈 맛 빵이 있대. 얼마나 달콤한지 입에 닿는 순간 사르르 녹고 만대."

"눈은 달콤한 맛이야?"

"아마도 그런가 봐. 조금만 기다려. 오빠가 공부 열심히 해서 눈 맛 빵 꼭 구해줄게."

키산은 소녀의 손을 가져가 볼에 비볐어.

소녀는 더듬더듬 지팡이를 짚으며 마당으로 걸어 나왔어. 잠시 망설이다가 소녀의 지팡이를 붙잡았어. 소녀가 흠칫 놀랐어.

"네가 혹시 키산 동생 짠이니?"

"네, 그런데요. 누구세요?"

난 대답 대신 너를 꺼내들었지. 하도 만지작거려 뭉개지긴 했지만 하얀 크림은 그대로였어.

"이거 먹어봐. 키산이 겨울 나라에서 구해온 눈이야."

조심스럽게 한입 베어 문 소녀는 음미하듯 너를 머금고 있기만 했어. 여전히 눈을 감고 있는 채였지만 소녀의 얼굴에는 환한 미소가 번졌어.

"와아, 눈은 달콤하구나."

그제야 무거운 내 마음이 사르르 녹더라. 그때 나는 진짜 눈 맛을 보았어. 너처럼 동그랗게 생긴 보름달이 소녀와 나를 비추는 밤이었어.

이서림 _ 2017년 『경상일보』 신춘문예 동화 부문 당선작이다. 여름나라 라오스를 배경으로 탁발 중에 얻은 초코파이의 크림 부분을 겨울나라의 눈으로 환유해 나누고 배려하는 삶의 가치를 일러주고 있다. "이야기를 만들고 그것을 표현할 줄 아는" 작가라는 평을 들었다. (심사위원 김구연)

동화

지렁이 대작전

임문성

시계를 보니 벌써 밤 11시다. 정말 해도, 해도 너무 한다. 아무리 회사 일이 바쁘다 해도 그렇지, 어떻게 하나밖에 없는 아들의 생일을 잊어버릴 수 있는 걸까?

오늘 아침, 아빠는 내가 눈을 뜨기도 전에 출근해버렸고, 지금 이 시간이 되도록 돌아오지 않고 있다. 그것도 축하한다는 전화 한 통 없이 말이다.

딩동!

'혹시 선물이라도?' 하는 마음에 아빠의 손부터 봤다. 그러나 거기엔 너덜너덜한 서류봉투만 매달려 있을 뿐이었다.

"재현이 아직 안 잤구나? 아빠가 오늘 좀 늦었지?"

"아빠, 오늘 내 생일인 거 몰라요?"

내가 대뜸 소리를 지르자, 아빠가 멀뚱한 표정으로 나를 한참 바라보았다.

"아, 맞다. 미안해. 오늘 부장님이 거래처 사장들하고 미팅 약속을 잡아놔서……."

부장님? 역시 그랬다. 아빠는 늘 부장님과 식사하느라 늦고, 부장님하고 회의하느라 늦고, 부장님이 시킨 일 때문에 늦는다.

"부장님, 부장님, 부장님! 아빤 부장님밖에 몰라요? 부장님 한마디면 아들 생일도 잊어버려요? 아니. 잊어버린 게 아니라 아예 몰랐을 거야, 그렇죠?"

내 가슴에서 꾹꾹 참아왔던 말들이 한꺼번에 터져 나왔다.

"재현아! 엄마가 햄버거 가게에서 생일파티 해줬잖아. 그랬으면 됐지! 아빠한테 신경질은 왜 부려? 할 일 없으면 들어가서 수학 공부나 해."

엄마 입에서 수학 얘기가 나오는 순간, 책상 서랍 속에 몰래 숨겨놓은 수학 시험지가 생각났다. 나는 조용히 내 방으로 들어갔다.

부엌에서 덜그럭거리는 소리가 나기 시작한 건 몇 분 뒤였다. 나 몰래 맛있는 거라도 먹나 싶어서 문을 열어봤더니 아빠가 라면국물을 후루룩 마시고 있었다.

아빠를 지켜보던 엄마가 얼굴을 찡그리며 말했다.

"당신 거래처 사람들하고 미팅을 했다면서 저녁도 안 먹었어?"

"뭐, 먹긴 했는데 긴장이 돼서 코로 들어가는지 입으로 들어가는지도 몰랐어."

아빠는 회사에서 있었던 일을 이야기하기 시작했다. 엄마는 때론 한숨으로 때론 웃음으로 맞장구를 치더니 부장님 얘기가 나오자마자 목소리를 높여 화를 냈다.

"뭐? 매출이 떨어진 게 다 당신 탓이라고? 그리고, 뭐? 무능해?"

아빠가 무능하다고? 솔직히 내가 아빠가 회사를 다니는 것처럼 내가 열심히 학교를 다닌다면 우등상은 항상 내 차지일 거다. 아빤 매일 새벽에 출근해서 깜깜한 밤이 되어서야 집에 들어오는 데다가, 바쁜 일이 있으면 일요일에도 회사에 나가는 걸 당연하게 생각하는 '일벌레'이기 때문이다. 그런데 부장님이라는 사람은 왜 우리 아빠를 무시하는 걸까?

"요즘엔 술도 못 마시는 사람이 어떻게 거래처 관리를 하겠냐고 난리야. 그것도 꼭 다른 사람들 있는 데서, 어찌나 자존심이 상하는지 말이야. 에이, 지렁이도 밟히면 꿈틀한다구 하던데. 그냥 사표 낼까?"

"뭐, 사표? 당신이 지금 그런 소리 할 때야? 쥐꼬리만 한 월급 땜에 내가 얼마나 빠듯하게 사는데, 당신 사표 소리 한 번만 더하면 그날로 우린 이혼이야."

사표를 낸다는 아빠와 이혼을 한다는 엄마! 도대체 회사가 뭐고 부장님이 뭐길래 이혼이란 무서운 말까지 나오게 하는 걸까? 난 머릿속이 싸해지면서 며칠 전의 일이 떠올랐다.

아빠가 처음으로 술에 취해 들어온 날! 아빠는 밤새도록 몸속의 모든 것을 비워내 듯, 토하고 또 토했다. 그걸 보면서 난 어른이 되더라도 결코 술을 마시지 않겠다고 다짐했다. 그런데 그 술을 억지로 먹인 사람이 부장님이라니……. 따지고 보면, 오늘 내 생일이 엉망이 된 것도 다 그 부장님 때문이다. 부장님? 부장아저씨? 아니 그냥 부장! 내 가슴 안에서 뭔가가 부글부글 끓어올랐다.

다음날 아침, 아빠는 식탁 의자에 앉아 신문을 읽고 있었고, 엄마는 어제 끓여놓은 미역국을 그릇에 담고 있었다. 아침 식탁에서 아빠와 마주 앉은 게 도대체 며칠 만인지……. 그러나 반가운 마음보다 걱정이 앞섰던 건 어젯밤 엄마와 아빠 사이에 벌어졌던 전쟁이 아직도 진행 중인 것처럼 보였기 때문이다. 아빠는 엄마에게 할 말이 있는 듯 눈치를 보고 있었다.

"흠흠! 아, 내가 어제 말하는 걸 깜박했네. 어? 벌써 내일인가? 회사에서 가족 동반 야유회를 간대."

"그래서?"

밥을 먹던 엄마가 남의 일이라는 듯 고개도 들지 않고 대꾸했다.

"이번엔 사장님 사모님도 오시고, 음식도 뷔페로 차려 놓는 다고 하더군. 재미있는 게임도 많이 하고, 노래자랑도 한다던데……. 당신 한번 출전해봐."

"무슨 좋은 일이 있다고 내가 거길 가서 기서 노래를 불러? 그리고, 입고 갈 옷도 없어. 가고 싶으면 당신 혼자서 가."

엄마가 퉁명스럽게 대답하자 아빠가 나에게 물었다.

"재현아, 넌 갈 수 있지?"

"저도 가기 싫어요."

내 대답마저 신통치 않자 아빠의 어깨가 푹 꺼졌다.

"부장님 가족도 와?"

엄마 입에서 '부장님'이란 말이 튀어나오자, 아빠는 손사례를 쳤다.

"오긴 누가 와. 부장님 기러기잖아."

엄마는 알겠다는 듯 고개를 끄덕였다. 난 부장님이 왜 기러기인지, 궁금해졌다.

"아빠, 그 아저씨 별명이 기러기예요?"

"그게 아니라, 기러기 아빠란 소리지. 외동딸이랑 부인이 미국에 갔거든……."

그런 '기러기 아빠'라면 어디선가 들은 적이 있다. 자식과 부인을 외국에 보내고 혼자 남아서 돈을 버는 아빠들을 기러기 아빠라고 한다지?

"대단해! 뻔한 회사원 월급에 조기 유학도 시키고……. 하긴, 그것도 능력이지, 뭐."

엄마가 비아냥거리듯 말하자 아빠는 머리를 긁으며 나를 쳐다봤다.

"재현아, 너 정말 야유회 가기 싫으냐? 가기 싫으면 안 가도 돼"

"아니에요, 아빠! 저도 갈게요."

아빠가 고개를 갸우뚱거리며 날 봤다. 하긴, 아빠는 모를 거다. 내가 야유회에 가겠다고 마음을 바꾼 이유가 다름 아닌 부장님! 그 얄미운 얼굴을 실컷 째려보기 위해서라는 걸……

수업이 끝나자마자 나는 집으로 향했다. 아침에 비가 내려서 그런지 땅이 젖어있었다. 집을 향해 바쁘게 걸어가는데 발밑이 좀 이상했다. 신발을 들어보니 굵기가 내 새끼손가락만 한 지렁이가 뭉개져 있었다.

"아이, 짜증나!"

지렁이가 붙어 있는 신발 밑창을 땅바닥에 대고 긁어댔다. 그런데 자세히 보니, 여기저기에 꼬물대는 지렁이가 한두 마리가 아니다.

"으악, 이게 뭐야? 짜증나게 웬 지렁이 떼야?"

"야, 서재현! 학교에선 잘난 척하더니 지렁이 가지고 호들갑이냐?"

누군가 했더니 우리 반에서 괴짜로 소문난 우식이였다. 그런데 그 아이의 한 손에는 나무젓가락이, 다른 손에는 손잡이가 있는 투명한 플라스틱 통이 들려 있었다.

"우와, 많다. 여긴 정말 비만 오면 지렁이 밭이라니까."

우식이가 젓가락으로 꼬물거리는 지렁이를 집더니 플라스틱 통에 담기 시작했다.

"그걸로 뭐 하려고 그러냐? 징그럽지도 않아?"

"징그럽긴? 귀엽기만 하구만……. 넌 요놈들이 얼마나 쓸모 있는지 모르는구나."

"모르긴, 뭘 몰라? 오염된 땅을 깨끗하게 해주고, 낚시할 때 떡밥으로 쓰인다는 거. 그 정도는 나도 다 안다고."

나는 지기 싫은 마음에 한껏 아는 척했지만, 우식이의 반응은 썰렁했다.

"에이, 그런 뻔한 거 말고, 지렁이가 얄미운 녀석들 혼내 주는 데는 정말 최고거든. 가방 속이나 운동화 속에 넣어두면 아무리 센 척하는 녀석도 놀라 자빠진다고."

얄미운 녀석을 혼내 준다? 갑자기 '부장님'이라는 세 글자가 떠올랐다. 나는 잽싸게 주머니를 털어 오백 원짜리 동전 두 개를 꺼냈다.

"야, 그 지렁이 통 나한테 넘겨라."

드디어, 토요일 아침이다. 입을 옷이 없어서 야유회에 못 가겠다고 버티던 엄마는 결국 백화점에서 새 옷 한 벌을 장만했다. 덕분에 우리 가족 야유회 출석률은 백 퍼센트가 되었다.

차를 타고 한 시간쯤 지나자, '경축 한빛전자 가족 야유회'라고 써 있는 현수막이 보였다. 난 지렁이 통이 들어 있는 가방을 조심스럽게 껴안았다.

"어이, 서 차장! 이제 왔어?"

차에서 내리자마자 누군가 큰 목소리로 아빠를 불렀다.

"부, 부장님, 안녕하세요? 제 집사람하고 아들입니다."

부장님이라고? 내 심장이 쿵쾅쿵쾅 방망이질 치기 시작했다.

"어머, 안녕하세요? 말씀 많이 들었어요. 직접 뵈니까 더 멋지세요."

며칠 전부터 아빠만 보면 눈을 흘기던 엄마가 부장아저씨에게는 저렇게 싹싹하다니……. 부장아저씨 얘기만 나오면 자다가도 벌떡 일어나 화를 낼 사람이 누군데. 그리고 뭐? 멋지다고? 키는 백 칠십도 안 될 것 같고, 허리둘레는 백년 된 아름드리 소나무랑도 맞먹겠다. 그뿐인가? 야유회에는 전혀 안 어울리는 분홍색 와이셔츠와 검정색 양복바지가 촌스럽기만 하다.

"안녕하세요?"

엄마가 자꾸 눈치를 주는 바람에 꾸벅 인사를 했다.

"사내녀석 아니랄까 봐, 무뚝뚝하긴……. 그래, 너 몇 학년이니?"

"4학년인데요."

"그럼 미국에 있는 우리 딸보다 좀 어리구나. 그런데 그 파란 가방에
뭐가 들어 있냐? 무슨 보물단지라도 되나?"

"예? 이, 이거요? 도, 도시락 가방이에요."

하필이면 왜 이 가방이 눈에 띄었을까? 난 덜컥 겁이 났다.

"오늘 점심이 뷔페인 걸 모르나 보구나. 서차장이 깜박하고 얘기를 안
했군."

"아니에요. 얘기는 들었는데 혼자 먹을 과자랑 음료수를 따로 준비했
나 봐요."

내가 우물쭈물하자 엄마가 내 앞으로 나서며 말했다.

"녀석, 하는 짓도 아빠랑 빼다 박았네. 허허! 서 차장, 이따 행사장에
서 봐."

부장아저씨가 너털웃음을 남기고 걸어갔다. 엄마 덕분에 한 고비는
넘긴 것 같은데, 이번엔 엄마의 눈초리가 심상치 않다.

"도시락? 도대체 그 안에 뭐가 있는 거야? 이리 내봐."

"아까 엄마가 말했잖아요. 과, 과자랑 음료수……."

나는 엄마에게 꼼짝없이 걸려드는가 싶었다. 그런데, 그때 커다란 검
정색 승용차가 우리 차 근처에 멈췄다. 기사로 보이는 사람이 내려서 문
을 열자, 차 안에서 점잖게 생긴 아저씨와 울긋불긋한 블라우스에 커다
란 선글라스를 쓴 아줌마가 내렸다.

"사장님이다!"

그 순간 사람들이 구름같이 모여들기 시작했고, 엄마도 내 가방에 대해서는 까맣게 잊어버린 채 그 시커먼 구름 속으로 빨려 들어갔다.

"파이팅, 영업부 파이팅!"

부서별 체육대회가 시작되자, 부장아저씨는 마치 응원단장이라도 된 것처럼 맨 앞에서 소리를 질러댔다. 그러나 우리 아빠를 비롯한 영업부 선수들의 운동 실력은 '꽝!'이었다. 나 역시 아빠랑 같이 뛰고 커다란 공도 굴려봤지만 마음이 온통 지렁이에게 쏠려서 그런지 하는 것마다 꼴찌였다. 그런데, 갑자기 놀라운 광경이 펼쳐졌다. 아무리 살펴봐도 몸치일 것 같은 부장아저씨가 넥타이를 이마에 동여매고 양복바지를 접어 올린 채 뛰어나갔다. 한 발을 올려 잡고 뜀을 뛰며 상대방을 넘어뜨리는 닭싸움 선수로 뛰기 시작한 것이다.

'치, 한번 열심히 해보라지. 넘어져서 코피라도 흘리면 볼 만하겠는걸……'

그러나 내 예상은 완전히 빗나갔다. 부장아저씨는 마치 지는 법을 모르는 쌈닭처럼 상대 선수를 향해 덤벼들더니 어느새 결승전까지 올라갔다. 그러자 아빠를 비롯한 모든 영업부 사람들이 부장아저씨를 열광적으로 응원하기 시작했다.

"오! 필승 부장님! 짝짝! 오! 필승 부장님! 짝짝!"

다른 사람들이 응원을 하건 말건 난 부장아저씨가 땅바닥에 나동그라지는 순간만을 기다렸다. 그러나 부장아저씨는 끝까지 버텨냈고 상대 선수가 지쳐서 휘청거리는 순간, 마지막 공격을 시도했다.

"우와, 부장님 만세!"

사람들이 소리를 지르며 기뻐했다. 그 엄청난 분위기에 휩쓸려 나도 모르게 박수를 쳤다.

'내가 왜 이래? 지금 내가 누구한테 박수를 치고 있는 거야?'

그때 갑자기 내 몸이 붕 떠올랐다. 정신을 차리고 보니 내가 부장아저씨 어깨 위에 앉아 있었다. 두 손은 부장아저씨의 솥뚜껑 같은 손아귀에 꽉 잡혀 있었고 말이다. 난 싫다고, 내려달라고 소리를 쳤지만, 이내 사람들의 노랫소리에 묻혀버렸다. 날 어깨에 태운 부장아저씨는 뭐가 그리도 신나는지 어깨춤을 추더니 빙글빙글 돌기까지 했다. 덕분에 내 머리는 팽이처럼 돌고 또 돌아야 했다.

점심 식사는 푸짐했다. 체육대회를 마친 다음이라 사람들의 먹성도 대단했다. 체육대회 때는 안 보이던 아이들이 어디서 나타났는지 참새처럼 재잘대며 잘도 먹어댔다. 나도 지렁이 생각을 잠시 잊고 맘껏 먹으려고 하는데 부장아저씨가 자꾸 말을 걸었다.

"재현이라 했지? 많이 먹어라. 아까 들어보니까 생각보다 가볍더라."

난 무뎌지는 마음의 칼날을 다시 세웠다. 부장아저씨가 나에게 좀 친절하다고 해서, 그깟 무등을 좀 태워줬다고 해서 지렁이 작전을 포기할 수 없었다.

점심 식사를 마친 사람들이 한가로이 시간을 보내고 있었다. 그런데 나는 뭘 잘못 먹었는지 배가 살살 아파왔다. 화장실에서 볼일을 보고 나오는데 부장아저씨가 나무 그늘 아래에서 낮잠을 자고 있었다. 이게 바로 하늘이 준 기회란 건가?

나는 주위를 둘러봤다. 다행히 그곳에는 사람들 발길이 뜸했다. 난 다시 화장실로 뛰어 들어갔다. 떨리는 손으로 가방에서 지렁이 통을 꺼냈다. 뚜껑을 열자 기다렸다는 듯 지렁이들이 꿈틀대기 시작했다. 이마에서 식은땀이 솟았다.

'꾸물거리지 말자. 내가 이 순간을 얼마나 기다려 왔는데.'

참 이상했다. 지렁이를 만지려고만 하면, 부장아저씨가 머릿속에 나타나 괜히 실실 웃어댔다. 게다가 날 어깨에 태우고 춤까지 추는 게 아닌가? 난 다시 어지러워졌다.

'부장아저씨가 나한테 잘해준 건 우리 아빠한테 잘못한 게 많으니까 괜히 찔려서 그런 거야. 내가 오늘 지렁이 작전을 포기하면 아빠 계속 부장아저씨에게 당하기만 할 거라고. 그러다가 엄마랑 아빠가 진짜 이혼이라도 하게 되면 어떡해?'

나는 이를 악물고 주머니에 넣어두었던 비닐장갑을 꺼내 두 손에 꼈다. 이제 준비 끝! 손끝에 꼬물거리는 감촉이 느껴져 징그러웠지만 꾹참았다. 나는 지렁이들을 양손에 한 주먹씩 나눠 잡고서 화장실 문을 박차고 뛰어나왔다.

"으악, 이게 뭐야?"

부장아저씨의 쩌렁쩌렁한 목소리가 숲을 울렸다. 나는 얼른 커다란 나무 뒤에 몸을 숨겼다.

"다들 뭐해? 구경만 하지 말고 빨리 와서 도와줘."

부장아저씨가 소리를 질러대자 주변에 있던 사람들이 술렁거리며 모여들었다. 계속 숨어 있으면 의심을 받을 것 같아서 나도 부장아저씨가 있는 쪽으로 슬쩍 다가가 보았다. 그런데, 지렁이 세례를 받고 망가진 부장님을 본 순간 가슴이 철렁 내려앉았다. 부장아저씨는 옷 속으로 기어들어간 지렁이들을 털어내느라 와이셔츠를 다 벗어던진 상태였고 바지도 반쯤 내려와 팬티가 보일 지경이었다.

"뭔 놈의 지렁이가 이렇게 많아? 누가 장난을 쳤나?"

부장아저씨가 옷을 털어 낼 때마다 지렁이 몇 마리가 힘없이 바닥에 떨어졌다. 다른 사람들도 열심히 거들었다. 머리에서 지렁이 한 마리가 꿈틀대는 걸 느낀 부장아저씨가 머리를 세게 흔들었다. 그 바람에 번개를 맞은 것처럼 머리가 우습게 됐다. 그때 느닷없이 사장님이 나타났다.

"강 부장, 도대체 뭐 하고 있는 거야?"

"사, 사장님, 문제가 좀 생겨서……."

부장아저씨가 흐트러진 옷매무새를 바로잡으며 굽실거리기 시작했다.

"쯧쯧! 꼴이 그게 뭐야? 야유회 분위기 아예 망칠 셈이야?"

"그게 아니라, 지렁이가……."

"지렁이 타령은 왜 해? 뻔하지! 저 지경이 되도록 드러누워 잘 사람이 강 부장 말고 또 있겠어? 그렇게 자기 관리를 안 하니까 실적이 만날 그 모양이지."

부장아저씨가 뭐라고 변명을 하려 했지만 사장님은 듣지도 않고 가 버렸다. 부장아저씨는 사장님의 뒷모습을 향해 인사를 했다. 기분이 묘했다. 마치 가슴팍에 지렁이 몇 마리가 꼬물거리는 것처럼 찜찜해지기 시작했던 거다.

부장아저씨가 잔뜩 찡그렸던 얼굴을 펴더니 큰소리를 치기 시작했다.

"아이고, 더러워 못살겠네. 이런 데까지 와서 내가 저런 잔소리를 들어야 해? 사장이란 사람이 저러는데 부하 직원들이 날 뭐로 알겠냔 말야. 지렁이도 밟으면 꿈틀한다고. 날 이렇게 닦달하다간 후회할 일 있을 걸."

지렁이도 밟으면 꿈틀한다? 그 말이 내 귀에 팍 꽂혔다. 며칠 전에 우리 아빠도 부장아저씨의 흉을 보며 그런 말을 했다. 그러고 보니 부장아저씨도 사장님 앞에선 힘없는 지렁이에 불과한 모양이다. 그러니까 아빠는 부장아저씨 앞에서 지렁이가 되고, 부장아저씨는 사장님 앞에서 지렁이가 되고……. 그럼 사장님은 누구 앞에서 지렁이가 되는 걸까?

"재현아! 어딨었니? 계속 찾았잖아. 가방도 화장실에 놔뒀더라. 이거 네 거 맞지? 무슨 통도 들어 있는 것 같던데?"

아빠가 가쁜 숨을 내쉬며 지렁이 통이 들어 있는 파란 가방을 내밀었다. 난 그걸 보는 순간 숨이 딱 멎는 것 같았다.

"이리 주세요. 빨리요!"

난 당황해하며 가방을 세게 잡아당겼다. 그런 내가 이상했는지 아빠는 선뜻 가방을 내주지 않았다.

"이 녀석! 도대체 여기 뭐가 들어 있는 거야?"

아빠와 나의 실랑이가 길어지자 부장아저씨가 우리를 바라보았다.

"서 차장! 그 가방 뭐야? 이리 가져와 봐. 얼른!"

부장아저씨가 수상쩍다는 표정을 지으며 아빠를 불렀다. 아빠는 잔뜩 겁먹은 내 표정을 보고 머뭇거렸다. 그러자 부장아저씨가 달려와 내 가방을 낚아챘다.

잠시 후 부장아저씨의 발아래에 지렁이 통이 나뒹굴었다. 그러자 통에 남아 있던 지렁이 몇 마리가 튕겨나왔다. 구경하던 사람들이 아빠와 나를 번갈아보며 수군거리기 시작했다.

"서차장! 이게 도대체 어떻게 된 일이야?"

부장아저씨가 아빠에게 버럭 화를 냈다.

"부, 부장님! 저도 어떻게 된 건지 잘 몰라……."

아빠의 말이 끝나기도 전에 부장아저씨가 아빠의 멱살을 잡았다.

"뭐? 몰라? 그래, 혼자 착한 척, 양심 있는 척 다하면서 이런 식으로 사람을 골탕 먹인단 말야? 지금 영업부 실적이 누구 땜에 꼴찌인지 알 긴 알아? 능력도 없으면서 하는 짓 하고는. 내가 당신 땜에 사장한테 얼마나 창피를 당했는지 알아? 계속 이런 식으로 할 거면 당장 때려치워! 아예 사표를 쓰라고!"

사표라니? 아빠가 뭘 잘못했다고? 굳이 잘못한 걸 찾는다면 나 같은 말썽꾸러기 아들을 둔 게 죄라고나 할까? 난 아빠를 괴롭히는 부장아저씨를 혼내 주고 싶었을 뿐이다. 경고의 차원에서 말이다. 그런데 일이 이상하게 꼬여서 모든 잘못을 아빠가 다 뒤집어쓰게 되었다. 만약 아빠가 회사를 관두게 되면 엄마는 아빠에게 이혼을 하자고 할 거다. 안 돼! 그건 절대 안 돼! 난 젖 먹던 힘까지 다해 소리쳤다.

　"아빠가 한 게 아니에요. 모두 내가 한 거란 말이에요!"

　사람들이 모두 나를 봤다. 부장아저씨는 아빠의 멱살을 풀고 나를 노려봤다.

　"네가 했다고? 흥! 도대체 그 이유가 뭔지 좀 들어나 보자."

　궁지에 몰린 쥐의 기분이 이런 걸까? 난 주먹을 꽉 쥐었다.

　"부장아저씨가 나빠요. 왜 우리 아빠한테 억지로 술을 먹여요? 아빠가 술 먹고 얼마나 많이 아팠는데, 우리 아빠가 죽으면 책임질 거예요? 그리고 왜 만날 밤늦게까지 일을 시켜요? 그러면서도 사람들 많은 데서 망신이나 주고……. 접때는 아빠가 사표를 쓰겠다고 해서 엄마랑 싸웠단 말이에요."

　가슴속에 있던 말을 다 꺼내자 몸에서 힘이 쫙 빠졌다. 부장아저씨는 한참 동안 나를 노려보더니 한 마디를 툭 던졌다.

　"건방진 녀석!"

　그때 부장아저씨 눈치를 보던 아빠가 갑자기 나에게 소리쳤다.

　"이 녀석, 네가 뭘 안다고 까불어? 여기까지 와서 아빠 망신을 시켜야겠어? 어서 죄송하다고 말씀드려! 말씀드리라니까!"

　아빠가 내 어깨를 잡고 세게 흔들어댔다. 나에게 화를 내는 아빠가 원망스러웠다.

　"서 차장은 빠져. 저 녀석한테 당한 건 나야. 혼을 내도 내가 낼 거니까 저리 가!"

부장아저씨가 윽박지르자 아빠의 손이 풀렸다. 땀으로 흥건해진 아빠는 무척 지쳐보였다.

"너, 나 좀 보자. 따라와!"

부장아저씨가 차갑게 말했다. 도저히 용서할 수 없다는 표정이었다. 구경하는 사람들 모두 나를 보며 손가락질하는 것 같았다. 내가 부장아저씨에게 매를 맞더라도 아무도 말리지 않을 것 같았다. 난 벌벌 떨기 시작했다. 난 지푸라기라도 잡는 심정으로 다시 한 번 아빠를 쳐다봤다. 그러나 아빠는 그냥 따라가라는 듯 고개만 한 번 끄덕일 뿐이었다.

"뭘 그렇게 꾸물거려, 응?"

부장아저씨가 내 팔을 거세게 잡아당겼다.

부장아저씨는 말없이 언덕길을 올랐다. 도대체 어디로 가는 걸까? 내 가슴은 두려움에 터져버릴 것만 같았다. 그렇게 몇 분이 지났을까? 부장아저씨는 소나무로 둘러싸인 커다란 무덤 앞에 털썩 앉았다.

"너, 이리 와서 좀 앉아!"

가뜩이나 무서운데 무덤 앞이라니……. 부장아저씨가 여기까지 온 건 아무도 없는 데서 나를 마음껏 혼내려는 게 틀림없었다. 그 순간 다리의 힘이 풀렸다. 난 부장아저씨의 옆에 힘없이 주저앉았다. 부장아저씨는 그런 나를 힐끗 보더니 고개를 돌렸다. 그리고 한참 동안 아무 말도 하지 않았다. 부장아저씨는 가슴 속의 열기를 식히려는 듯 한동안 가쁜 숨을 내쉬기만 했다.

"너, 공부 잘하냐?"

부장아저씨가 차분한 목소리로 내게 물었다. 난 어리둥절했다.

"아니요."

"그럼, 뭐 운동은 잘하는 거 있냐?"

도대체 이 아저씨가 왜 이러는 걸까? 고도의 심리전을 펴는 게 틀림 없다. 내 약점을 찾아서 공격할 모양이다. 나는 최대한 짧게 대답해야 한다.

"없어요."

"그럼 너, 엄마 아빠 말은 잘 듣냐?"

난 말없이 고개를 흔들었다. 부장아저씨가 피식 웃으며 말했다.

"그러고 보니까 너도 잘하는 게 하나도 없구나. 그런 녀석이 아빠 복수 를 한답시고 날 이 모양으로 만드냐? 아빠 입장은 생각도 안하고……."

물론 아빠는 난처했을 거다. 아니 정말 괴로웠을 거다. 나 때문에 사 람들 앞에서 멱살을 잡히고, 사표를 내라는 끔찍한 소리까지 들었으니 말이다.

"자식, 심각해지긴……. 아! 서 차장이 부럽다, 부러워."

"네?"

"너처럼 아빠를 끔찍하게 생각하는 녀석이 또 있겠어?"

부장아저씨가 내 어깨를 툭 치는 순간 나도 모르게 움찔했다. 아저씨 가 그런 날 쳐다보고 빙그레 웃더니 바지 주머니에서 뭔가를 꺼냈다.

"너 이 사진 좀 볼래?"

사진 속엔 바이올린을 들고 있는 예쁜 누나의 모습이 담겨 있었다.

"어때? 예쁘지? 우리 딸이다."

난 다시 어리둥절해졌다. 어떻게 부장아저씨에게 이렇게 예쁜 딸이 있을 수 있담?

"널 보면 자꾸 우리 딸래미가 생각난다. 이 년 전만 해도 볼이 통통한 것이 꼭 너 같았는데 말야. 요즘 사진을 보니까 아가씨가 다 되었더라 고."

아저씨가 말끝을 흐리면서 뭔가를 삼키는 듯했다. 나도 덩달아 기분이 이상해졌다. 내가 만약 엄마나 아빠를 사진으로만 봐야 한다면……. 그건 정말 생각조차 하고 싶지 않다. 그런데 부장아저씨는 두 해가 넘도록 사랑하는 딸을 만나지 못했다. 얼마나 그리웠을까? 부장아저씨의 얼굴을 찬찬히 살피니 눈가의 깊은 주름들이 날아가는 기러기처럼 보였다. 그 기러기 주름 속에 어디서 많이 본 듯한 지친 얼굴. 아빠의 얼굴이 스쳐 지나갔다. 내 입가에 죄송하단 말이 맴돌기 시작했다.

"아저씨, 저요……."

내가 말을 꺼내려는데 언덕 아래 스피커에서 요란한 소리가 흘러나왔다.

"아, 아, 하나, 둘, 셋! 마이크 시험 중. 여러분 잠시 후 두 시부터 노래자랑을 시작합니다. 참가하실 분들은 십분 내로 신청해주시기 바랍니다. 십 분입니다, 십 분!"

안내 방송을 듣고 난 아저씨가 한결 밝아진 목소리로 말했다.

"너, 노래는 잘하냐?"

"노래요? 그건 좀 해요."

이번엔 내 목소리에 힘이 실렸다. 사실 내 별명이 '걸어 다니는 노래방'이기 때문이다.

"그러냐? 나도 노래는 좀 하는데, 내가 또 우리 회사 최고의 가수거든, 그래서 말인데, 나랑 듀엣으로 노래자랑 안 나갈래?"

걸어다니는 노래방과 회사 최고의 가수가 만나면? 물론 일등은 우리 것이나 마찬가지다. 그렇지만, 한 무대에 나란히 서 있는 부장아저씨와 나를 보고 사람들은 뭐라고 쑥덕거릴까?

"일등 상품이 인라인 스케이트 상품권이라나 뭐라나……."

부장아저씨 입에서 인라인 스케이트란 말이 나오자마자 나도 모르게 벌떡 일어났다. 더 이상 주저할 이유가 없어졌다. 인라인 스케이트를 위해서라면 그깟 창피함은 얼마든지 견뎌낼 수 있다. 아까 분명히 십 분안에 신청을 해야 한다고 했는데, 벌써 삼사 분도 넘게 흘러갔겠다. 나도 모르게 아저씨의 손을 잡아당겼다. 아저씨의 손은 거칠고 큼지막했다.

"아저씨, 빨리 일어나세요! 시간이 없잖아요."

"그럼 너 정말 하기로 한 거다."

우리는 서둘러야 했다. 언덕 아래까지 가려면 시간이 빠듯했기 때문이다. 빠른 걸음은 어느새 뜀박질로 바뀌었고 우리는 경주를 하는 것처럼 내달렸다. 상쾌한 향기를 내뿜는 소나무들이 휙휙 지나가고 있었다.

임문성 _ 2004년 푸른문학상 '새로운 작가상' 우수작으로 그해 수상작품집 『날아라, 마법의 양탄자』에 수록되었다. "한 소년의 시각으로 오늘날 아버지의 초상"을 그려냈다. 소재와 스토리 구성이 좋고 특히 "경쾌하고 재미있는 전개와 더불어 따뜻한 이해로 맺은 결말"이 큰 미덕이라는 평을 들었다. (심사위원 강숙인)

동화

그건 정말 오해야

조희애

삼국유사의 단군신화에서 사람이 되고 싶어했던 곰과 호랑이 생각 나? 동굴 속에서 백 일 동안 햇빛도 못 보고 쑥과 마늘만 먹으며 버텨야 했는데, 호랑이는 도중에 포기하고 나왔잖아. 그 호랑이가 바로 우리 옛 날 옛적의 조상 할아버지야.

사실 그 제안은 우리 호랑이들에게 매우 어려운 조건이었어. 우린 매 운 맛을 잘 못 참거든. 호랑이라고 해서 다 강하고 씩씩한 줄 아니? 조금 이라도 매운 걸 먹으면 하루에 백 번도 넘게 재채기를 에취, 에취! 콧물 은 줄줄, 눈물은 찔끔찔끔. 아주 정신이 쏙 빠진다니까? 그러니 쑥과 마 늘만 먹고 버티라는 환웅의 제안은 애초부터 우리한테 불리했던 거야.

뭐? 왜 그동안 이런 얘길 하지 않았느냐고? 아무리 그래도 우린 호랑 이잖아. 호랑이 체면이 있는데 당연히 비밀로 해야지. 사실, 이 얘긴 끝 까지 비밀로 해야 해. 그렇지만 내가 이렇게 오해를 받고 있으니 어쩔 수 없이 말하는 거야. 그래, 이젠 말해야겠어. 난 정말 억울해. 그건 정 말 오해였다고!

그날 난 몹시 배가 고팠어. 원래 겨울에는 먹잇감이 많지 않지만, 최근엔 사람들이 건물을 짓는다며 산을 깎아버려 상황이 더 어려워졌지. 이제부턴 부모님의 품을 떠나 혼자 살아야 하는데 어떻게 해야 하나 걱정이 밀려왔어. 내가 게으름을 피울 때마다 따끔하게 혼내던 엄마의 말도 떠올랐지.

"언제까지 엄마가 잡아다 주는 먹이만 먹을래? 스스로 할 수 있는 힘을 길러야지!"

그래, 그때 엄마가 하는 말을 잘 들었어야 했어. 나와 함께 집을 떠난 여동생도 같은 생각을 하고 있겠지? 아니다. 아마 동생은 잘살고 있을 거야. 여동생은 엄마 말도 잘 듣고, 사냥 실력도 훨씬 뛰어났거든. 나도 부모님이 곁에 있을 때 더 잘할 걸 그랬어. 하지만 이제 와서 후회해도 아무 소용이 없었지.

해가 빠르게 저물고 있었어. 먹잇감은 여전히 코빼기도 보이지 않았지. 날씨는 점점 더 추워졌어. 이대로 가만히 있다간 굶어 죽거나 얼어 죽거나 둘 중 하나였지. 나는 생각했어. 도시에 내려가면 먹을 게 많다던데……

그 순간 내 머릿속에 엄마가 다시 한 번 나타나 나를 타일렀어.

"애야, 산 아래 도시로 내려가선 안 된다. 그곳에 사는 '사람들'은 우리를 보면 무조건 해치려고 하거든. 그러니 무슨 일이 있어도 절대로 산을 벗어나선 안 돼. 알았지?"

하지만 이렇게 계속 쫄쫄 굶을 수는 없었어. 결국 난 도시로 내려가 먹이를 찾기로 결심했지.

사람들이 사는 도시에선 여러 가지 다양한 냄새가 났어. 목이 답답해지는 매캐한 냄새도 있었고, 코를 확 찡그릴 정도로 시큼하고 기분 나쁜 냄새도 있었지. 물론, 나쁜 냄새만 있는 건 아니었어. 콧구멍을 벌렁거리며 여기저기 냄새를 맡고 있을 때, 갑자기 어디선가 맛있는 냄새가 나타나 내 콧구멍 속으로 쏙 빨려 들어왔어.

"킁킁! 킁킁킁!"

나는 맛있는 냄새를 쫓아 고개를 돌렸어. 하늘엔 조용히 눈이 내리기 시작했지. 밤이라 그런지 거리엔 아무도 없었어. 나는 하얀 눈을 맞으며 저벅저벅 밟으며 걸어갔어.

그리고 드디어 찾아냈어!

정신을 차릴 수 없을 정도로 맛있는 그 냄새는 어느 담벼락 밑 음식 쓰레기봉투 안에 모여 있었어. 나는 재빨리 그곳에 얼굴을 푹 파묻었어. 캬! 고기다! 너 혹시 며칠 동안 굶어본 적 있니? 고기를 발견한 순간 나는 내가 호랑이라는 것도 깜빡하고 감격해 엉엉 울었어. 엄마, 아빠! 제가 해냈어요! 게다가 고기가 엄청 달고 부드러워요! 맛있어 죽겠네! 으허엉!

그때 사람들이 여기저기서 소리치며 뛰쳐나왔어.

"이게 무슨 소리야?"

"호랑이 울음소리 아니에요?"

"뭐? 호랑이?"

"에구머니나! 저기 호, 호, 호, 호……."

"호랑이에요!"

"꺅! 호랑이가 음식 쓰레기를 뒤지고 있어요!"

그 순간 내 입에선 재채기가 쉴 새 없이 터져 나왔어.

에취! (크아앙!) 뭐지? 어디서 매운맛이…… 에취! (크아앙!) 에취! (크아앙!)

"으악! 호랑이가 덤비려고 해요!"

"여러분! 어서 집으로 대피하세요."

"잠깐만요. 저기 호랑이 입에 묻은 거…… 피 아니에요?"

"뭐라고요? 피? 이봐, 호랑이가 사람을 물었대!"

"아냐, 아냐. 저건 피가 아니라 음식 쓰레기에서 나온 김칫국물이 묻은 거야."

"김칫국물이든 참치국물이든 무슨 상관이에요! 일단 누가 경찰에 신고부터 좀 해요!"

나는 자꾸만 재채기가 났어. 사람들은 대문 안으로 들어가 문을 잠그거나 담장 위로 도망쳤어. 나무 방망이를 들고 부들부들 서 있는 사람도 있었지. 나는 소리쳤어.

아니에요, 그게 아니에요! 오해예요! 전 그저 너무 기뻐서…… 에취!

눈에서는 눈물이, 코에서는 콧물이 줄줄 흘러나왔어. 조상 할아버지, 왜 우린 매운 걸 못 먹는 건가요? 왜 우린 사람이 되지 못했던 건가요? 사람이 됐다면 이렇게 오해받을 일도 없었을 거예요.

갑자기 머리가 어질어질해 앞을 제대로 보기가 힘들었어. 빨리 여길 벗어나야겠다고 생각했지. 그래서 발걸음을 옮기는 순간 그만, 눈길에 쫘당 미끄러져 버렸어.

그 뒤로는 기억이 안 나. 깨어나 보니 이곳에 갇혀 있더라고. 사람들은 내가 자기들을 해치려고 한 줄 아는 걸까? 난 그저 김칫국물 묻은 게 너무 매워서 재채기를 한 것뿐이야. 눈물이 나서 울었던 것뿐이고. 내가 왜 사람들을 다치게 하겠어? 우리 호랑이들은 옛날부터 사람을 좋아하고, 사람이 되고 싶어하는데 말이야. 물론, 옛날 옛적에 어떤 호랑이 아저씨가 사람을 해쳤다는 얘기도 들은 적은 있어. 하지만 그건 아주 먼 옛날의 이야기야. 게다가 그 호랑이 아저씨는 그저 떡 하나만 달라고 정

중히 손을 내밀었을 뿐인데 아줌마가 떡을 바구니째 집어 던져버렸대. 기분이 나빠진 아저씨는 겁을 좀 줘야겠다고 생각해서 살짝 물었는데 그만······.

— 드르륵.

"자, 호랑아 밥 먹을 시간이다."

문이 열리며 어떤 남자가 들어왔어. 남자는 지난번처럼 내가 갇혀 있는 우리에 맛있는 생닭을 넣어줬어.

"맛있게 먹고 건강한 모습 보여줘라."

우리 안이 좀 답답하긴 하지만 이렇게 좋은 점도 있어. 이 사람이 날 돌봐주거든. 여기는 먹을 걸 어렵게 구할 필요도 없고 따뜻해. 추운 겨울에는 이곳에 머무는 게 더 나을지도 모르지. 그런데 자꾸 산속이 생각나. 여긴 너무 어두워.

"자, 그럼 출발해볼까?"

아저씨는 내가 들어 있는 무거운 우리를 들어 올려 커다란 트럭에 태웠어. 잠시 후 부릉부릉하는 소리와 함께 상자가 울렁울렁 흔들렸어. 아······ 멀미나. 우리 호랑이들은 동굴 속에 갇히는 게 운명인가 봐. 사람들은 왜 우릴 자꾸 가두려고 할까? 혹시 내가 아직도 위험하게 보이는 걸까? 다시 한 번 말하지만 그건 정말 오해였다고.

저기요! 그건 오해예요. 난 사람을 잡아먹으려고 한 게 아니라고요. 놀라게 했다면 미안해요······ 잘못했어요. 그러니 이제 그만 날 꺼내주세요!

나는 남자가 내 목소리를 들을 수 있도록 큰소리로 외쳤어.

"그래, 미안하다. 우리 안이 답답하지? 조금만 참아. 이제 곧 좋은 곳에 데려다줄 테니."

하아······. 내 말이 제대로 안 들리나 봐. 만약 내가 사람이라면 이 오해를 당장 풀 수 있을 텐데! 결국, 난 여전히 이 어둡고 좁은 곳에서 웅크리고 있어. 이렇게 있으니 어딘가에서 쑥과 마늘 냄새가 나는 것 같아. 사실 나는 쑥과 마늘이 어떻게 생겼는지, 어떤 맛이 나는지 잘 몰라. 하지만 그냥 그런 느낌이 들어. 컴컴한 동굴 속에서 사람이 되길 꿈꾸며 지낸 조상 할아버지의 기분이 이런 것이었을까? 이렇게 백 일을 버티면 난 사람이 될 수 있을까?

졸음이 몰려올 때쯤 끼익, 하고 트럭이 멈추는 소리가 들렸어.

"자, 다 왔다! 이제 내리자."

덜컹하는 소리와 함께 문이 벌컥 열렸어. 동시에 여기저기서 찰칵찰칵하는 카메라 소리가 들려왔어.

"어떻게 발견하신 겁니까?"

"우리나라 호랑이는 이미 멸종한 것으로 알고 있는데요?"

"천연보호기념동물로 사라진 줄 알았던 백두산 호랑이가 현재……."

"앞으로 어떻게 보호되는 건가요?"

아! 눈부셔! 대체 이 불빛들은 뭐지? 아! 드디어 내 오해가 풀렸나 봐. 이제 날 놓아주나 봐.

"멸종된 줄 알았던 백두산 새끼 호랑이가 발견되면서 동물학계는 놀라움을 금치 못하고 있습니다."

"백두산 호랑이는 2001년 북한에서 발견 된 이후 남한에는 존재하지 않는 것으로 확인되었으나 어젯밤 12시경 먹이를 찾아 내려온 새끼 호랑이가 발견되면서……."

"앞으로 이곳 보호동물공원 관리소에서 관리하게 되는 건가요?"

윽! 아직도 카메라의 빛 때문에 눈을 제대로 뜰 수가 없어. 이렇게 강하게 비추는 불빛은 처음이야. 옛날 옛적 조상 할아버지가 쑥과 마늘을 먹고 버텨 동굴 밖으로 나왔을 때 이런 풍경을 봤을까?

잠깐, 혹시 내가 지금 사람이 된 걸까? 그래! 난 정말 사람이 됐나 봐!

조희애 _ 2009년 『동아일보』 신춘문예 동화 부문 당선작이다. 새끼호랑이가 단군신화에서 인내하지 못해 사람이 되지 못한 호랑이를 능청스럽게 변호하고 있다. "동화로 담기에 적당한 깊이와 흥미를 지닌 생기발랄한 작품"이라는 평을 들었다.(심사위원 김경연, 채인선)

위험한 이사

황선옥

"엄마, 떨어질 거 같아요."

"동팔아! 조금만 참아. 저기, 파란지붕 보이지? 우리 새집이야."

"저 집에서는 오래 살 수 있는 거죠?"

"이번에는 확실히 알아봤다니까!"

언덕길이 끝나자 집 한 채가 나타났습니다. 동팔이와 엄마는 담장 위에 내려앉았습니다. 마당가에는 저녁노을에 물든 항아리가 옹기종기 모여 있습니다.

"조용한 걸 보니 사람이 없는 거 같구나."

"빨리 들어가요."

동팔이와 엄마는 문틈을 비집고 들어가 천장에 달라붙었습니다. 엄마가 눈알을 굴리며 집안을 살폈습니다.

"할매 혼자 사는 집이 틀림없어."

"다행이에요."

"우선, 집 구조부터 외우자."

할매 집 구조는 간단했어요. 맨 왼쪽에 주방. 그 옆에 거실. 또 그 옆으로 방과 욕실이 있습니다. 집 둘러보기를 끝내자 등이 꾸부정한 할매가 마당으로 들어섰습니다.

"얼른 벽에 붙어."

거실 유리문을 열고 들어온 할매가 주방으로 갔습니다. 의자 두 개가 있는 작은 식탁에는 된장찌개가 흘러넘친 누런 냄비와 먹다만 사과 한 쪽이 있습니다. 할매가 의자에 앉았습니다.

"아구구 힘들다. 여시 같은 할망구! 그깟 저녁 한 끼 주면서 하루 종일 자식자랑이여. 누구는 자식 읎어? 우리 아들은 바빠서 못 오는 거여, 알어? 조금 있으면 내 생일인께 그때 코를 납작허게 혀줘야지. 에이, 아직도 귀가 따갑네."

할매는 여시 같은 할망구가 앞에 앉아 있는 것처럼 삿대질하며 말했습니다. 할매는 열이 나는지 물 한 컵을 벌컥벌컥 들이켜고 방으로 갔습니다. 그 모습을 보고 동팔이가 불퉁거렸습니다.

"뭐예요? 이사 온 첫날부터 밥도 안 주고."

"사과라도 먹고 있어. 할매가 어떤 사람인지 지켜보고 올게."

엄마가 할매를 따라가자 동팔이는 사과 한가운데를 차지하고 앉아 사과를 먹었습니다. 금세 배가 콩알처럼 볼록해졌어요. 동팔이는 사과를 조금 더 먹으려고 자리를 옮겼습니다. 그러다 그만 발을 헛디뎌 식탁으로 떨어지고 말았습니다. 식탁으로 떨어진 동팔이는 발랑 뒤집혔습니다.

할매방에서 날아온 엄마가 발버둥치고 있는 동팔이를 보았습니다. 엄마는 동팔이를 일으켜 할매방으로 데리고 갔습니다.

강아지처럼 웅크리고 누워 텔레비전을 보던 할매는 어느새 코를 끓고 있었습니다. 할매 모습을 본 동팔이가 하품하며 말했습니다.

"할매, 자네."

"우리가 끝내주는 집으로 이사 왔어."

엄마는 장롱 꼭대기에 잠자리를 마련했습니다. 이사 오느라 피곤했던 동팔이와 엄마도 바로 곯아 떨어졌습니다.

어둡던 하늘이 파란색과 섞이며 새벽이 오고 있습니다. 방바닥에 웅크리고 잠들었던 할매가 어깨를 두드리며 일어났습니다. 할매가 느릿느릿 주방으로 갑니다. 동팔이와 엄마도 따라 갑니다. 첫 식사 메뉴가 궁금해 견딜 수가 없었어요. 동팔이와 엄마는 식탁의자에 앉아 아침밥을 기다렸습니다. 할매가 식탁에 있던 된장찌개를 가스레인지에 올렸습니다. 냉장고에서 깻잎장아찌와 배추김치를 꺼내왔습니다. 찌개가 데워지자 찌개냄비에 밥 한 주걱 푹 떠 넣고 비볐습니다. 밥상을 본 동팔이가 날개를 부르르 떨며 울먹였습니다.

"반찬이 이게 뭐예요?"

"우리가 왜 이사 왔는지 몰라?"

"집이 안전하면 뭐해요. 뱃속은 안전하지 않게 생겼는데."

"너, 못 봤어, 그 끔찍한 현장?"

"봤어요. 유상이 아빠 돌려차기 한방에 강도가 쌍코피를 흘렸어요."

"우리가 맞았다고 생각해봐."

"그래도 먹을 건 진짜 많았잖아요."

"너는, 벽에 납작한 그림으로 남고 싶어?"

"어휴, 끔찍해! 죄송해요."

"오늘만 날이니. 기다려 보자."

엄마가 동팔이를 달래는 사이 할매 숟가락이 냄비 바닥에 부딪히는 소리가 났습니다. 벌써 밥을 다 먹었나 봅니다. 설거지를 끝낸 할매가 커피 한 잔을 타들고 거실 전화기 앞에 쭈그리고 앉았습니다. 그런데 전화는 안 걸고 전화기 위에 걸려 있는 시계만 계속 흘끔거립니다. 궁금해진 동팔이가 할매 얼굴이 잘 보이는 시계 위에 내려앉았습니다.

"야들이, 지금쯤은 일어났겠지?"

할매가 돋보기안경을 찾아 쓰고 전화기 번호판을 꾹꾹 누릅니다.

"여보세유? 잉. 어멈아, 내다. 자는 거 깨운 거 아니지?"

"아니에요."

"저기, 오늘 고구마 캐는디 택배 보내면 내일쯤 도착헐 거다."

"고구마 먹을 사람도 없어요. 힘든데, 보내지 마세요."

"아녀, 힘 하나도 안 들어. 걱정 말어. 저기, 그라고 바쁜디 내 생일에는 오지 말어."

"전화 드릴게요. 애, 학교 갈 준비해야 돼서요."

"잉, 그려."

전화를 끊은 할매가 자기 입을 손바닥으로 툭툭 치며 말했습니다.

"에휴, 주책여. 오지 말라는 말은 뭐라 혀! 그래도 작년에 안 왔응께 이번에는 오것지?"

할매는 머리를 끄덕이며 모자를 쓰고 호미를 들고 고구마 밭으로 갔습니다.

점심때가 되자 할매가 얼굴이 땅에 닿을 것처럼 허리를 구부리고 들어왔습니다. 그 모습을 보고 동팔이가 중얼거렸습니다.

"점심 메뉴도 완전 꽝이겠네."

할매를 보고 엄마도 중얼거렸습니다.

"이제, 이 집에서 안심하고 살아도 되겠어."

며칠이 지났습니다. 오늘은 할매가 흥얼흥얼 콧노래를 부르며 집안을 돌아다닙니다. 마당 한가득 쏟아져 내리는 햇볕에 이불도 말리고 청소도 하고 새로 김치도 담갔습니다. 할매 모습을 가만히 지켜보던 엄마가 말했습니다.

"그러고 보니 내일이 할매 생일이네. 아들 오나?"

그 말을 들은 동팔이 목소리가 들떴습니다.

"와우! 배터지게 먹게 생겼네."

동팔이 말이라도 들은 듯 할매가 장바구니를 들고 나왔습니다.

신이 난 동팔이는 공중을 한 바퀴 돌고 나서 엄마를 소리쳐 불렀습니다.

"엄마, 엄마! 초코 빵이랑, 딸기 아이스크림이랑. 음, 음. 포도 풍선껌이랑, 치즈맛 과자도 사왔으면 좋겠어요."

"그래! 우리 할매 덕에 간만에 배터지게 먹자."

할매가 거실 문을 열고 마당으로 내려갔습니다. 동팔이와 엄마는 벌써부터 가슴이 두근거립니다.

할매가 마당을 빠져 나가고 있는데, 쩌렁쩌렁 전화벨이 울려댔습니다. 거실 유리문에 달라붙어 있던 동팔이와 엄마는 깜짝 놀라 허둥거리다 그만 둘이 부딪히고 말았습니다. 그 바람에 거실 바닥으로 떨어졌습니다. 동팔이와 엄마는 얼른 문 옆에 있던 화분 뒤로 숨었습니다. 언제 들어왔는지 할매가 수화기를 귀에 갖다대고 있습니다.

"여보세유?"

"어머니, 저예요."

"잉, 그려."

"애 학원 때문에 못 갈 거 같아요. 죄송해요."

"늙은이 생일이 뭐라고. 애, 학원이 먼저지."

"어머니 통장에 용돈 조금 넣었어요."

"그런 걸 뭐하러 넣어."

"어머니, 생신 축하드려요."

"그려. 고맙다. 건강 조심하고."

전화를 끊은 할매가 쭈그리고 앉아있던 그대로 앉아 있습니다. 그렇게 한참을 있던 할매가 장바구니를 끌며 거실 문을 나섰습니다.

"어휴! 전화 소리보다 할매 장에 안 갈까 봐 더 놀랐어요."

"너도 그랬니? 엄마도 그랬는데."

동팔이와 엄마는 다시 거실 유리문에 달라붙었습니다. 목을 길게 빼고 밖을 내다보았습니다. 햇살에 따뜻했던 유리문이 저녁노을에 차가워지고 있습니다.

"엄마, 할매 와요."

"얼른 주방으로 가서 기다리자."

할매가 불룩한 장바구니를 열었습니다. 고등어 한 마리, 두부 한 모, 수세미, 양말 그리고 커다란 약봉지가 나왔습니다. 분홍방울 달린 머리핀도 나왔습니다. 머리핀을 만지며 할매가 미소 지었습니다. 할매는 고등어와 두부를 냉장고에 넣었습니다.

"에게게, 이게 뭐예요! 내일이 할매 생일이라면서요?

"생일 맞는데……."

"이러다 영양실조 걸리겠어요."

"내일 고등어라도 먹자."

다음 날이 되었습니다. 할매는 거실로 나와 자꾸 문 밖을 내다보았습니다. 전화기 앞에 쪼그리고 앉아 있기도 했습니다. 그때 멀리서 차 소리가 났습니다. 할매는 신발도 제대로 신지 않고 마당으로 달려 나갔습니다. 트럭이 언덕 아래로 내려가고 있습니다. 할매 어깨도 힘없이 내려갔습니다.

아침 먹을 시간이 한참 지났습니다. 고등어가 먹고 싶은 동팔이는 할매 뒤를 졸졸 따라다녔어요. 드디어 할매가 누런 냄비에 고등어를 넣고

가스 불에 얹었습니다. 냄비를 잠깐 바라보던 할매가 방으로 들어갔습니다.

할매가 텔레비전을 켰어요. 가족들이 밥상에 둘러앉아 밥을 먹고 있는 장면이 나왔습니다. 보조개가 예쁜 여자애가 할머니 입에 잡채를 넣어줍니다. 그 모습을 본 할매가 입을 벌리고 텔레비전 앞으로 바짝 다가가 앉았습니다.

"그려, 그려. 아이구, 맛나다. 우리 이쁜 딸. 너도 어여 먹어."

할매는 진짜 잡채를 먹는 것처럼 입을 오물거리며 텔레비전 속 사람들과 말을 합니다.

할매를 쳐다보던 동팔이와 엄마는 답답해 방안을 한 바퀴 돌았습니다. 빨리 고등어를 먹고 싶은데 할매는 텔레비전만 보고 있습니다.

고등어가 궁금한 동팔이와 엄마는 주방으로 날아갔습니다. 누런 냄비에서 하얀 김이 새어나오며 냄비뚜껑을 밀어올리고 있습니다. 달그락달그락 냄비뚜껑 소리가 요란합니다. 하얀 김이 멈추자 고등어 타는 냄새가 났습니다. 가스레인지 옆에 있던 행주 끝부분에 불꽃이 일었다 꺼지기도 했습니다. 조금 있자 고등어 태운 연기가 안개처럼 주방을 채워나갔습니다.

"콜록콜록. 매워요."

"안 되겠다. 고등어 먹으려다 우리가 죽겠다. 밖으로 나가자."

"안 돼요. 얼마나 기다렸는데."

동팔이는 엄마가 붙잡을 겨를도 없이 할매한테 날아갔습니다. 마른 오징어껍데기 같은 할매 볼에 내려앉은 동팔이가 할매 볼을 발로 싹싹 긁어댔습니다. 할매는 손바닥으로 얼굴을 비빌 뿐 텔레비전에서 눈을 떼지 않습니다. 이번에는 할매 눈앞으로 날아가 왔다갔다 했습니다. 한 번, 두 번, 세 번…… 여섯 번. 그제야 텔레비전에서 눈을 떼고 동팔이를 봅니다. 할매 눈이 커졌습니다. 할매가 벌떡 일어났습니다. 주방으로 달려갔습니다. 연기 속에 냄비가 보입니다. 할매가 냄비 손잡이를 향해 손을 뻗었습니다.

"앗, 뜨거."

할매가 비명을 지르며 냄비를 집어던졌습니다. 냄비 뚜껑이 날아갔습니다. 새까맣게 탄 고등어가 바닥으로 철퍼덕 떨어졌습니다. 할매도 바닥에 철퍼덕 주저앉았습니다.

"새까맣게 탔구먼! 고등어도, 내 생일도!"

동팔이는 까맣게 탄 고등어를 넋 놓고 바라보았습니다. 동팔이가 힘없이 뒤돌아섰습니다. 할매가 주방 구석에 앉아 넋 놓고 고등어를 바라보고 있는 모습이 보였습니다. 동팔이는 자기처럼 고등어 못 먹은 할매가 안 됐다는 생각이 들었습니다.

엄마가 주방으로 날아왔습니다.

"할매 집도 위험하구나! 이사 가자."

동팔이는 엄마를 따라 할매 집을 나왔습니다. 이사 올 때 올라왔던 언덕길을 따라 내려갔습니다. 어디로 갈까 고민하던 엄마 목소리가 환해졌습니다.

"저것 봐라. 우리는 정말 운 좋은 파리구나."

"왜요?"

"저기, 버스 보이지?"

"예."

"저게 그냥 버스가 아니야."

동팔이와 엄마는 버스에 올라탔습니다. 할매 집에서처럼 유리창에 달라붙었습니다.

"동팔아, 사람들 얘기 잘 들어야 된다. 그래야 고급 정보를 알아낼 수 있단다. 이번에는 진짜 안전한 집으로 이사 가자."

버스는 동팔이와 엄마를 싣고 출발했습니다. 동팔이는 점점 멀어져가는 할매 집을 바라보다 눈을 뗐습니다.

황선옥 _ 2017년 『아동문학평론』 신인상 동화 부문 당선작으로 그해 겨울호에 수록되었다. 똥파리의 눈으로 시골 독거노인의 외로운 삶을 그려 "현실을 날카롭게 비판"한 작품으로 '생동감 있는 인물 묘사와 해학이 넘치는 문장'이 돋보인다는 평을 받았다.(심사위원 원유순)

코끼리 눈 외 4편

신정아

뭐?
눈이 단추 구멍만 하다고?

그래도
웃을 땐 귀여운 초승달이 되잖니?

이 덩치에
눈도 커 봐.
아마도 아이들이 싫어할걸.

작은 눈으로 보아도
쪼그만 것까지
잘 보인다.

즐거운 쓰레기봉투

바스락바스락

내 뱃속에서
무슨 소리가 나는 것 같지?

아까 공원에서
아저씨가 내 입에
잔뜩 먹여준 거야
가랑잎을

바스락바스락

아기바람이 수수밭에서 노는 소리 같기도 하고
다람쥐가 도토리 깎아먹는 소리 같기도 해.

배가 가득 찼지만
즐겁기만 한 걸.

무당벌레와 달팽이

무당벌레 한 마리
반짝반짝
풀대 위에 앉아 놀고 있다

— 너, 뭐하니?
톡!
달팽이가 건드린다.

"누구야?"
— 보들보들 달팽이야.

"넌 뿔도 가졌구나?"
— 이건 안테나야.
뭐든 다 들을 수 있단다.

"난 속옷도 입었다!"
자랑하듯
속 날개 활짝 펴 보이는
무당벌레

풀벌레와 갈대

아기 풀벌레 한 마리
갈대 등에 업혀 있다.

찌르찌르찌르
풀벌레 울음
초록 물이 든다.

아기 풀벌레 무게만큼
허리 휜 갈대
머리가 하얗다.

밥풀꽃

앞니 두 개
두 살배기
아기 볼에
온통 밥풀이 묻었다.

나비가
꽃인 줄 알고
아기 볼에
뽀뽀하겠다.

신정아 _ 2015년 '황금펜아동문학상' 당선작으로 같은해 연간지 『황금펜』에 수록되었다. 즐거운 상상, 시적 감수성, 압축적인 표현 등으로 동시의 묘미를 더하고 있다는 평을 받았다. (심사위원 문삼석, 오순택) 2012년 『월간문학』 신인상 동시 당선, 2017년 『시와 동화』 신인상 동화 당선으로 등단했다.

풀씨 외 1편

심정민

억새풀 물결 일렁이는
들국화 향기 피어나는
들녘에 갔다.

"따라 갈 거야."
몇 개의 풀씨
옷깃을 당겼다.

손이 조그만 풀씨
까만 눈으로 나를 바라본다.
아무 데나 버리면 안 되겠지?
책상 서랍에 넣어 두어도 안 되겠지?
말라죽어 버릴 테니까
꽃밭에 뿌려도 안 될 거야.
잡초라고 뽑아 버릴 테니까.

싹 트고 꽃 피면

풀벌레 놀러오고
고추잠자리 쉴 수 있도록
풀섶 한 모퉁이에
조심스럽게 던져놓았다.

물뿌리개

엄마는
물뿌리개다.

가끔씩
잔소리도
뿌려주지만

내 마음 실뿌리를
    촉
      촉
        이
적셔주는
물뿌리개다.

아름드리 나무가 되라고……

오늘도
흠뻑
마음의 물을 뿌려준다.

심정민 _ 2011년 『아동문예』 신인상 동시 부문 당선작으로 그해 8월호에 수록되었다. "여린 목숨을 가진 생명인 풀씨를 값지게 대접하는 마음이 잘 형상화되어 있고"(「풀씨」) "어머니의 사랑을 촉촉하게 증언하고 있다"(「물뿌리개」)는 평을 받았다.(심사위원 유경환)

동시

재미있는 한자 공부 외 6편

유이지

고여만 있을 때는
"호 호 호 湖湖湖"
웃던 물이

큰 강에 다다르니
"하하하 河河河"
크게 웃네.

바다에 도착하는 날
같이 웃자,
"해해해 海海海!"

집으로

저녁 무렵 신도림역
환승 통로 기둥 앞
'국산더덕' 5,000원
'아사기고추' 2,000원

할머니
채소 좌판엔
상자 뜯은 팻말 두 개

더덕 주름보다 많은
할머니 손 주름,
지하철 바다 같은
할머니 손바닥

더덕도
아삭이 고추도
저녁상에 올려야지.

반지하 집

"나 혼자도 아니고 내 식구들 살 건데……."

강한 줄만 알았는데
아빠 눈물 처음 봤다.

독산동
반지하 그 집
다녀온
그 밤에.

조팝꽃

갓 지은 쌀 밥알을
뭉쳐다가 매달았나?

가지가 휠 정도로
몽글몽글 맺혀 있다.

흥부네 아이들 보면
좋아라고 웃겠다.

학교 앞 소라 문구점

아빠,

그냥
학용품만 팔면 안 돼?

친구들이
불량식품 파는 가게래.

민이 할머니는
뽑기 자주 한다고
애들 코 묻은 돈 벌어먹는대.

편의점 아저씨는
문구점이 아니라 만물점이래.

그리고…….
간판,
바꾸면 안 돼?

내 이름
'소라'
빼면 안 돼?

타는

가을 '타는'
엄마 위해
커피 '타는'
우리 아빠

자전거 '타는'
동생 곁에
애 '타는'
우리 엄마

오늘은
아빠 월급 '타는' 날
불 '타는'
삼겹살.

피아노에게 미안하다

잘 가라 피아노야
딴 집 가선 멀뚱멀뚱
처음 왔던 그때처럼
낯가리면 안 된다.
체르니 시작 못 한 건
비밀이다, 알았지?

새 주인을 만나서
소나티네 베토벤
마음껏 펼치고
풀어놓을 그때에도
보내고 못 잊는 나를
생각 한 번 해줄래?

유이지 _「재미있는 한자공부」「집으로」는 2017년 『한국 동시조』 신인상 당선작으로 그해 겨울호에 수록되었다. 간결 명쾌하게 운율을 탄 작품으로 일상에서 놓치기 쉬운 소재를 서정의 결로 완성했다는 평을 받았다.(심사위원 이지엽, 김민정, 최한선, 박현덕) 「반지하 집」「조팝꽃」「타는」「피아노에게 미안하다」은 2017년 『아동문학평론』 신인상 동시조 부문 당선작으로 그해 겨울호에 수록되었다. 실험성이 강하면서도 일정한 수준을 갖추었다는 평가를 받았다.(심사위원 전병호) 「학교 앞 소라문구점」은 2017년 『월간문학』 신인상 동시 부문 당선작으로 그해 12월호에 수록되었다. '간단 명료하고 억지스럽지 않아' 가독성이 뛰어나다는 평을 받았다.(심사위원 오순택)

무궁화꽃이 피었습니다 외 1편

천선옥

시험공부 하는 날
창밖에 햇살이 아이들 웃음과 함께
또르르 구른다.

"매앰 매앰"
느티나무에 매달려 울고 있는 매미들 소리
친구들처럼 나와서 놀자고 한다.

"공부 열심히 해라!"
내가 창밖을 자꾸만 바라보면
엄마는 술래처럼 말한다.

책갈피를 넘길 때마다
친구들 얼굴이 펄럭거린다.

"우리 놀자!"
친구들이 부르는 소리가

바람에 대롱대롱 매달려 귓속으로 들어온다.

"그래, 기다려!"
나는 숨을 고르며 소곤거린다.

엉덩이는 슬그머니 의자를 밀어내고
발바닥은 간질간질
엄마 몰래 한 발짝씩 떼어 본다.

안개의 마술 학교

아파트 19층 꼭대기
우리 집에서 바라보는 밖은
지금
안개가 자욱하지요.
아파트 단지 앞
뾰족한 시계탑이
제멋대로 흐느적거려요.
학교 가는 길이 사라지고 없어요.
신호등이 반쯤 허공에
둥둥 떠 있어요.
보이지 않던 차들이

갑자기
빵빵!
소리를 냅다 지르며 달리고 있어요.
뾰족 모자를 쓴 마술사처럼
안개는
마술 부리는 손을 갖고 있나 봐요.
안개의 마술 학교
나도 그 학교 학생이 되고 싶어요.

천선옥 _ 2008년 『아동문예』 신인상 동시 부문 당선작으로 그해 7,8호에 수록되었다. 안개를 마술사에 비유한 「안개의 마술 학교」, 엄마 몰래 밖에 나가 놀고 싶어하는 아이의 마음을 그린 「무궁화 꽃이 피었습니다」 두 편 모두 동심을 읽는 힘, 참신한 비유, 시적 표현 능력 등을 평가받았다. (심사위원 이준관, 백민) 2017년 『아동문학평론』 신인상 동화 부문 당선작가이다.

원유순
노경수
양지숙
양연주
조소정
최형미
김숙분

제2부
중견작가 7인 동화 동시 대표작과
작가 인터뷰

엄마가 있는 그림

원유순

　나는 진달래 초등학교 현관 벽에 걸려 있는 그림입니다. 원래 나는 형편없는 낡은 판자에 불과했습니다. 어두컴컴한 학교 창고 안에 버려져 숨이 턱턱 막히는 먼지를 먹고 살았습니다. 가슴 속은 텅 비어 있어서 언제나 춥고 외로웠습니다.

　그런데 이 학교 민경아 선생님이 나를 꺼내어 먼지를 털어냈을 때는 정말 뛸 듯이 기뻤습니다.

　민 선생님은 내 가슴을 깨끗이 닦고 예쁘게 페인트 칠을 했습니다. 가을 하늘을 닮은 파란색이었습니다.

　"민 선생님, 이 고물 판자로 무얼 하려고 그러십니까?"

　민 선생님과 함께 칠을 하시던 학교 아저씨가 물으셨습니다.

　"아, 이것이오? 여기에다 멋진 부조작품(한쪽 면만 볼 수 있도록 만든 조소작품)을 만들려구요."

　민 선생님이 페인트 물이 뚝뚝 듣는 붓을 들고 한 발자국 뒤로 물러섰습니다. 그리고 눈을 가늘게 뜨고 나를 가늠해 보셨습니다.

　민 선생님의 입가에는 잔잔한 미소가 보였습니다. 나는 그 미소가 참

따스하다고 생각했습니다.

"부……조……작품이요?"

아저씨는 알 수 없다는 듯이 다시 되물으셨습니다. 사실 나도 민 선생님의 말씀을 잘 이해할 수가 없었습니다. 그래서 민 선생님의 예쁜 입만 바라보았습니다.

"여기에 영원한 교육자이신 페스탈로치 선생님상을 만들어 붙일 거예요. 우리 학교 현관이 너무 쓸쓸해서 그 곳에 걸면 좋겠지요."

나는 민 선생님의 말씀을 듣고 날아갈 듯이 기뻤습니다. 창고에서 썩을 줄만 알았던 내가 그렇게 좋은 그림을 품을 수 있다니 정말 꿈만 같았습니다.

그 날 이후로 민 선생님은 종이 찰흙을 만들어 넓적한 내가 가슴에 붙였습니다. 민 선생님의 꼼꼼한 손놀림이 있을 때마다 새로운 생명이 태어났습니다. 페스탈로치 선생님의 굽슬굽슬한 머리, 인자한 눈, 잔잔한 미소.

또 페스탈로치 선생님의 무릎 위에 엎드린 장난꾸러기 소년, 그 소년을 어루만지는 페스탈로치 선생님의 다정한 손…….

민 선생님의 손은 마법의 손이었습니다. 선생님의 하얗고 가느다란 손이 닿기만 하면 눈과 코와 입이 생겨났습니다. 참 신기한 일이었습니다.

선생님은 나를 그늘에 잘 말린 후, 아름답게 칠했습니다. 그리고 물감이 벗겨지지 않도록 니스 칠도 곱게 했습니다.

"야아, 정말 멋진 작품이로군."

진달래 초등학교 현관문을 들어서는 사람이면 누구나 다 나를 한 번씩 쳐다보았습니다. 그리고 고개를 끄덕이며 감탄을 하기도 합니다.

나는 이제 더 바랄 것이 없었습니다. 마냥 행복했습니다. 하루하루가 즐거웠습니다. 아이들도 나를 보기 위해 쉬는 시간이면 우르르 몰려왔습니다.

"저 그림 속의 아이들 좀 봐. 차암 귀엽다, 그치?"

고만고만한 아이들이 턱을 치켜들고 나를 올려다봅니다. 아이들은 빨간 단풍잎 같은 손으로 나를 가리키며 재잘댑니다. 아이들을 바라만 보아도 가슴 속이 뿌듯해졌습니다.

아마 나에게 입이 있다면 벙실벙실 웃었을 것입니다. 또한 팔이 있었다면 아이들의 포동포동한 손을 하나씩 하나씩 잡아주었을 것입니다.

이따금 해님도 길게 손을 내밀어 내 얼굴을 어루만져 봅니다. 살랑바람도 현관문을 밀치고 살짝 들여다보곤 했습니다.

"얘야, 네가 세상에서 제일 행복해 보이는구나."

한밤중 아무도 몰래 달님이 놀러와 내게 한 말입니다.

"네, 달님. 너무너무 행복해요."

"오, 그래? 네 행복을 혼자만 갖지 말고 골고루 나누어 주는 방법이 없겠니?"

달님은 부드러운 목소리로 내게 물었습니다.

"골고루 나누어 주다니요? 누구에게요? 어떻게요?"

나는 달님의 말뜻을 얼른 알 수가 없었습니다.

"글쎄, 찾아보면 있을 법도 한데……."

달님은 말꼬리를 흐리며 구름 속으로 살짝 숨었습니다. 나는 밤새도록 달님이 한 말을 곰곰이 생각해보았습니다. 하지만 아무런 생각도 떠오르지 않았습니다.

나는 왠지 아주 조금 슬픈 생각이 들었습니다.

아침이 되자, 학교는 다시 소란스러워졌습니다. 나를 찾아오는 꼬마 손님들을 맞이하느라 간밤의 달님의 말을 까마득히 잊어버렸습니다.

시작 종 소리가 나자 나를 바라보던 꼬마 손님들은 모두 교실로 들어
갔습니다. 우당탕거리며 달려가는 아이들이 귀여워 한참 동안 바라보았
습니다. 매일 놀러 오는 수만이의 속내의가 삐죽이 나와 덜렁거리는 것
이 우습기도 했습니다.

그때였습니다.

'어?'

아이들이 다 간 줄 알았는데 한 소년이 나를 빤히 올려다보고 있었습
니다.

'누구지?'

처음 보는 아이였습니다. 키도 작고 머리도 더부룩했습니다. 바지는
엉덩이께로 흘러내려 한 손으로 바지 허리춤을 꼭 잡고 있었습니다.

아이는 나를 빤히 올려다보았습니다. 소년의 눈에는 생각의 그늘이
깊어 보였습니다. 그만한 또래들에게 늘 보이는 장난기 어린 웃음조차
보이지 않았습니다.

"상철아, 선생님이 빨리 들어오래."

한 아이가 데리로 왔을 때에야 나는 아이의 이름이 상철이라는 것을
알았습니다. 상철이는 코를 한 번 훌쩍 들이마시고는 어기적어기적 걸
어 나갔습니다.

'좀 별난 아이야. 저런 애는 공부도 못하겠지?'

나는 상철이를 곧 잊어버렸습니다.

그런데 그날 어스름 저녁이었습니다. 달님이 찾아오기에는 아직 이른
시간이었습니다. 누군가 현관문을 살며시 밀치고 들어오는 것이 보였습
니다.

키가 작은 아이였습니다. 어스름 빛을 등지고 들어왔기 때문에 얼른

얼굴을 알아볼 수가 없었습니다.

'누굴까? 교실에 뭘 빠뜨리고 갔나?'

나는 아이를 주의 깊게 보았습니다. 아이는 사방을 두리번거리더니 고양이처럼 내게 다가왔습니다.

'아니, 저 애는 상철이 아니야?'

나는 기분이 언짢아졌습니다. 아이가 상철이란 것을 알아본 순간 알 수 없는 불안감이 휘익 스쳤습니다.

상철이는 살금살금 내 앞으로 다가왔습니다. 그리고 나를 가만히 올려다보았습니다. 그러다가 무슨 생각을 했는지 교실에서 책상을 옮겨 왔습니다. 책상 위에 의자도 올렸습니다.

'저 애가 뭐 하려고 저럴까?'

상철이의 행동이 얼른 이해가 되지 않았지만, 내심 점점 궁금해졌습니다.

상철이는 의자 위에 성큼 올라섰습니다. 그리고 품 속에서 무엇인가를 꺼냈습니다. 다 낡고 헐어빠진 크레파스였습니다. 상자 속에는 있는 색깔보다 없는 색깔이 더 많아 보였습니다.

'아니, 얘가?'

나는 가슴이 쿵쿵 뛰었습니다. 무엇인지는 모르지만 큰일이 벌어질 것 같은 예감에 진저리를 쳤습니다.

상철이는 크레파스를 손에 쥐고 내 가슴에 마구 낙서를 했습니다.

'정말, 얘가?'

나는 기가 막혔습니다.

'뭐 이런 나쁜 녀석이 다 있어?'

나에게 입이 있었다면 막 욕을 해 주었을 것입니다. 팔이 있었다면 상철이의 빰을 한 대 때려주었을 것입니다.

"이 나쁜 녀석아, 안 돼, 안 돼."

나는 마음속으로 소리를 질렀습니다. 너무나 안타깝고 억울하고, 분했습니다. 상철이는 한참 동안 이 색깔, 저 색깔을 골라 낙서를 하더니 의자에서 내려왔습니다.

"나쁜 녀석!"

나는 욕을 해주었습니다. 내 말을 상철이에게 들려주지 못하는 것이 너무 속상했습니다.

상철이는 몇 발자국 뒤로 물러서더니 만족한 듯 빙그레 웃었습니다. 그리고 몸을 돌려 생쥐처럼 현관을 빠져 나갔습니다.

"세상에, 나쁜 짓을 해 놓고 웃는 꼴 좀 봐. 아이고, 분해라."

나는 엉엉 울음을 터뜨렸습니다. 내 울음소리가 얼마나 컸던지 달님이 놀라서 찾아왔습니다.

"아니, 웬일이지? 왜 이렇게 섧게 울어?"

달님은 큰 손을 부드럽게 펴서 나를 어루만졌습니다.

"달님, 어떡하지요? 이제 나는 큰일났어요."

나는 다시 울음보를 터뜨렸습니다.

"이게 뭐야?"

달님은 깜짝 놀라 눈을 크게 떴습니다. 그 바람에 더 환한 빛이 현관 안에 좌악 비쳐들었습니다.

"어떤 나쁜 아이가 나를 못쓰게 만들었어요. 나는 이제 어떡해요. 또 다시 창고에 갇혀 쓸쓸히 지내게 될 거예요. 엉엉."

"아니, 가만, 가만 있어 봐."

달님은 내 가슴을 가만히 들여다보았습니다.

"페스탈로치 선생님의 은빛 머리가 까맣게 칠해져 있어. 어머, 선생님 옆에 웬 여자가 그려져 있구나. 하하하, 아이고, 우스워라. 웬 여자가 이렇게 입이 크지?"

달님은 속상한 내 마음은 아랑곳하지 않고 크게 웃어젖혔습니다.

"뭐라구요? 놀리지 마세요. 달님. 나는 정말 속상해 죽겠는데……."

"하하하, 미안 미안해. 그림이 너무 우스워 그랬어."

"달님, 이제 나는 다시 창고로 가겠지요? 먼지가 풀풀 나는 창고에서 다시 썩을 거예요."

컴컴한 창고 생각을 하니 가슴 속이 부들부들 떨렸습니다. 정말 다시는 가고 싶지 않은 곳이었습니다.

"글쎄, 꼭 그렇게 나쁘게만 생각하지 말아. 얘야, 전화위복이란 말도 있단다. 나쁜 일이 좋은 일이 될 수 있단 말이야."

"그게 무슨 뜻이에요?"

"나쁜 일이라고 해서 다 결과가 나쁜 것은 아니라는 뜻이지. 너무 걱정 마. 자, 이제 나는 시간이 다 되어서 가 볼게. 안녕."

달님은 천천히 현관문을 빠져 나갔습니다.

나는 달님의 말을 곰곰이 생각해 보았습니다. 하지만 아무리 생각해 봐도 알 수가 없었습니다. 그러나 나는 달님의 말대로 꼭 나쁘게만 생각지 않기로 했습니다.

'꼭 좋은 일일 거야. 꼭 좋은 일일 거야.'

나는 기도하듯이 밤새도록 중얼거렸습니다.

다음날이었습니다.

밤새도록 한숨도 못 잤기 때문에 무척 피곤했습니다. 가슴 속이 다 타서 바사삭 부서질 것 같았습니다.

"어머나, 저게 웬일이지?"

아침마다 현관 청소를 하는 교무실 언니였습니다.

"선생님, 큰일났어요. 저것 보세요."

교무실 언니는 민 선생님과 교장 선생님을 모시고 왔습니다.

"아니, 이런 나쁜 녀석들이 있나? 저것 누가 그랬나 당장 찾아가지고 교장실로 데리고 와요."

교장 선생님은 화가 나서 호통을 치셨습니다. 교장 선생님의 말씀을 듣자 나는 가슴속이 후련해졌습니다.

'흥, 상철이 이놈, 어디 두고 보라지. 선생님께 호되게 야단을 맞을 거야.'

나는 야단 맞을 상철이 생각을 하니 고소했습니다. 너무 고소해서 샐쭉 웃기까지 했습니다.

"이놈, 이리 와 봐. 어디 낙서할 데가 없어서 저기에다 낙서를 해?"

드디어 호랑이 같은 김 선생님이 상철이의 덜미를 잡고 끌고 오셨습니다.

"잠깐만요, 선생님. 그 아이 제가 좀 볼까요?"

아무 말 없이 나를 가만히 바라만 보시던 민 선생님이었습니다. 민 선생님은 아까부터 나를 찬찬히 뜯어 보셨더랬습니다. 좀더 정확하게 말하자면 민 선생님은 상철이가 그린 그림을 보고 계셨던 것입니다.

"얘, 네 이름이 뭐지?"

민 선생님은 상철이의 손을 꼭 잡고 물어보셨습니다.

"상철입니다. 임상철! 우리 반에서 제일 말썽꾸러기죠."

김 선생님이 상철이를 흘겨보시며 말씀하셨습니다.

"상철아, 선생님하고 이야기 좀 하자. 저 그림, …… 누구지?"

민 선생님은 고개를 푹 떨구고 있는 상철이의 얼굴을 들여다 보셨습니다.

"우리 엄마요, 우리 엄마하고 아빠예요."

갑자기 상철이는 고개를 번쩍 쳐들고 손가락으로 나를 가리켰습니다.

"난 저 그림이 싫어요. 엄마가 없어서 꼴도 보기 싫었어요. 그리고 아빠도 머리가 하얘서 너무 늙어 보였어요."

갑작스런 말에 나는 깜짝 놀랐습니다. 김 선생님도, 민 선생님도 놀란 눈치였습니다.

"우리 엄만, 엄만……. 어느 날 갑자기 집으로 안 돌아와요. 동생하고 나는 날마다 기다리는데, 아빠도 기다리는데……. 그렇지만 나는 엄마가 꼭 올 거라고 믿어요. 엄마는 꼭 돈 많이 벌어서 올 거예요. 엄마가 날보고 그랬걸랑요. 돈 벌어 온다고……."

'아! 그랬구나.'

나는 갑자기 가슴이 뻐근해졌습니다. 그러더니 뜨거운 것이 뭉클뭉클 솟아올랐습니다.

'아! 그랬구나, 그랬어.'

나는 눈물이 나올 것 같아 자꾸 중얼거렸습니다.

"으응, 엄마였구나. 상철이 엄마 차암 예쁘게 생겼구나."

민 선생님이 간신히 목소리를 가다듬어 말씀하셨습니다. 그러자 상철이가 비식 웃음을 흘렸습니다.

"솔직히 말해 우리 엄마 예쁘지는 않아요. 입이 너무 크거든요. 웃을 때는 입이 진짜로 커요. 아빠는 엄마보고 하마 입이라고 했어요."

"어머, 그래?"

민 선생님이 입을 가리며 '호호' 웃으셨습니다. 나도 천진난만한 상철이 때문에 빙긋 웃음이 나왔습니다.

"그렇지만 나는 세상에서 엄마가 제일 좋아요."

상철이가 엄지를 척 추켜세웠습니다.

"맞아, 그럴 거야. 선생님이 아빠, 엄마, 상철이, 상철이 동생들을 다시 만들게. 아주 멋지고 행복하게!"

민 선생님은 활짝 웃으셨습니다. 상철이도, 김 선생님도 활짝 웃으셨습니다.

아, 나는 너무 기뻐서 껑충껑충 뛰고 싶었습니다. 나에게 사람처럼 다리가 있다면 아마 그랬을 겁니다. 또 팔이 있다면 덩실덩실 춤도 추었을 것입니다.

'이제 나는 창고로 안 가도 된다. 안 가도 된다.'

하면서 말이지요.

원유순 _ 1957년 강원도 횡성에서 태어났으나 고향은 원주이다. 초등교사인 아버지의 근무지를 따라 강원도 산골을 옮겨 다니며 자연과 벗삼아 성장했다. 어린 시절부터 줄곧 작가가 되고 싶었지만 가정 형편상 교대를 선택하였고, 아이들과 생활하다 보니 자연스럽게 동화를 쓰게 되었다. 1990년 계간 『아동문학평론』에서 동화 신인상을 받으면서 본격적인 작품 활동을 시작했고, 교사와 작가라는 두 직업을 병행하면서 늘 갈등을 겪다가 2007년에 29년 6개월 동안 근무했던 교직을 그만 둔 뒤 전업작가가 되었다. 1993년 계몽사아동문학상 장편 부문 당선, 제1회 MBC창작동화대상 단편 부문에 가작 당선되면서 작품 활동에 탄력을 받게 되었다. 『까막눈 삼디기』(2000, 웅진주니어)가 출간 10년을 맞아 100쇄를 넘겼으며, 『열평 아이들』(1998. 창비), 『피양랭면집 명옥이』(2005, 웅진주니어), 『색깔을 먹는 나무』(2007, 시공주니어) 『잡을 테면 잡아 봐』(2012. 시공주니어) 등 많은 작품집이 있다.

날마다 쓰는 노력

아동문학으로 들어가다

어려서부터 이야기를 좋아해서 이야기가 있는 것이라면 닥치는 대로 읽었어요. 내가 초등학교 때는 책이 귀하던 시절이어서 교과서를 받으면 예화가 들어 있는 국어책이나 도덕책을 받자마자 그날로 단숨에 읽곤 했습니다. 그래서 그런지 글짓기 대회에 자주 불려 다녔고, 대회에 나갔다 하면 당선이 되곤 했어요. 그러는 사이 나도 모르게 나의 장점이 글쓰기라고 생각했고, 중고등학생 때 주로 문학동아리에서 활동을 했어요. 대학생 시절에는 막연히 소설가나 시인을 꿈꾸다가 초등학교 교사가 되면서 자연스레 동화에 관심을 갖게 되었답니다. 교사생활 동안 동화작가를 꿈꾸며 여기저기 기회가 닿는 대로 글쓰기에 투고했어요. 신춘문예에 응모를 하여 최종심에 두 번 올랐지만, 당선의 기회는 얻지 못했습니다. 그 후 30대 중반이 되어서야 계간『아동문학평론』에 신인문학상(1990)에 당선되었고, 1993년 계몽사아동문학상에 장편아동소설 『둥근 하늘 둥근 땅』이 당선되고, 제1회 MBC 창작동화에 단편 「할아버지는 여름지기」가 입상하면서 본격적으로 동화를 쓰기 시작했습니다.

「엄마가 있는 그림」의 창작 배경

정확한 지면은 기억하지 못하지만, 아마 1991년 어느 어린이잡지에 단편동화 청탁을 받고 쓴 작품일 거예요. 후에 단편동화집 『개구리선생님』(1992)에 묶였고, 계몽사에서 발행한 50권짜리 『어린이문학전집』 30호(1994)에 작가대표작으로 수록되었습니다.

초등학교 교사 시절 내가 근무하던 학교 현관에 장식되어 있는 부조작품을 보고 소재를 얻었어요. 작품에서처럼 교육학자 페스탈로치가 인자한 표정으로 아이들과 함께 있는 작품이었는데, 내 눈에는 왠지 생뚱맞아 보였어요. 이런 생각은 나만 그랬던 것이 아니었던 듯, 교장선생님이 바뀌면서 전교생 아이들이 운동장에서 환하게 환호성을 지르는 대형 사진으로 교체되었지요. 이런 일련의 사건들이 작품청탁을 받고 소재의 궁핍에서 두리번거리던 나를 잡아매었습니다.

작품을 쓸 때 창작방법을 먼저 생각하고 글을 쓰지는 않습니다. 어떤 순간의 이미지나 느낌, 잔상, 혹은 빠르게 스쳐지나가는 사건의 일부분을 잡지요. 그런 이미지나 느낌들은 매우 강한 것이어서 그 순간 바로 글을 쓰기 시작하면 매우 빠르게 속도를 낼 수 있습니다. 그러나 일상생활에서는 그러기가 쉽지 않지요. 그런 강한 이미지나 가슴 두근거리게 만드는 느낌(feel) 등을 경험할 때는 대부분 외출중이기 때문에 바로 글을 시작하게 되지 않습니다. 하루이틀 정도는 잔상이 남지만, 시간이 지나면 그 강렬했던 느낌들이 많이 희석되어 대부분 사라지거나 잊어버리고 말지요.

어쨌든 이 작품 역시 무슨 특별한 창작방법론을 염두에 두고 쓴 건 아니지만, 글을 쓰기 전 어떻게 시작할지는 고민을 한 것 같습니다. 즉 주인공 아이를 화자로 할 건지, 의인화된 그림을 화자로 할 건지. 아무래도 그림을 의인화하여 관찰자 시점으로 진행하면 독자에게 더 재미있고 이야깃거리가 풍부해질 것 같았어요. 작품에서 화자인 그림의 시점에는 당연히 작가인 내가 개입되어 있습니다. 그러므로 이 글은 의인화된 그림의 1인칭 시점이지만, 작가 관찰자 시점으로 봐도 무방할 것입니다.

이 작품은 등단하고 두 번째 창작동화집(1992)에 묶여 있는데, 이름 없는 출판사에서 출간되었던지라 그다지 주목을 받지 못했어요. 당시에는 창작동화집을 내기가 쉽지 않았던 시기여서 창작집이 출간되었다는 것만으로도 충분히 만족했던 것 같아요. 다만 지금 읽어보면 문체가 서정적이고 잔잔하며 동화의 본령을 살리려 애쓴 것 같습니다.

나만의 동화창작법

처음 작가가 되고 나서 나는 가능하면 적은 분량이라도 날마다 글을 쓰려고 마음먹었어요. 그래야 글쓰기에 대한 감을 잃지 않을 것 같았습니다. 늘 시간에 쪼들려 살았기 때문에 날마다 글을 쓰기가 쉽지 않았지만, 초심을 잃지 않으려고 했어요. 방과 후 교실에서나 집에 와서 컴퓨터를 주방에 놓고 짬짬이 글을 썼어요. 그래서 그런지 나는 시끄러운 곳에서도 마음만 먹으면 집중을 잘하는 편입니다. 또 어떤 연유로 한동안 글을 쓰지 못해 감을 잃어버리면, 내가 썼던 글이나 잘된 남의 작품을 주욱 읽어봅니다. 그러면 금세 글을 다시 시작할 수 있었어요.

그러나 나이가 드니 지금은 글쓰기 워밍업에 상당한 시간이 걸립니다. 그럴 때면 평판이 좋은 작품들을 읽으며 분석하거나 문체 등을 눈여겨보며 글쓰기에 대한 의지를 되찾으려 애씁니다. 또한 틈틈이 철학이나 인문학 서적을 읽으며 세상을 바르게 읽는 눈을 기르기 위해 애쓰지요. 그 외 세상 돌아가는 것에 귀를 기울이며 특히 어린이와 연관이 된 사회적 사건이나 이슈 등은 메모를 하거나 머릿속에 저장을 해둡니다. 이런 것들은 때때로 작품의 소재가 되고 주제가 됩니다. 좋은 글을 쓰기 위해서는 작가의 올바른 철학이 필요합니다. 작품의 구성이나 문체 등은 웬만큼 훈련하면 어느 정도 가능하지만, 작품 속에 내재되어 있는 철학은 훈련으로 얻어지는 것이 아니기 때문이지요.

아동문학에 바란다

우리나라 아동문학은 한동안 민족주의에 갇혀 있었다는 느낌이 듭니다. 그래서 편협한 국수주의에 빠져 있었고, 우리 것에만 집중했어요. 이제는 눈을 넓게 뜨고 세상을 바라보아야 합니다. 인류보편적인 접근으로 작품의 영원성을 염두에 두고 창작해야 하며, 글로벌한 소재로 독자의 폭을 넓혀 나가야 합니다. 또한 우리 문학의 세계화를 위해 범국가적인 번역가 양성에 체계적인 투자가 이루어져야 하며, 출판사와 에이전시들은 도서 수입의 비중보다 수출 비중을 높여야 하겠지요. 그래야 우리 문학의 살길이 열리며 작가들도 살아남을 것입니다.

세상은 하루가 다르게 빠르게 변화하고 있습니다. 향후 10년 뒤 세상이 어떻게 바뀔지는 전문가들도 예측이 어렵다고 합니다. 10년 뒤 문학이 살아남을지도 의문이에요. 그때쯤이면 글쓰기 인공지능로봇이 인간의 능력을 능가할지도 모릅니다. 그렇기에 지금은 문학하기 힘든 시기입니다. 하지만 모든 예술가들은 살아남기 위해 노력해야 합니다. 글쓰기 로봇이 갖지 못하는 인간만이 할 수 있는 그 무엇인가를 찾기 위해 노력해야겠지요. 그래야 살아남을 수 있습니다.

해바라기바라기

노경수

　책갈피에 갇힌 은행잎은 답답했습니다. 해님한테 가려던 참인데 갇히다니, 숨이 막혔습니다. 눈을 감았습니다. 환한 빛이 떠오르며 해바라기가 웃고 있습니다. 해님을 좋아하던 해바라기, 어서 찾아야 하는데, 책갈피 속 은행잎은 시름시름 말라갔습니다.

　은행잎은 가로수인 은행나무 밑동에서 태어났습니다. 사람들이 할퀴고 간 상처가 아물 무렵 은행나무가 그 위에 잎 몇 장을 피운 것입니다. 먼저 태어난 잎들이 나무 위에서 한들거리고 있을 때였습니다.

　"나도 저 위로 올라가고 싶어."

　"맞아, 저 위에서 태어났더라면 얼마나 좋을까."

　"난 올라갈 거야."

　그러나 밑동의 은행잎들은 누구도 올라갈 수 없었습니다. 툴툴거리던 은행잎 몇 장이 안간힘을 쓰다가 떨어졌습니다. 막내 은행잎은 혼자가 되었습니다.

　혼자가 된 은행잎은 가로수 옆 풀밭을 바라보며 지냈습니다. 그곳에는 많은 것들이 어울려 살아갔습니다. 개미도 있고 지렁이도 있습니다.

개미와 지렁이를 잡아먹는 참새와 까치도 날아왔습니다.

그 곳에 쑥쑥 자라는 한 아이가 있었습니다. 아이는 잔디와 크로버 혹은 바랭이 같은 것들과 달랐습니다. 가는 줄기가 쑥쑥 크더니 어느 순간 은행나무 밑동까지 자랐습니다.

은행잎은 하루하루 아이를 보는 재미로 살았습니다. 얼마나 신기하던 지 잠시도 눈을 뗄 수 없었습니다. 잠도 잘 수 없었습니다. 아이가 꽃잎을 열기 시작했을 때 은행잎은 두근거림에 온몸이 팔랑거렸습니다.

"와, 해님 같아! 작은 해님."

은행잎은 저도 모르게 소리쳤습니다.

"작은 해님, 맞지요?"

아이는 대답하지 않았습니다. 꽃은 점점 커져갔고 은행잎의 두근거림도 커져갔습니다. 그러던 어느 날이었습니다.

"나를 불렀니?"

깜짝 놀란 은행잎은 몸을 끄덕였습니다.

"작은 해님? 아니야. 난 해님을 좋아하는 해바라기인 걸."

"해바라기?"

해바라기가 웃었습니다. 해님 같았습니다. 보고 또 보아도 비슷했습니다. 해바라기, 해바라기, 은행잎은 자꾸만 부르고 싶었습니다.

어느 날 해바라기가 물었습니다.

"너는 왜 혼자 그곳에 있어?"

"그냥, 너는?"

"나도 그냥."

해바라기가 활짝 웃었습니다. 은행잎이 따라 웃었습니다. 그날 이후 은행잎은 해바라기와 함께 지나가는 사람들을 구경했습니다. 새들의 노래도 들었습니다. 저녁 하늘이 붉어지는 소리를 들었고 별이 반짝이는 소리도 들었습니다. 함께 행복했습니다.

날이 갈수록 해바라기는 해를 닮아갔습니다. '저러다 해님한테 가버리면 어쩌지?' 은행잎은 불안했습니다.

"왜 자꾸만 해를 봐? 똑같아지잖아!"

"정말? 똑같아?"

해바라기가 행복한 듯 웃었습니다.

"그렇게 좋아?"

"멋지잖아!"

"멋지다고? 이젠 나를 봐. 옆에 내가 있잖아!"

"너는 해님이 좋지 않니? 바라볼수록 마음이 넓어지는 것 같고 맑아지는 것도 같아. 따뜻하게 웃어주는 저 모습, 닮고 싶어. 보기만 해도 따뜻해지는 걸!"

"그러다 몸이라도 상하면 어쩌려고?"

"행복하다니까."

"네 가슴이 까맣게 멍들고 있어. 이젠 나를 봐, 나는 너만 바라보고 너만 좋아하고 이제는 너만 걱정하는…… 너 바라기, 아니 해바라기바라기가 되었단 말이야!"

"해바라기바라기? 하하하!"

은행잎의 투덜거림에 해바라기가 활짝 웃었습니다. 눈이 부셨습니다.

'나도 너를 닮고 싶어…….'

어느 날 비가 내리고 바람도 심하게 불었습니다. 은행잎은 정신을 차릴 수 없었습니다. 해바라기도 허리를 가누지 못하고 이리저리 휘청거렸습니다. 이럴 때 해님은 뭐하나, 바람을 혼내주면 좋을 텐데, 그러나 해님은 나타나지 않았습니다.

"괜찮아?"

해바라기가 울고 있습니다. 은행잎은 해를 기다렸습니다. 그러나 해는 나타나지 않았고 울던 해바라기는 일어나지 못했습니다. 해님을 보지 못해 그런 것 같았습니다.

'큰 나무에 기댈 수 있으면 좋을 텐데.'

비가 그쳐도 해님은 나타나지 않았습니다. 안타까움에 온몸을 떨던 은행잎은 어느 순간 나무에 기대어 깜박 잠이 들었습니다. 따뜻함에 눈을 떴을 때 하늘에는 해가 빛나고 있었습니다. 옆을 보았습니다. 해바라기가 없습니다. 휘어졌던 허리는 꽃을 잃은 채 우두커니 서서 햇빛을 받고 있었습니다.

어디로 갔을까, 은행잎은 여기저기 기웃거렸습니다. 해바라기가 있던 자리에 까치가 날아와 앉았다 갔습니다. 몇 마리의 참새도 왔다 갔습니다. 해바라기를 보았느냐고 물었지만 들은 척도 안합니다.

'어디로 갔지? 해님을 찾으러 갔나?'

은행잎은 해님을 보았습니다. 해님은 모른다는 듯 웃고만 있습니다. 도대체 어떻게 된 일일까, 은행잎은 걱정이 가득했습니다. 해님이 있어도 추웠습니다. 몸도 떨렸습니다.

"애야, 그러다 병이라도 나면 어쩌려고 그래?"

은행나무가 걱정했습니다.

"해바라기를 못 보셨어요?"

"응, 색을 빚느라 바빴거든. 얌전히 있으면 예쁜 색을 입혀줄게!"

"예쁜 색이요?"

"그래. 연두, 노랑, 주홍…… 어떤 색으로 입혀줄까?"

은행잎은 기뻤습니다. 어떤 색이 좋을까, 해바라기가 떠올랐습니다.

"해바라기색이요."

"알았어."

'노란색을 입으면 해바라기를 찾아 떠나야지. 해님한테 가면 만날 거야. 깜짝 놀라겠지? 노랗게 변한 나를 알아보기나 할까?'

은행잎은 힘이 솟았습니다.

"고마워요."

어느 새 바람이 서늘해졌습니다. 은행나무 가지 위 잎들이 사락사락 서로에게 몸을 비비댔습니다. 저만큼 단풍나무가 옷을 갈아입었습니다.

에취! 에취! 재채기에 온몸이 파르르 떨렸습니다. 춥기도 했습니다. 떨던 은행잎은 나무가 지어준 약을 먹고 깜박 잠이 들었습니다. 아침에 일어나 보니 온몸이 노랗습니다.

"와, 해바라기랑 똑같아! 고마워요! 이제 해바라기를 찾으러 떠날 거예요! 기다리지 마세요!"

색깔을 빚느라 바쁜 은행나무가 사락사락 가지를 흔들었습니다. 잎들이 노랗게 웃었습니다.

'바람이 오면 얼른 올라타야지.'

은행잎은 마음을 다잡았습니다. 조바심하고 있는 은행잎에게 바람보다 먼저 빨간 잠바를 입은 아줌마가 다가왔습니다. 은행잎은 가슴이 쫄밋거렸습니다. 아줌마가 은행나무를 쳐다보았습니다. 은행잎은 얼른 둥치 뒤로 몸을 숨겼습니다.

"어휴, 나를 본 건 아니겠지?"

노란 은행잎이 살짝 몸을 돌려 쳐다보는 순간, 아줌마와 마주쳤습니다.

"이크, 어떡해? 들킨 건가?"

은행잎은 주변을 둘러보았으나 어디에도 샛노란 몸은 숨길 수 없었습니다. 아줌마는 망설임도 없이 걸어왔습니다. 아주 빠른 걸음이었습니다.

"어머나? 이런 밑동에서 혼자 피다니. 꼭 별 같네!"

아줌마는 머뭇거림도 없이 은행잎에게 손을 뻗었습니다. '안 돼, 안 돼!' 온몸으로 소리쳤지만 은행잎은 이미 아줌마 손에 들려 있었습니다.

"상처에서 피었는데 어쩜 이리도 예쁠까?"

아줌마는 옆구리에 끼고 있던 책을 펼치더니 그 안에 은행잎을 넣었습니다. 눈 깜짝할 사이의 일이었습니다.

"아유, 갑갑해!"

책속에서 퀴퀴한 냄새가 났습니다. 어떡하나, 해님한테 가야 하는데, 빛줄기 하나 보이지 않습니다. 한숨이 나왔습니다. 생각할수록 속이 상했습니다. 하루가 가고 이틀이 갔습니다. 은행잎 가슴이 타들어 갔습니다.

답답해하던 어느 날 책 속에서 이상한 소리가 들렸습니다. 은행잎은 귀가 솔깃했습니다. 이런 곳에 누가 찾아오는 것일까, 귀를 기울였습니다.

사각사각사각, 사각사각사각, 책벌레였습니다. 조그만 책벌레 두 마리가 저들끼리 속살거리며 은행잎이 갇혀 있는 페이지에 나타났습니다.

"어험, 어험!"

은행잎이 마른기침을 했습니다.

"아이, 깜짝이야! 누구야?"

책벌레들은 놀란 듯 여기저기 기웃거렸습니다.

"여기 또 와 있네!"

"얼마 전 나갔을 때 들어왔나 봐. 참 많이도 왔네."

책벌레들은 저들끼리 알 수 없는 말을 주고받았습니다.

"나는…… 해바라기바라기야."

"해바라기바라기?"

"처음 듣는데? 꼬리꼬리한 냄새가 나."

책벌레들은 떠나려고 했습니다.

"잠깐만, 도와줘요. 해바라기를 찾아야 해요."

깜짝 놀란 책벌레가 걸음을 멈췄습니다.

"해바라기? 걔는 또 누구야?"

"어디서 본 이름 같은데, 아, 아까 다녀온 38페이지에 있었던 거 같아."

"맞아, 바람 옆에 있었어."

책벌레의 말에 은행잎이 깜짝 놀랐습니다.

"있었다고요? 바람도 함께요? 내가 바람을 얼마나 기다렸는데, 나 좀 데려다 줄래요?"

"당신을 어떻게 데려다 줘요?"

"맞아, 덩치도 크고 꼬리꼬리한 냄새도 나는 걸."

책벌레들은 쌩하고 다른 페이지로 갔습니다. 은행잎은 또 혼자가 되었습니다. 책벌레는 저희들끼리 속살거리며 자주 들락거렸습니다. 만날 때마다 도와달라고 사정했지만 들은 척도 안했습니다.

또 하루가 가고 이틀이 갔습니다. 은행잎은 자꾸만 말라갔습니다.

'해바라기를 찾아야 하는데, 해바라기, 해바라기, 해님 바라기······.'

해바라기를 보고 싶어 하던 어느 날이었습니다.

"아직도 해바라기를 찾아요?"

책벌레였습니다.

"네. 꼭 만나야 해요."

"우리가 도와줄게요. 기다려 봐요."

"그으래? 고마워요, 정말 고마워요?"

책벌레는 각자 흩어지더니 바삐 움직이기 시작했습니다.

"'해' 자를 찾았어!"

"그래? 나는 '바' 자를 찾았는데."

"그럼 '라' 와 '기' 를 찾으면 되겠네?"

"라? 저기 아래에서 둘째 줄에 있던 것 같아. 잠깐 기다려, 내가 가볼게."

"그래, 그럼 나는 '기'를 찾아올게."

책벌레들은 알 수 없는 이야기를 나누며 책장을 오르내렸습니다. 얼마 후 낑낑거리며 무엇인가를 은행잎 앞에 내려놓았습니다.

"자, 여기 있어요. 해, 바, 라, 기."

"무슨 소리에요? 해바라기가 어디에 있다고?"

"여기 있잖아요, 여기! 해, 바, 라, 기. 맞지요?"

책벌레들이 웃으며 까만 풀씨를 가져다 놓았습니다. 은행잎은 화가 났습니다.

"도와준다더니, 나를 놀리는 거니?"

"놀리다니? 우리가 왜?"

"내가 해바라기를 모를 줄 알아? 나는 해바라기와 함께 살았단 말이야. 해바라기가 보고 싶어서 노란색까지 입었다고!"

"무슨 소리야? 우리가 '해'와 '바', '라', '기'를 찾느라 얼마나 고생했는데? 좀 전에 봤잖아, 딱해서 도와주었더니, 막말에 화까지 내네!"

"그러게 말이야. 우쒸! 괜히 애썼어."

책벌레들이 씩씩거렸습니다. 놀란 은행잎은 그들이 가져다 놓은 걸 자세히 살펴보았습니다.

"웃지도 않고 향기도 없잖아!"

"뭐라고요?"

"무슨 소리에요? 당신은 글을 몰라요?"

"글? 글이 뭔데?"

"여기 '해바라기'라고 써 있잖아요. 해바라기!"

"이건…… 풀씨야."

"이런 바보!"

"뭐야? 바보? 누구한테 바보래? 나는 해바라기는 물론이고 해바라기가 제일 좋아하는 해님도 알고 바람도 알고 구름도 안단 말이야. 풀밭에 찾아오던 까치도 알고 참새도 알고 개미도 알고 지렁이도 안다고! 더 말해볼까? 내가 아는 게 얼마나 많은데 바보래?"

은행잎이 씩씩거렸습니다.

"바람과 구름과 햇빛을 안다고? 우리도 아는데, 여기 책에 다 있어."

"맞아, 책에는 없는 게 없어. 우린 모르는 게 없고!"

"바람과 구름과 햇빛? 게다가 까치? 참새? 개미? 여기를 봐, 여기에 '햇빛'이 있잖아요. '까치'와 '참새', '개미'는 금세 가져올 수 있어."

"어떻게?"

"여기요, 여기, '햇'자와 '빛'자가 있잖아, 같이 읽으면 햇빛이 된다고. 저 윗줄에는 구름도 있어. 봐봐, 저게 '구'이고 요게 '름'이야!"

책벌레들은 바쁘게 여기저기를 가리켰습니다. 그러나 책벌레가 내놓은 햇빛과 구름은 아무리 살펴보아도 햇빛과 구름이 아니었습니다.

"밝지도 않고 따뜻하지도 않아."

"원래 그래요."

"아니야. 햇빛은 밝고 따뜻해. 구름은 요술쟁이고."

책벌레들은 고개를 갸웃거렸습니다.

"나는 햇빛도 구름도 바람도 매일 봤어, 해바라기와 함께. 그러면서 좋아하게 됐단 말이야."

"좋아하게 돼?"

"응."

"그것도 책에 있는데……."

"이런 풀씨 같은 것들이 여기서 뭘 봤다고 알겠니?"

"풀씨?"

"그래, 자세히 봐봐. 잔디, 바랭이 같은 풀씨잖아!"

"에이 바보. 이건 글씨란 말이야, 글씨. 공부를 해야지, 놀기만 했구나! 우리처럼 글을 배우란 말이야. 글도 모르면서 아는 척은……."

"맞아. 우리는 책벌레라서 모르는 게 없어!"

책벌레들의 큰소리에 은행잎도 지지 않고 큰소리를 쳤습니다.

"모르는 게 없다고? 해바라기도 모르고 햇빛도 구름이 모르면서?"

은행잎의 큰소리에 책벌레들은 서로의 눈을 바라보았습니다. 은행잎의 설명을 들은 책벌레는 열심히 글자를 물어왔습니다. 햇빛, 구름, 바람, 해바라기, 참새, 까치……. 은행잎이 말하는 것들은 모두 가져왔으나 그건 은행잎이 아는 햇빛, 구름, 바람, 해바라기, 참새, 까치가 아니었습니다. 하긴, 풀씨 같은 것으로 어떻게 알 수 있을까, 은행잎은 어이가 없었습니다. 책벌레들은 은행잎의 도리질에 되려 어리둥절했습니다.

"안다는 게 우리가 아는 것과 달라."

"그치? 누가 맞는 거야?"

"그보다 도대체 안다는 건 뭐지?"

책벌레들의 대화에 은행잎이 끼어들었습니다.

"좋아하게 되는 거."

책벌레들이 또 고개를 갸웃거렸습니다.

"그것도 책 속에 있는데."

"맞아, 맞아."

모르는 게 없다던 책벌레들은 속살거리며 은행잎의 퉁바리에도 자주 찾아왔습니다. 올 때마다 풀씨를 물어다 놓고는 알려달라고 했습니다.

"혹시 쟤가 찾는 애가 저쪽 페이지에 있는 애 아닐까?"

"그 이상한?

은행잎은 귀가 번쩍 뜨였습니다.

"노란색이었어?"

책벌레들이 도리도리 고개를 흔들었습니다.

"몰라. 우린 글만 알거든."

책벌레는 서로를 쳐다보며 고개를 끄덕였습니다.

은행잎은 또 안절부절못하였습니다.

"이 책에서도 무엇이든 알 수 있어요."

"맞아, 책은 많은 걸 알게 해줘. 해바라기바라기, 너 그리움이 뭔지 알아?"

갑작스럽게 훅 치고 들어오는 책벌레의 질문에 은행잎은 대답을 못했습니다.

"몰라. 본 적이 없어!"

"이런 바보! 그럴 줄 알았어."

"그건 보는 게 아니야. 네가 해바라기를 찾는 것처럼, 보고 싶은 마음이 쌓이면 그리움인 거야!"

"맞아. 혼자 똑똑한 척하지 마. 볼 수 없어도 아는 것들이 얼마나 많은데……."

은행잎이 어리둥절해 하자 책벌레가 말했습니다.

"그렇다고 겁내지 마. 여기서 천천히 배우면 되니까. 그리고 참 해바라기를 만날 수 있을지도 몰라."

"그래? 찾았어?"

"그동안 여러 페이지를 다니면서 해바라기바라기를 아느냐고 물어보았어. 35쪽에 밖에서 들어온 애가 안다고 했어. 인사도 못하고 헤어졌다던데. 그래서 70쪽에서 네가 찾고 있다고 알려줬어."

"70쪽? 여기가 70쪽이야?"

"그것도 몰랐어? 이런 바보!"

은행잎은 바보, 소리에도 고맙기만 했습니다. 얼마나 기쁜지 온몸이 들썩였습니다.

"그런데 어떻게 만나?"

"간절하게 바라는 건 이룰 수 있어."

"어떻게 알아?"

기뻐하던 은행잎 마음에 살그머니 불안이 끼어들었습니다.

"책에서 배웠으니까 알지!"

책벌레의 큰소리에 은행잎은 주눅이 들었습니다.

'35쪽? 책벌레가 알려준 거니까 맞겠지. 맞을 거야, 곧 만날 수 있을 거야.'

은행잎 노란 몸이 샛노랗게 빛났습니다.

노경수 _ 1960년 충남 공주에서 태어났다. 결혼 3년 차인 1988년 위암으로 투병하다가 '좋은 엄마'가 되고 싶다는 꿈을 갖게 되었다. 두 아이를 키우며 꿈의 실현을 위하여 독서지도사와 논술지도교사 과정, '현대수필' 등에서 공부하였다. 제5회 MBC 창작동화 공모에서 단편 「동생과 색종이」가 대상을 받으며 동화작가로 활동을 시작했다. 같은해 남편을 따라 충남 서산으로 이주하여 흙빛문학회에서 동인활동을 시작하였고 이듬해 39세로 대학에 입학한 이후 50세에 문학박사학위를 받았다. 제7대 흙빛문학 회장 역임했다. 테마수필집 『엄마를 키우는 아이들』, 논문집 『윤석중연구』, 동화집 『팽이의 꿈』, 『옹고집전』, 『집으로 가는 길』, 『오리부부의 숨바꼭질』, 『씨앗바구니』, 『쉿, 갯벌의 비밀을 들려줄게』, 『'하얀' 검은 새를 기다리며』를 출간했다.

모티프를 통합하는 상상력

아동문학을 만나고

남들보다 많이 늦었습니다. 어느 날 보니 내가 '엄마'가 되어 있었습니다. 먹여주고 입혀주고 재워주는, 단순한 그런 엄마가 아니라 아이들과 함께 놀고 공부도 함께 하는 "좋은 엄마"가 되고 싶었습니다. 그러려면 어떻게 해야 하나, 걱정되었어요. 아는 게 없었거든요. 그래서 공부하게 해주세요, 라고 기도했어요.

그때 신문에서 독서지도사 과정을 모집하는 광고를 보았습니다. 그때가 1994년이었을 거예요. 고등학교 졸업자도 지원할 수 있다기에 독서지도사 과정에 지원하여 공부하기 시작했고 이어서 논술지도교사 과정에서도 공부했습니다. 그 과정에서 많은 동화를 읽게 되었고 다양한 선생님들의 강의도 들었습니다. 그런데 잘 알아듣질 못해서 한 주 강의를 들으면 그것을 소화하기 위해서 한 주 동안 집에서 공부해야 했습니다.

그렇게 독서지도사 논술지도교사 과정을 마치고 한우리독서문화원 부천 남지부를 개원했어요. 전인교육이라는 이름 아래 독서지도가 붐이 일어나던 때였지요. 독서지도를 하기 위해서는 아이들과 함께 필독서들을 읽어야 했는데 좋은 동화도 있지만 그렇지 않은 동화들도 있었어요. 심지어 '내가 쓰면 이것보다는 잘 쓰겠다' 싶은 동화들도 있었습니다.

작가는 대단한 사람들인데, 내가 어떻게 그런 생각을 하나, 겸손해야지, 생각해도 잘 쓸 수 있다는 자신감은 멈추질 않았습니다. 그래서 96년에 한우리 아동문예아카데미에 들어가 창작공부를 시작했어요. 내가 쓴 동화를 보고 신현득 선생님이 "동화를 쓰기 위해 태어난 사람"이라고 하셨어요. 얼마나 순진했던지, 어려서 글을 잘 쓴다는 말을 들어본 적도 없고, 문학소녀였던 적도 없는데 그 말을 믿었어요. 그리고 1년 만인 1997년 MBC창작동화 공모에서 단편 「동생과 색종이」가 대상에 당선되었습니다. 당시의 터무니없던 순진함이 동화작가가 되게 한 것 같습니다.

「해바라기바라기」의 창작 배경

이 작품은 『열린 아동문학』 2017년 겨울호에 발표했습니다. 발표하기 4년 전 첫 번째 모티프를 발견하였고 그 2년 뒤 두 번째 모티프를 발견하여 쓰게 된, 꽤 오랫동안 가슴으로 써온 동화입니다. 아니, 어쩌면 그보다 앞서 서산의 간척지 천수만을 걷다가 "바람의 교과서, 물의 교과서"라는 시어를 떠올렸던 7년 전부터라고 해야 맞는 것 같습니다.

'교과서'라는 건 학생들이 배워야만 하는 강제된 책인데 자연물인 바람과 물에 교과서를 붙인 것이 인상적으로 다가왔습니다. 바람에게 무엇을 배우나, 물에게서 무엇을 배우나, 생각하고 보니 무궁무진했습니다. 그 넓은 천수만을 걸으며 묻고 또 물었습니다.

내게 생각하게 하고 질문하게 하는 시처럼, 쉽고 간결한 문장의 생각하게 하는 동화를 쓰고 싶었습니다. 이후 어느 시집에서 '책속에 들어간 단풍잎'을 만났고 문우들과 나들이 간 덕수궁에서 '옹이 위에 핀 벚꽃'

을 만났습니다. 조연인 책벌레는 동화책에서 만난 책벌레 캐릭터에 상상력을 확장시켜 곁들였습니다. 이렇게 건진 모티프로 게재 작을 쓰게 되었는데, 동화의 씨앗이 내 안에 심어져 싹이 트고 가지가 생기고 꽃이 피는, 한 그루 동화나무가 되기까지 오랜 시간 거름을 주고 물을 준 셈입니다.

네 가지 모티프

「해바라기바라기」는 네 개의 모티프가 만나 하나의 동화로 만들어졌습니다. 그 중 하나는 전술했듯 천수만을 걸으면 떠오르곤 하던 "바람의 교과서", "물의 교과서"라는 시어였고, 또 하나는 "책갈피에 들어가는 단풍잎"이었습니다. 그때 문득 '단풍잎이 무엇을 배우러 책 속으로 들어갔을까' 하는 생각이 들었습니다. 땡볕도 견디고 비바람도 견딘 나뭇잎이 더 배울 게 뭐가 있다고, 하는 질문은 꽤 오래토록 가슴에 남았습니다. 세 번째 모티프는 어느 봄날 문우들과 덕수궁으로 꽃구경을 갔다가 발견했습니다. 고궁에서 오래된 벚나무를 만났는데 양 팔을 벌려도 감싸지지 않을 만큼 큰 거목이었습니다. 세파에 시달린 흔적(상처)을 고스란히 갖고 있는 거목의 밑동에 몇 송이 꽃이 피어 있었습니다. 대부분 나무들은 중심을 이루는 둥치에서 큰 가지와 잔가지가 뻗으면서 꽃과 잎이 피는데 덕수궁에서 만난 벚나무는 아름드리 둥치의 밑동에 있는, 상처 위에서 1cm 정도의 잔가지를 내밀며 꽃을 피웠습니다. 수백 년 세월 모진 풍파를 겪었을 법한 나무가, 세상을 다 아는 듯 큰 그늘을 드리운 나무가, 어린 가지처럼 상처 위에 다시 꽃을 피웠구나, 숙연하게 다가왔습니다.

세 가지 모티프는 제 안에서 각각 자리하다가 어느 날 책벌레가 떠오르면서 이야기가 피어나기 시작했습니다. 알다시피 책벌레는 공부를 잘

하거나 책을 좋아하는 사람에게 붙는 별명이기도 하고, 오래된 책 속에서 사는 아주 작은 생명체이기도 합니다. 책벌레가 가진 중층의 의미는 책속에 들어간 은행잎과 어우러져 이야기봉오리가 된 것입니다.

오래된 책 속에 사는 책벌레는 살아 움직이는 생명체여서 역동성을 불어넣기에 적합했습니다. 생명체인 책벌레가 아는 건 무엇일까, 하는 생각은 책벌레처럼 공부하여 아는 것과 단풍잎처럼 체험하여 아는 것, 어떤 게 더 무게 있을까 하는 생각으로 확장되면서 언어학 강의에서 들은 시니피앙과 시니피에(기표와 기의)도 떠올랐습니다. 또한 "공부는 많은 것을 가르쳐 주고, 고난은 모든 것을 가르쳐 준다"는 이야기도 생각났습니다. 그렇다면 책속에 사는 책벌레와 책갈피에 끼워진 은행잎을 갈등구조로 공부하는 것과 체험하는 것을 이야기하면 생각하는 동화가 되겠구나, 하는 생각에 이르렀습니다. 내 안에 심겨 발아된 씨앗들이 드디어 봉오리를 열기 시작한 거지요.

이후 기쁨으로 열심히 물도 주고 거름도 주었습니다. 수록된 작품으로 나오기까지 좀 과장하자면 백 번 정도 퇴고를 한 것 같습니다. 이렇듯 동화쓰기는 신나는 작업이면서 아직도 어렵습니다.

고치고 또 고치고

아동문학은 성인이 창작하여 어린이가 읽는다는 특수성을 가진 문학입니다. 어린이는 성장과 성숙, 경험을 통하여 끊임없이 발달하고 변화하는 존재이지요. 그리고 어른은 어린이의 과정을 거쳐 왔지만 그렇다고 어린이를 모두 알 수는 없습니다. 왜냐하면 어린이는 끊임없이 발달하면서 변하기 때문입니다. 아동문학 창작의 어려움이 시작되는 지점이어서 창작자인 어른은 끊임없이 어린이를 찾아 헤매야 하지요. 어린이의 관점을 이해하고 배려하기 위해, 아이다움을 지니기 위해 부단히 노력하는 사람들이 아동문학가입니다.

　나는 처음 모티프를 발견하여 다음에 발견하는 모티프에 연결시키기까지 내 안에 보듬고 삽니다. 몇 가지 모티프가 생기면 무엇과 무엇을 연결하면 이야기가 될까, 궁리합니다. 그렇게 궁리하다가 어떤 이야기가 될 것 같다는 생각에 이르면 쓰기 시작합니다. 서두부터 결말까지 건강이 허락하는 만큼 씁니다. 그런 후 다시 퇴고과정을 거치면서 무엇을 이야기하고 있는지, 이야기하려는 것이 가치 있는 것인지, 재미있게 이야기하고 있는지 원론적인 것들을 검토합니다. 그런 다음 개성적인 캐릭터인가, 사건의 개연성은 확보했는가, 어린이들이 이해하기 쉬운 단어로 썼는가, 간결한 문장인가 등등을 점검합니다. 거듭되는 퇴고의 과정은 결국 내가 만든 가상의 세계에서 가장 어린이다움을 찾는 과정으로 동심을 확보하는 과정이며, 동화의 완성도를 높이는 과정입니다.

　처음 쓸 때 서두 문장부터 마지막 문장까지, 주제의 형상화 과정으로 어린이가 배려된, 개성적인 어린이가 살아 뛰노는 동화가 된다면 얼마나 좋겠습니까만, 나는 어른이 되기 위해서 동심을 잃어버렸습니다. 이 때문에 수없이 많은 퇴고의 과정이 필요합니다. 결국 어른으로서 동심을 찾고 그 세계를 만드는 건 힘들지만 즐겁고 행복한 작업이기도 합니다.

　스스로 몇 번의 퇴고를 거친 다음에 가까운 문우에게 방금 쓴 동화라는 것을 강조하면서 "한 번 읽어봐 줘요." 부탁합니다. 사실 그 부탁을 하기 위해 며칠 끙끙거리며 수없이 퇴고를 했으면서도 아주 조심스럽고도 미안한 순간이지요. 전화하고 난 후에 민망함에 쩔쩔 맵니다. 그럼에도 불구하고 부탁하는 것은 내 눈에 들어 있는 들보는 안 보이고 남의 눈에 들어 있는 티는 보이는 인간의 한계를 알기 때문입니다.

　「해바라기바라기」는 글의 자연스러움을 위한 조언은 들었지만 대체로 좋은 평을 받았습니다. 아주 기뻤지요. 그런데 하루이틀 지나니까 완성도 높은 문학성을 원하게 되고 자꾸 수정되는 거예요. 수십 번을 퇴고한 후에 발표했는데 이번에 또 수정을 했습니다. 처음에는 지면에 발표한 동화를 고쳐도 되나, 하는 생각도 했습니다만 완성도 높은 작품을 추구하는 욕심이 가만 있질 못하게 했습니다. 100번 이상 손대는 작품이 허다합니다. 단편동화집에 수록하여 출간한다면 이후에는 손댈 수 없겠지만 그 전까지는 몇 번의 퇴고도 괜찮지 않은가, 하는 생각을 개인적으로 하고 있습니다.

나만의 동화창작법

동화창작은 맨 처음 글감(소재)의 발견으로 시작됩니다. 그것은 직접 겪은 것일 수도 있고 책을 읽다가 발견하는 경우도 있으며 신문 혹은 텔레비전에서 얻거나 누군가에게 들은 간접 경험일 수도 있습니다. 자연에서 얻는 것일 수도 있고 여행 중에 본 풍경일 수도 있으며 잠자다가 꿈을 꾼 것일 수도 있습니다. 대개는 직접 겪은 경험담이 책을 읽다가 만난 어떤 생각들과 이어지는 경우가 많습니다.

이렇듯 다양한 곳에서 얻는 소재는 서로 비슷한 것들끼리 연결을 해 봅니다. 앞에서 말한 '바람의 교과서'와 '물의 교과서', '책갈피 속으로 들어간 단풍잎', '거목의 밑동에 핀 벚꽃'과 '책벌레'의 경우처럼 세 가지 혹은 네 가지의 모티프를 결합하여 하나의 세계를 창조합니다. 자연스러움을 위해 모티프를 이리저리 연결하며 많은 상상을 합니다. 그러다 보면 새로운 세계로 진입할 길이 보입니다.

필자의 장편동화 『오리부부의 숨바꼭질』은 매일 하나씩 알을 낳아 주인에게 빼앗기는 집오리 한 쌍이 주인공입니다. 그들은 알을 품고 싶어 주인이 모르는 곳을 찾아 알을 낳습니다. 그러나 주인은 용케도 찾아내지요. 오리알을 두고 주인할아버지와 숨바꼭질을 하는 오리부부는 가출을 결심합니다. 그리고 알을 낳아 품고 아기오리를 키우기까지의 아슬아슬한 숨바꼭질이 펼쳐집니다. 이 이야기의 첫 번째 모티프는 시골집에 가면 옆집에 사는 아저씨가 오랜만에 내려왔다고 오리알 두어 개를 주는 데서 찾았습니다. 두 번째 모티프는 어머니께 들은 "누구네 오리인지 모르는, 하얀 오리 한 쌍이 메마른 개울 어두침침한 곳에 둥지를 틀었더라"는 이야기였습니다. 세 번째 모티프는 '세상에 이런 일이'라는 텔레비전 프로그램을 보다가 발견했습니다. 고속도로를 만들기 위해 비탈 밭에 교각을 세우는데, 그 건설현장인 비탈밭에 꿩 한 마리가 앉아 있었습니다. 가까이 가도 도망가지 않는 꿩이 이상해서 보니 알을 품고 있었습니다. 순간 내가 받아먹었던 오리알은 오리들이 품고 싶은 간절한 꿈이었구나, 하는 생각이 들었고 많이 미안했습니다.

세 가지 모티프를 하나의 동화로 연결하는 데 2개월 정도 걸렸습니다. 장편 하나를 쓰는 데 걸린 시간치고는 짧은 셈입니다. 각각의 소재들이 서로 공통점이 많아 쉽게 쓴 것 같습니다. 공통점이 많은 소재의 작품화와 그렇지 않은 소재의 작품화에는 각각의 장단점이 있습니다. 공통점이 많으면 작품화가 쉬운데 창의성이 부족하고, 그렇지 않은 소재는 작품화는 어렵지만 성공하면 참신한 작품이 됩니다. 물론 둘 다 작품 내적 질서인 리얼리티는 완성도를 가름하는 중요한 척도로 작용할 것입니다.

아동문학에 바란다
세계 명작동화들을 살펴보면 대부분 환상동화입니다. 『백설공주』, 『행복한 왕자』, 『벌거벗은 임금님』, 『알리바바와 40인의 도둑』, 『한밤중 톰의 정원에서』, 『이상한 나라의 엘리스』, 『나니아 연대기』, 『끝없는 이야기』, 『모모』, 『고양이 학교』 등의 작품은 시간과 공간을 뛰어넘어 긴장감과 더불어 재미를 줍니다. 그 중에 인상 깊게 남는 작품은 「모모」와 「끝없는 이야기」입니다. 주인공 모모와 바스티안이 겪는 모든 일들은 독자인 내가 겪는 일인 듯 때로는 황홀했고, 때로는 두려웠으며 때로는 호기심에 두근거렸고 정의감에 불타기도 했습니다. 그런데 이 작품은 어른이 되어서 읽은 것인데 실제 아이들에게도 재미있을지는 알 수 없어요. 그러나 두고두고 읽을 만한 재미있는 동화임에는 틀림없습니다. 그 재미 속에 녹아 있는 진리 혹은 진실은 독자층을 확대시키면서 생명력을 가집니다.

우리의 아동문학에서도 그런 작품이 나오길 기대합니다. 그러려면 많은 공부를 해야 할 것입니다. 작가정신이 투철해야 하겠고요. 글 쓰는 사람에게 구양수의 삼다(三多)는 아무리 강조해도 지나침이 없는 것 같아요.

네 잘못이 아니야!

양지숙

경찰서 안은 무척 어수선했다. 여기저기서 조사를 받는 사람들과 경찰 아저씨들 사이에 큰 소리가 오고갔다. 바쁘게 드나드는 사람들도 끊이지 않았다.

은하와 엄마는 제일 안쪽 비교적 한산한 곳에서 조사를 받고 있었다. 은하는 자꾸 주눅이 들었다. 경찰서는 은하에게 낯설고 생소한 곳이었다. 더구나 이런 일로 경찰서에 오게 될 줄은 꿈에도 몰랐다.

"고소 안 해요. 다시는 찾아오지 마세요. 끔찍한 일 빨리 잊고 싶으니까."

엄마와 은하가 찾아갔을 때 연수 엄마는 차가운 얼굴로 말했다.

함께 성폭행을 당한 연수와 같이 고소를 해야 여러 가지로 유리하다고 했다. 엄마는 어떻게든 연수네를 설득시키려고 했다. 엄마가 여러 번 찾아갔지만 연수엄마의 태도는 달라지지 않았다.

"그게 제일 쉽겠지."

연수네는 피해 사실을 조용히 덮고 넘어가기를 원했다.

"이건 범죄야. 자꾸 덮어두려고만 하면 이런 범죄는 계속 일어날 거야. 우리 힘들더라도 해보자."

처음 모든 사실을 알고 난 엄마는 고소를 하기로 결심을 굳히며 은하에게 말했다.

엄마에게 큰 걱정을 끼친 것이 미안했던 은하는 고개를 끄덕일 수밖에 없었다. 은하는 엄마와 같이 산부인과에 가서 진단을 받았다.

"이건 결정적인 증거가 되지는 못할 거예요."

산부인과 의사 선생님이 차분한 음성으로 말했다.

성폭행을 당하고 바로 병원에 갔다면 증거물을 찾을 수 있었겠지만 은하는 너무 늦게 갔던 것이다.

사건이 있은 후 은하는 그 사실을 아무에게도 말하지 못했다. 엄마에게는 더더욱 말할 수 없는 사실이었다. 유일하게 이야기를 나눌 수 있는 연수는 학교도 나오지 않고 연락도 받지 않았다. 엄마가 은하의 심상치 않은 상태를 먼저 알아차렸다. 은하는 잠을 자면서도 식은땀을 흘리며 헛소리를 했고, 작은 소리에도 소스라치게 놀랐다.

엄마는 불안해하는 은하를 달래며 무슨 일이 있었는지 캐물었다. 은하는 그때서야 그 끔찍한 일을 털어놓을 수 있었다.

"이 근처에 사는 학생들이야?"

떠듬떠듬 은하의 울음 섞인 이야기를 들은 엄마가 충혈된 눈으로 물었다.

"……."

후드득 눈물을 떨어뜨리며 은하는 고개를 끄덕였다.

은하와 연수를 성폭행한 남학생들은 PC방에서 우연히 만난 오빠들이었다. 오빠들은 은하와 연수에게 재미있는 곳에 가자고 했다. 그런데 오빠들이 은하와 연수를 데리고 간 곳은 아파트 공사현장이었다.

"지금부터 시키는 대로 해."

한적한 곳에 이르렀을 때 세 남학생들은 흉학한 얼굴로 변했다.

처음 은하와 연수는 오빠들이 장난을 치는 줄 알았다. 그러나 장난이 아니었다. 겁에 질린 은하와 연수는 온몸이 굳어졌다. 너무나 무서워서 도망칠 수도 없었다. 남학생들은 은하와 연수를 번갈아 가며 성폭행을 했다.

"니들 누구한테 말하면 학교에 다 소문내 버릴 거야."

남학생들은 신고를 하거나 어른들에게 이르면 반드시 보복을 하겠다고 협박을 하고 사라졌다.

"우리 은하가 얼마나 힘들었을까."

엄마도 충격을 받았을 테지만 엄마는 은하를 가만히 안아주었다.

"은하야, 넌 범죄의 피해자가 된 것뿐이야."

그 후부터 지금까지 은하가 감당하기에는 너무 힘든 과정이었다.

"증거도 불충분하고 보나마나 불기소처분이 내려질 게 뻔해요."

"괜히 시간 낭비하지 말고 적당한 선에서 합의를 보시죠?"

고소장을 읽어 내려가던 경찰 아저씨가 엄마에게 말했다.

신고가 늦어진 탓에 은하는 증거들이 별로 없어 불리한 입장이었다. 이런 경우 수사를 더 이상 진행할 수 없어 불기소처분이 내려지기 쉽다는 이야기를 고소장을 제출할 때도 들었다.

"그건 이미 각오하고 시작한 일이에요. 우린 우리가 할 수 있는 최선을 다할 거예요. 그런데 어떻게 경찰이 피해자에게 그런 말을 할 수 있어요?"

경찰 아저씨의 무의성한 태도에 화가 난 엄마가 따지고 들었다.

"솔직히 이런 일이 세상에 알려져 봤자 피해자한테 좋을 게 뭐가 있겠습니까?"

경찰 아저씨가 은하를 한 번 쳐다보더니 내처 말했다.

은하의 몸은 더욱 작아졌다.

"우리 애가 뭘 잘못했는데요?"

엄마의 목소리가 카랑카랑해졌다.

경찰서 안에 있는 사람들이 이쪽을 힐끗힐끗 쳐다보았다.

"누가 잘못했대요?"

"그럼 왜 그런 말을 하시는데요?"

"상식적으로 성폭력 피해자들이 겪는 고통에 대해서 이야기하는 겁니다. 다른 사건하고 달라서 이런 경우는 피해자들이 더 고통을 겪게 된다이 말입니다."

경찰 아저씨는 딱하다는 투로 설명을 했다.

"아니 그러게 위험한 곳에는 왜 따라갔어?"

경찰 아저씨가 은하에게 불쑥 물었다.

"놀러간 거예요."

은하는 기어들어가는 소리로 대답을 했다.

"잘 알지도 못하는 남학생들을 따라갔단 말이지?"

질책하는 듯한 아저씨의 태도에 은하는 고개를 떨어뜨렸다.

"지금 우리 애를 취조하는 거예요?"

엄마와 아저씨의 이야기를 들으며 은하는 점점 더 자신이 없어졌다.

남학생들이 가자고 한 곳이 그런 곳일 줄은 정말 짐작조차 할 수 없었다. 그저 학생들이 몰려다니며 시간을 보내는 동네 놀이터나 보드방 같은 곳에 가자는 줄 알고 따라나섰던 것이다.

은하는 오빠들을 따라갔던 일을 수도 없이 자책했다. 그날 아파트 공사현장에 따라간 것을 얼마나 후회했는지 모른다. 하지만 아무리 후회해도 시간을 되돌릴 수는 없었다.

"그 일이 있기 전에 그런 경험을 한 적은 있었니?"

은하는 무슨 뜻인지 몰라 경찰 아저씨를 쳐다보았다.

"다른 남자애들과 그런 적은 없었냐구?"

그제야 은하는 경찰 아저씨의 말뜻을 알아차리고 수치심에 얼굴을 붉혔다.

"지금 무슨 소리를 하는 거예요?"

엄마가 참을 수 없다는 듯 큰소리를 냈다.

"진정하세요. 조사과정이란 게 원래 그런 거니까."

경찰 아저씨는 별일 아니라는 표정으로 다른 것들을 묻기 시작했다.

조사를 받는 동안 은하는 사건이 있었던 날 일을 몇 번씩이나 떠올려야 했다. 그 일을 다시 떠올리는 것은 힘든 일이었다. 그러나 더 끔찍한 일은 다른 누군가에게 설명을 하는 것이었다. 경찰 아저씨는 그 날 상황에 대해 아주 자세하게 묻고 또 물었다. 엄마가 그런 부분에 대해 미리 일러두지 않았다면 은하는 벌써 경찰서를 뛰쳐나갔을 것이다.

"고소를 하고 조사를 받는 과정은 아주 힘들데. 그래도 잘할 수 있지?"

고소장을 내기 전에 엄마는 이런저런 과정들에 대해 설명해 주었다.

은하는 아니라고 대답하고 싶었지만 그러지 못했다. 또다시 엄마를 실망시키고 싶지 않았던 것이다. 그러나 엄마만 아니라면 도망치고 싶었다. 연수처럼 아무 일도 없었던 것처럼 조용히 덮고 싶었다.

사고가 난 후 사람들과 마주치는 일이 정말 싫었다. 모두가 그 일을 알고 은하를 쳐다보는 것 같았다. 학교에 가다가 길을 가다가 그 남학생들을 마주치게 될까 봐 항상 두려웠다. 그때였다.

경찰서 입구 쪽에서 시끄러운 소리가 들려왔다.

"이거 봐. 우리 애들 신세 망치게 생겼는데 당신 같으면 가만 있겠어?"

몸집이 큰 아줌마가 쩌렁쩌렁한 목소리를 울리며 경찰서에 들이닥쳤다.

그 뒤에는 다른 사람들이 기세등등하게 서 있었다. 그쪽으로 시선을 두던 은하는 머리가 멍해졌다. 순간 모든 것이 정지한 느낌이었다. 경찰서에 나타난 것은 가해 남학생들과 그 부모들이었다.

"그 애 어딨어요?"

서슬퍼런 아줌마의 목소리가 경찰서에 울렸다.

"글쎄, 안 된다고요. 지금은 피해자를 만날 수 없어요."

정복을 입은 경찰 아저씨가 사람들을 황급히 막아섰다.

"잠깐이면 돼요. 우리 애들하고 대질 한번 시켜 보자고요."

이번에는 다른 아줌마가 남자 애들을 밀어넣으며 소리쳤다.

"어? 저기 있네."

함께 온 사람들이 은하를 발견했다.

은하는 귀가 윙윙거리고 다리가 후들후들 떨렸다. 은하는 그날의 악몽이 다시 시작되는 것만 같았다.

"야 너 하나 때문에 멀쩡한 애들이 넷이나 범죄자가 되게 생겼어."

"남의 자식 신세 망치고 너는 편하게 살 수 있을 것 같아?"

화가 난 아줌마들이 은하 쪽을 향해 위협적으로 소리쳤다.

"저, 저 사람들이 여긴 어떻게 온 거죠?"

당황한 엄마가 조사를 하고 있던 경찰 아저씨에게 따졌다.

"고소인 조사가 있다는 걸 어떻게 알게 된 모양이네요."

경찰 아저씨가 난감하다는 듯한 얼굴로 말했다.

"조사 과정은 비밀에 부쳐져야 하는 거 아니에요?"

엄마는 조사 과정을 알고 경찰서까지 달려온 가해자 가족들을 보고 어이없어 했다.

"김 순경, 뭐하고 있어? 이 사람들 밖으로 내보내."

경찰 아저씨는 그제야 심각성을 알아차렸는지 입구 쪽에 있는 제복입은 경찰에게 소리쳤다.

"지금 뭐하는 겁니까? 다들 나가세요."

"이러면 안 된다구요."

경찰 제복을 입은 아저씨가 밖으로 밀어내려고 했다.

그러나 완강하게 버티는 남학생 부모들을 막아내지는 못했다. 그들이 경찰들을 밀치고 은하 쪽으로 다가왔다.

"계집애가 꼬리치고 다니다가 그렇게 된 걸 가지고 무슨 고소를 하고 난리야?"

몸집이 큰 아줌마가 사나운 얼굴로 삿대질을 했다.

"꼬리를 치다니 무슨 그런 말도 안 되는 억지가 있어요?"

엄마가 여자들을 향해 소리쳤다.

"손뼉도 마주쳐야 소리가 나는 법이야."

"그게 아니면 도망을 가든지 소리를 지르든지 했어야지."

"협박을 해서 애가 겁에 질려 있는데 어떻게 도망을 쳐요?"

"협박? 우리 애, 집에서 짜증 한번 안 내는 애야. 겁이나 줬겠지. 애들이 협박은 무슨 협박."

당당한 아줌마들의 말에 같이 온 다른 남자들이 맞장구를 치며 거들었다.

남학생들은 짜증이 난다는 듯 경찰서 안 이곳저곳을 힐끔거렸다. 은하와 눈이 마주치자 비웃음을 날렸다. 마치 지금 벌어지는 일들이 자신들과는 아무 상관없다는 듯한 표정들이었다. 남학생들의 얼굴에서는 부끄러움도 뉘우침도 전혀 찾아볼 수 없었다.

"다들 그만 두세요. 여기서 이러시면 공무집행 방해죄라는 거 몰라요?"

은하를 조사하던 경찰 아저씨가 책상을 내리치며 버럭 소리쳤다.

그러나 사람들은 조금도 수그러들지 않았다. 은하는 무서웠다. 여기까지 오게 한 엄마도 원망스러웠다. 은하는 부들부들 떨리는 손으로 귀를 막았다. 사람들이 싸우는 소리는 계속 들려왔다. 은하가 두 손에 더욱 더 힘을 주었다. 은하의 공포감은 걷잡을 수 없이 커졌다. 은하는 심장이 터져버릴 것만 같았다.

"아악."

날카로운 비명소리가 경찰서 안에 울렸다.

갑작스런 비명 소리에 경찰서 안은 조용해졌다. 사람들의 시선이 일제히 은하에게로 쏠렸다. 놀란 엄마가 은하에게 허둥지둥 달려왔다. 그러나 은하의 비명은 멈추지 않았다.

"은하야, 정신 차려. 은하야."

엄마가 은하의 어깨를 잡고 흔들었다.

"무서워. 다 싫어, 싫어."

은하가 고개를 세차게 흔들었다.

"엄마도 싫어. 엄마도 미워!"

은하는 정신없이 쏟아부었다.

모든 것이 엄마 탓만 같았다. 멈출 수가 없었다. 그러나 은하는 알고 있었다. 엄마에게 소리치고 있었지만 자신이 정작 화를 내야 할 대상은 엄마가 아니라는 것을.

"정신이 좀 드니?"

엄마가 은하의 이마를 짚으며 물었다.

은하가 깨어난 곳은 병원이었다. 주사약 때문에 오랜 만에 악몽 없이 깊은 잠을 잔 것 같았다. 엄마는 눈물자국이 번진 얼굴로 은하를 걱정스럽게 내려다보고 있었다. 엄마가 은하의 머리를 가만가만 쓸어주었다.

"많이 힘들지, 엄마 딸?"

엄마가 은하를 향해 따뜻한 미소를 지었다.

은하는 경찰서에서 엄마 마음을 아프게 한 것 같아 미안해졌다. 엄마의 얼굴이 몇 년은 더 늙어 보였다.

"엄마도 너만 했을 때 친구들하고 비슷한 일을 겪었어."

처음 듣는 엄마의 이야기에 은하가 귀를 기울였다.

"엄마가?"

엄마가 천천히 고개를 끄덕였다.

"처음 보는 아저씨였는데 그 사람이 엄마와 엄마 친구들을 추행했어. 그때는 성 문제라면 무조건 쉬쉬하던 때였으니까. 엄마는 아무한테도 말하지 못했어."

은하는 그 이유를 알 것 같았다. 은하 역시 엄마에게조차 털어놓는 일이 쉽지 않았다.

"그 기억은 오랫동안 엄마를 움츠러들게 했어. 그때 누군가에게 털어놓을 수 있었다면 엄마 삶이 훨씬 더 행복했을 것 같다는 생각을 하곤 했어."

엄마가 은하의 눈을 똑바로 보았다.

"엄마 잘못도 아니었는데 왜 그랬을까?"

은하는 엄마가 왜 어려운 선택을 했는지 짐작이 되었다. 엄마 가슴에 그늘로 남아 있다던 그 기억으로부터 은하만큼은 자유롭게 해주기 위해서였던 것이다. 그건 은하를 위한 선택이었다.

"범죄는 특별한 어떤 사람에게만 생기는 게 아니야. 누구나 그 피해자가 될 수 있지."

엄마의 눈길이 어느 때보다 따스하게 느껴졌다.

"하지만 많은 사람들이 성범죄에 대해서는 피해자 탓을 해. 피해자가 뭔가를 잘못해서 그런 일이 생겼을 거라고 생각해."

엄마의 말에 은하의 마음에서도 뭔가가 발끈해졌다.

경찰 아저씨도 은하가 무엇인가를 잘못한 것처럼 말하곤 했다. 가해 남학생들은 물론 그 가족들이 보여줬던 태도도 다르지 않았다. 모두가 은하의 잘못이라고 말하는 것 같았다. 그럴 때마다 은하는 모든 것이 자신의 탓처럼 여겨지곤 했다. 아무 잘못도 없으면서 수치심과 죄책감에 시달려야 했다.

"그래서 자기가 범죄의 피해자가 되었으면서도 조용히 덮으려고 하지."

엄마의 말에 은하는 연수가 떠올랐다.

지금 연수는 예전의 단짝친구의 모습이 아니었다. 남자아이들처럼 털 털했지만 늘 밝게 웃던 아이였다. 웹툰작가가 꿈인 은하의 첫 번째 독자 이기도 했던 연수는 태권도 국가대표가 되고 싶어했다.

"너 꼴보기 싫어. 다시 찾아오지 마."

연수는 신경질적으로 말하며 한쪽 머리를 자꾸만 잡아당겼다.

연수의 짧은 커트머리는 오른쪽 옆머리가 울퉁불퉁 다 뜯겨져 있었다. 연수네는 아는 사람이 없는 곳으로 이사를 갈 거라고 했다. 어쩌면 태권도 국가대표를 꿈꾸는 연수의 씩씩한 모습은 다시는 볼 수 없을지도 몰랐다. 은하는 자신을 피하고 이사를 간다는 연수에게 서운한 마음을 가질 수가 없었다. 사람들이 알까 봐 두려운 건 은하 역시 마찬가지였던 것이다.

"은하야, 힘들면 그만 두자. 대신 어떤 경우에도 네 잘못이 아니라는 걸 잊으면 안 돼."

엄마가 은하를 잡은 손에 힘을 주었다.

은하는 엄마가 걱정하는 것이 무엇인지 점점 확실해지는 기분이었다.

"엄마! 나 계속할 거야."

은하의 눈빛은 그 어느때보다 차분했다.

"힘들면 이제 그만 해도 돼."

엄마가 은하의 두 손을 모아잡으며 말했다.

은하는 엄마의 말에 고개를 흔들었다.

"내 잘못이 아니라는 것을 꼭 밝힐 거야."

은하는 잘못된 생각을 가진 사람들 앞에 당당하게 서고 싶었다.

양지숙 _ 1967년 전북 옥구군 개정면에서 태어났다. 소설가를 꿈꾼 교사 아버지 덕에 아동문학전집이나 한국문학전집, 세계문학전집 같은 책들을 일찍부터 접하게 되었다. 한자어가 많은 문학작품들은 뜻을 모르면서도 앞뒤 맥락을 이어가면서 읽었던 기억들이 있다. 중학교 시절 백일장에 다니면서 글쓰기에 관심을 갖게 되지만 대학은 디자인 학과로 진학해 글과는 멀어지게 되었다. 서른이 넘은 나이에 아이들을 키우면서 할 수 있는 일을 고민하다가 한국방송작가협회에서 운영하는 드라마창작반에서 공부를 시작했다. 그 후 모두프로덕션에서 드라마기획실팀장을 맡아 드라마 기획 일을 하기도 했다. 1997년 『악어가 사는 섬』이 제5회 MBC 창작동화 장편 부문에 당선하고도 이런 저런 상황들 때문에 한동안 전업작가의 길을 걷지 못했다. 2007년 대산문화재단 아동 문학부문 창작기금을 받았다. 장편동화 『악어가 사는 섬』, 『고추 떨어지면 어떡해』, 『하얀 지팡이와 파란 자전거』, 청소년소설 '발해 1300호' 『그들의 항해는 끝나지 않았다』를 출간했다. 그외 '우리 사회 비정규직 이야기' 『비정규씨 출근하세요?』, 416 『단원고약전』 등에 집필진으로 참여했다.

인권 문제의 새로운 인식

아동문학으로 들어가기

초등학교 교사이셨던 아버지는 서가에는 세계명작동화전집이나 한국
문학전집, 세계문학전집, 처칠수상집, 번역본 의학서 같은 책들이 꽂혀
있었습니다. 어린 시절에는 읽는 것에 무척 재미를 가지고 있었던 것 같
습니다. 책이 아니더라도 늘 읽을거리를 찾았습니다. 초등학교 때 한국
단편문학전집 같은 책들은 한자를 몰라 뜻을 모르면서도 앞뒤 맥락을
이어가면서 읽었던 기억들이 있습니다. 읽을 것이 없을 때는 부피가 꽤
되는 의학사전을 펼쳐놓고 읽고 또 읽으며 시간을 보냈습니다. 지금도
그때 본 인체삽화며 내용들이 머릿속에 훤합니다. 돌아가신 외할머니께
서는 그런 저를 보면 굉장히 못마땅해 하셨습니다. 일많은 엄마를 거들
지 않고 읽을거리만 붙잡고 있다고 볼 때마다 호통을 치셨습니다.

중학교 때 국어선생님의 권유로 백일장에 다니면서 글쓰기에 대해서
조금 관심을 갖게 되었습니다. 그러나 같은 시절 미술선생님께서도 미
술대회를 함께 데리고 다니셨고, 대학은 디자인학과로 진학하면서 글하
고는 멀어졌습니다. 그 후 미술학원을 운영하다가 둘째를 가지면서 건

강상의 이유로 학원을 그만두었습니다. 그때 아이들을 키우면서 할 수 있는 일을 고민하다가 방송국드라마 공모들에 관심을 갖게 되었습니다. 한국방송작가협회에서 운영하는 드라마창작반에서 공부를 시작했습니다.

그 무렵 1996년 창작동화대상 공모전이 있다는 것을 알게 되었고 그 해에 응모를 했습니다. 창작동화가 뭔지 아무 것도 모르던 때여서 서점에서 MBC금성창작동화대상 수상집 두 권을 샀습니다. 한 권은 최창숙 선생님의 장편동화 『다섯 그루의 라일락』과 다른 한 권은 단편동화 수상작들을 모아 출간한 책이었습니다. 두 권의 수상작품집은 창작동화를 처음 쓰는 데 많은 도움이 되었습니다. 그 책들을 읽고 또 읽으면서 창작동화에 대해 알게 되었고, 어떻게 이야기를 풀어 가는지, 인물들은 어떻게 구현시키는지 배울 수 있었습니다.

『악어가 사는 섬』은 서울에 살던 소라가 부모를 잃고, 엄마의 고향이자 외할머니가 있는 까치섬으로 가게 되고, 그곳에서 여러 일들을 겪으며 상처를 치유하고 성장하는 이야기였습니다. 모든 것이 서툴렀지만 생애 첫 장편동화를 마무리해서 보냈습니다. 그 해에는 당선이 되지 못했습니다. 그리고 다음 해에 『악어가 사는 섬』을 수정해서 다시 응모를 했고 다행히 심사를 맡아주신 선생님들께서 작품을 뽑아주셨습니다. 이 작품이 1997년 MBC 창작동화 장편 부문 가작으로 당선되었고, 이후 아동문학작가로 활동을 시작할 수 있었습니다.

「네 잘못이 아니야」의 창작 이야기

「네 잘못이 아니야」는 2006년에 출판사 '세상모든책'에서 출간한 인권동화 『슬픈 거짓말』에 실린 작품입니다. 7명의 작가들이 쓴 소수자나 우리 사회의 폭력 등에 대한 인권이야기들이 함께 묶여 있습니다. 이 작품은 주제가 정해진 뒤, 거기에 맞는 집필이 이루어졌던 작품입니다.

대한민국에서 여자라면 누구나 성장하면서 성폭력에서 자유롭지는 못했을 것입니다. 지금은 사회의 인식이 많이 바뀌었지만 얼마 전까지만 해도 버스에서 거리에서 학교에서 조차도 여자라는 이유로 안전을 보장받지 못하는 것이 현실일 것입니다. 「내 잘못이 아니야」의 주인공 은아는 안면이 있는 선배들에게 성폭행을 당합니다. 그리고 경찰서에서 조사를 받는 장면에서 이야기가 시작됩니다. 이야기는 은아와 엄마가 은아의 성폭력을 알고 난 후 엄마와 은아가 이 문제에 어떻게 대처를 하는지에 대해서 그리고 있습니다. 제목에서 드러나듯이 성폭력이 은아 자신의 잘못이 아님을 알고 적극적으로 대처하는 길을 택합니다.

그런데 글을 마무리하고 나서 성폭행이라는 정면에서 다루어야 하는 거 아닌가 하는 의문이 들었습니다. 성폭력을 정면으로 다루기보다는 이후에 피해자가 사회의 편견과 맞서는 모습에 집중되어 있었습니다. 성폭력에 대한 이야기들이 직접적으로 다루어져야 하는데 그 뒷이야기가 되어버린 느낌이었습니다. 좀 더 어렵더라도 인권동화의 취지에 맞게 좀 더 직접적으로 다루었어야 하지 않을까 아쉬움이 남았습니다.

이 작품을 쓸 당시만 해도 우리 사회의 인권에 대한 인식이 국내의 소수자들이나 약자 등에 주로 머물러 있었습니다. 『슬픈 거짓말』도 장애우, 여성, 노인, 외국인노동자, 성폭력, 통일, 어린이 등 7편의 주제를 다루고 있습니다.

그후 아프카니스탄, 이라크전쟁, 아프리카 내전들, 여러 지역의 분쟁들, 시리아 내전, 아프리카 난민들, 시리아 난민들 등을 겪었습니다. 그러면서 세계는 물론 우리 사회도 전쟁이나 분쟁지역에 대한 관심도 높아지고 따라서 난민인권 같은 인식도 확산되었고요. 이제는 인권에 대한 인식도 전쟁 피해자들, 난민들, 인종문제 등으로 그 의미가 확대되고 있습니다. 이런 사회적 인식의 변화들이 문학작품에도 다양하게 반영이 되고 있는 것 같습니다.

서사성이 있는 작품을 쓰면서

첫 장편동화 『악어가 사는 섬』은 섬이라는 공간이 먼저 확보되어 전체적인 이야기가 쉽게 잡혔던 작품입니다. 어린시절 아버지가 근무하시는 섬에 가서 당황스러웠던 경험이 밑바탕이 된 작품이었습니다. 아홉 살 소라는 사고로 엄마아빠가 돌아가시고 까치섬으로 오게 됩니다. 엄마의 고향이기도 한 까치섬은 소라가 어릴 적 엄마로부터 들었던 상상 속의 멋진 섬이 아니었습니다. 소라의 눈에 비친 까치섬은 엄마의 이야기와는 다른 낯설고 두려운 곳이었습니다. 소라는 그곳에서 할머니, 할아버지, 섬아이들과의 관계에 적응을 하지 못합니다. 결국 소라는 돼지저금통을 들고 몰래 배를 타는 일을 실행하면서 어른들은 소라를 서울 큰아빠집으로 보내기로 결정합니다. 그렇게 섬을 떠난 소라는 서울 아파트에 있으면서 지겹던 파도소리를 듣게 되고 스스로 까치섬으로 돌아오게 됩니다. 까치섬으로 돌아오는 소라는 상처를 치유하고 한층 성장한 모습입니다.

그 후 발간된 장편동화 『고추 떨어지면 어떡해』는 동생이 태어난 태우네 집에 아빠가 육아휴직을 하면서 이야기가 시작됩니다. 육아휴직 문제를 다루고 싶어 소재를 찾던 중 '고추 떨어지면 어떡해'라는 말이 떠올랐고 이야기로 발전시킬 수 있었습니다. 태우 집에 동생이 태어나고 아빠는 육아휴직을 하고 엄마 대신 아기를 돌보게 됩니다. 아기를 돌보는 아빠를 본 친구들은 실직을 했다고 놀려 태우는 속이 상합니다. 그런데 학부모 회의에 아기까지 데리고 나타난 아빠 때문에 태우는 친구들과 싸움까지 합니다. 선생님의 부탁으로 엄마가 만들 자연다큐를 학교수업 시간에 틀게 되고 태우는 엄마의 일에 대해 자긍심을 갖게 됩니다. 그리고 아빠의 육아휴직으로 엄마가 꿈을 포기하지 않게 되었다는 사실도 알게 됩니다. 누군가의 희생이 아닌 배려로 서로 성장해 가는 가족의 모습을 통해 태우의 진정한 성장을 만납니다. 이제 태우는 친구들의 놀림에도 아빠는 육아휴직중이라고 자신있게 얘기할 수 있게 됩니다.

『하얀 지팡이와 파란 자전거』는 장애우 문제를 고민하다가 시골에서 새끼줄을 쳐놓고 새를 쫓던 기억을 소재로 연결했습니다. 시각장애로 특수학교에 다니던 찬이가 형편 때문에 할아버지와 단둘이 까치골로 이사를 옵니다. 할아버지는 찬이를 위해 마을 앞 느티나무까지 새끼줄 울타리를 만들어줍니다. 마을 아이들이 새끼줄을 끊어 찬이는 시냇물로 굴러떨어지기도 합니다. 그러나 눈이 안 보이는 대신 귀가 밝은 찬이 덕분에 도둑을 잡게 됩니다. 찬이는 까치골에 적응을 하게 됩니다. 작품은 장애우에 대한 편견을 극복하고 함께 성장하는 아이들의 이야기입니다.

대산문화재단에서 창작 지원을 받은『황금빛 순록』은 소금호수가 있던 나무없는 평원에서 살고 있는 순록들이 평원을 떠나고 다른 곳으로 이동을 하는 이야기입니다. 이 작품은 환경생태문제를 다루고 있습니다.

그 후에 쓴 작품들도 거의 장편이 주를 이루고 있고 서사성이 강한 작품입니다. 장편의 경우 소재나 주제가 떠오르면 자연스럽게 얼개가 떠올라 서사가 짜여지는 편입니다. 그래서 앞으로도 서사성이 있는 작품들을 계속 쓸 것 같습니다.

주제의식이 드러나며

대학을 다니는 동안 소위 운동권이어서 야학활동 등을 하면서 대학시절을 보냈습니다. 대학재단의 비리문제, 시국문제로 몰려다니느라 바빴습니다. 그때 전공공부를 소홀히 하는 대신 주로 사회과학 서적들을 읽으면서 보냈습니다. 그러나 그런 인식들과 동화작가로서의 저를 접목시키는 데는 시간이 꽤 걸렸습니다.

초기에 쓰인 세 편의 장편동화를 제외하고 나면 주제의식은 한층 더 강화된 듯합니다. 지금 잡아놓은 주제들이나 쓰고 있는 작품들도 대부분 주제의식이 강하게 드러나는 작품들입니다. 관심이 가는 주제들로는 전쟁문제, 인권문제, 사회문제 등 다양합니다. 소수자들의 인권문제에도 관심을 갖고 있습니다.

그렇게 쓰고 싶은 이야기의 주제들을 먼저 잡아놓고 적당한 이야기꺼리가 찾을 올 때까지 책을 보거나 자료를 보면서 시간을 보냅니다. 아니면 반대로 관련 책들을 읽으면서 소재나 주제를 찾기도 합니다. 그러다 보면 어느 순간 소재나 이야깃거리가 찾아올 때가 있습니다. 소재나 주제가 정해지면 인물들을 구상하고 스토리도 만들어 가면서 충분히 무르익었을 때 본격적으로 매달립니다.

주제의식이 드러나는 작품들을 쓰다보니, 어린이들의 공감을 어떻게 이끌어낼 것인가 하는 부분에서 늘 고민을 하게 됩니다. 또 주제의식이 과잉되지 않는 글쓰기를 어떻게 실현시킬 것인지도 생각하게 되는 부분입니다.

느린 글쓰기로 한 걸음 한 걸음

풀고 싶은 이야기는 많지만 작품을 빨리빨리 써낼 수 있는 재능이나 능력이 부족한 것 같습니다. 진행시키고 있는 이야기들을 많은데 성과물들이 빨리빨리 나오지 않아 불안할 때도 있습니다. 다른 사람들보다 느리고 오래 생각하는 편이라 작품을 쓰는 기간도 오래 걸리는 것 같습니다. 이게 게으름인지도 모르겠습니다. 한때는 그런 부분이 초조하기도 했지만, 지금은 좀 늦더라도 내가 하고 싶은 이야기, 내가 쓰고 싶은 이야기에 집중하고 있습니다.

대부분 잡아놓은 이야기들이 주제가 드러나는 작품들이다 보니 역사나 사회과학, 인문학 분야의 공부가 필요한 부분들도 있습니다. 나중에 풀고 싶은 이야기가 있어서 그 부분에 대해 조금씩 공부를 하고 있는 것도 있습니다. 어떤 작품들은 10년 이상 아니 그보다 더 오래 전에 잡아놓은 이야기들도 있습니다. 자본주의 시장의 글쓰기에는 맞지 않는 생리일지 모르겠습니다. 그래도 더디더라도 이렇게 결과물을 만들어 갈 것입니다.

저는 진지한 글쓰기를 시작한 지 오래되지 않은 것 같습니다. 재기발랄한 젊은 작가들, 반짝이는 아이디어들을 보면 언제나 주눅이 듭니다. 그런 작가분들의 작품을 보면 창작자로서 부럽기도 하고 환기가 되기도 합니다.

창작작업은 개개인의 다양성이 가장 먼저 전제되어야 할 것입니다. 누구나 자기만의 이야기들이 있을 것입니다. 조금 늦더라도 저만의 이야기를 쓰는 사람이 되고 싶습니다. 이런 글쓰기를 하는 사람들도 살아남을 수 있는 여건이 되었으면 좋겠습니다.

동화

제대로 닭 맛

양연주

우리 아빠가 닭박사라는 건 시장 사람들은 다 안다.

닭이라면 닭, 닭튀김이라면 닭튀김, 닭 기르기라면 기르기까지 닭에 대한 것은 다 안다. 정말이지 모르는 것이 없는 척척박사다. 요즘에 생겼다는 신종 닭병의 어려운 영어 이름까지도 안다.

아빠는 여섯 살 때부터 닭을 길렀다고 한다. 일곱 살 때는 병아리를 보살필 줄 알게 됐고, 아홉 살에는 암탉이 병아리를 까게 해서 그 병아리를 길러냈다니 말 다했다.

아홉 살이면 지금 내 나이랑 똑같다.

부화기에서 병아리가 나오지만, 원래는 암탉이 알을 낳고 그것을 품어서 병아리를 깐다는 것쯤은 나도 안다. 하지만 아빠만큼은 모르고, 아빠 아홉 살 때처럼도 못한다. 아빠는 내 나이 때 암탉이 알을 품게 해서 병아리를 키워냈다니 말이다.

어쨌든, 그 뒤로 아빠네 아빠, 그러니까 우리 할아버지가 아빠, 그러니까 우리 아빠한테 닭을 아홉 마리 사줬다는 거다. 잘 키워보라고.

왜 하필 아홉 마리냐니까 아홉이 그럴 듯해서 그런 건 아닐까 하고 말했다. 이건 아빠 말이다. 시골 고모 말은, 열댓 마리 사오라고 할머니가 돈을 줬는데 할아버지가 막걸리 먼저 사 마시고 남은 돈이 딱 아홉 마리 살 만큼이었다고 했다. 고모는 그 말을 할머니한테 들었다고 했다. 할머니는 기억력이 아주 뛰어났다고 하니, 막걸리 이야기가 맞을 것 같다.

우리 아빠는 한글 깨치는 것보다, 암탉 수탉 구별을 먼저 했단다. 숫자도 병아리를 기르다가 깨쳤다 한다. 병아리 몇 마리 낳았는지, 병아리가 다 있는지 알아야 했으니까 숫자를 깨칠 만도 하겠다.

이러니 우리 아빠는 닭에 대해서라면 다 알 수밖에 없다. 우리 시장통에서 가장 잘 나가는 통닭집 '다복 통닭' 사장님답다. 시장통뿐 아니라, 다른 곳에서도 닭에 대해 아니 닭튀김에 대해 궁금하다고 찾아온 사람이 여럿이었다.

냄비아저씨가 그러는데, 아주 큰 치킨집 사장님이 까만 승용차를 타고 찾아온 적도 있다고 했다. 냄비아저씨는 다복 통닭 옆 라면냄비가게 주인이다.

어찌어찌하다 보니 우리 아빠가 텔레비전에 나오게 됐다. 아니 나올 뻔했다. 통닭 달인을 뽑는 거였으면 틀림없이 우리 아빠가 텔레비전에 나왔을 거다. 그런데 그게 아니었다. 눈 가리고 어떤 맛 통닭 아니 치킨인지 알아맞히는 거였다.

냄비아저씨 탓이다.

냄비아저씨가 우리 아빠를 방송국에 제보한 거랬다. '치킨 맛의 달인'을 찾는데, '통닭의 달인'을 찾는 걸로 알았다고 했다. 그러니까 치킨 맛을 귀신처럼 알아맞히는 달인이어야 했던 거였다. 닭을 기똥차게 맛나도록 튀겨내는 달인이 아니라.

냄비아저씨는 늘 그랬다. 내가 '민만호'라고 열두 번도 더 가르쳐줬는데, 날 볼 때마다 '네가 민만이지?' 이러거나 '민만조', '민만두', '민호만'라고도 했다. 매번 비슷할 뿐 맞히지는 못했다. 이제 나는 냄비아저씨가 날 어떻게 부르든, 그냥 '네'라고 대답했다. 어차피 알려줘도 듬성듬성 기억할 테니까 말이다.

냄비아저씨의 제대로 기억 못하는 버릇 덕분에, 우리 다복 통닭집 앞이 시끌벅적해졌다.

방송국 차가 온 거였다.

큰 차 안에서 마이크를 든 사람, 카메라를 든 사람, 커다란 기계를 든 사람들이 여럿 내렸다.

"다복 통닭네 텔레비전 나오는 모양이여."

"닭박사 찍는다잖아."

"구경이나 좀 해보세. 우리도 매스컴 탈지 모르잖어, 호호호."

방송국 차를 보고 시장통 사람들이 꾸역꾸역 다가왔다.

"어머, 어머, 방송 촬영하나 봐."

시장 보러 왔던 이러저러한 손님들도 와글와글 다복 통닭으로 모여들었다.

카메라를 멘 아저씨들은 가게 안을 찍었다. 싱크대 앞에 있는 생닭을 찍었고, 냉장고문을 열고 잘라 둔 조각닭을 찍었고, 튀김기를 열고 튀겨지는 닭을 찍었고, 탁자 위에 튀겨진 닭을 놓고 찍었다.

작은 카메라를 멘 아저씨 한 명은 구석에 있는 내 칠판까지 찍었다.

앞치마를 두른 엄마를 찍었고, 닭을 튀기는 아빠를 찍었고, 닭다리를 든 나를 찍었다. 내가 활짝 웃지 않는다고 다시 찍었고, 맛있게 먹지 않는다고 또 다시 찍었다.

어제 새로 산 옷도 어색하고, 껑충하니 자른 머리카락도 이상하고, 사람들이 다 나만 보는 것도 부끄러웠다. 그러니 닭다리 맛을 느낄 수가 없었다. 웃음은 더더욱 나오지도 않았다. 오히려 눈물이 나오려고 했다.

어쨌든 우리 식구는 순식간에 사진을 수십 방 찍혔다.

아빠도 많이 찍혔다. 생닭조각을 다듬는 것은 빼고, 튀김기 앞에 서 있는 것만 열 몇 번 찍혔다. 아빠가 생닭 조각을 다듬는 것은 꽤 볼 만할 텐데도 그랬다.

아빠는 조각난 닭은 주문하지 않았다. 늘 머리부터 발톱까지 온전한 생닭은 사왔다. 조각닭은 닭 상태를 알 수 없기 때문이랬다. 건강한 닭인지, 뭘 먹고 어떻게 자랐는지도 모른다고 했다. 하지만 생닭을 보면 척 알 수 있다고 했다. 건강한 닭이었는지, 뭘 먹고 자랐는지, 어떻게 자랐는지, 맛있을 것인지, 맛없을 것인지까지 다 안다고 했다.

그래서 아빠는 늘 생닭을 직접 골라서 사왔다. 그런 뒤 직접 생닭을 잘라서 튀김옷을 입혔다. 직접 반죽한 튀김옷이었다. 공장에서 반죽해놓은 튀김옷은 절대로 쓰지 않았다. 그건 아니라고 했다. 그냥 그런 건 안 쓴다고 했다. 공장 소스도 안 썼다. 그냥 후추를 섞은 양념소금만 썼다.

"다 잘라진 조각닭에 다 돼서 나온 튀김옷을 입히면 내 통닭이 아니잖냐. 내 통닭에는 내가 직접 한 튀김옷이 잘 맞는다. 내가 안다."

아빠는 늘 말이 없는 편이었다. 부끄러움도 탔다. 초등학생인 나보다 더 자주 얼굴이 빨개졌다. 나도 아빠 닮아서 부끄럼을 잘 타긴 하지만 아빠는 나보다 더 했다. 그런데 닭 이야기나 닭튀김 이야기를 할 때면 말이 길어졌다. 부끄러움도 덜 탔다. 신기할 정도였다.

아빠는 옷에 밀가루가 범벅이 되도록 튀김옷을 반죽하곤 했다. 때로는 손가락으로 톡톡 찍어서 맛을 봤다. 생 밀가루 같은데도 그랬다. 아빠가 생닭을 조각내고, 튀김옷을 입히고, 닭을 막 튀겨내면 저절로 침이 넘어갔다. 몇 끼 굶은 것처럼 배에서는 요동이 쳤다. 늘 그랬다. 우리 아빠표 통닭은 최고였다.

이런 걸 찍으면 참 좋을 텐데, 아닌 모양이다.

엄마가 카메라아저씨 옆으로 끼어들었다.

"가, 간판……도 있는데, 좀."

엄마는 어젯밤에 잠을 못 잤다. 좋아서 잠이 안 온다고 했다. 우리 다복 통닭이 텔레비전에 나오면 장사가 더 잘 될 거라고 했다. 그러면 나를 태권도학원에도 보내줄 수 있다고 했다. 그러고도 장사가 잘 되면, 튀김기계를 바꾸고 싶다고 했다. 자동온도계가 달려 있는 기계를 본 적이 있다는 거다. 사람이 지키고 서 있을 필요 없이 기계 혼자서 다 맞춰서 튀겨낸다고 한다.

카메라아저씨가 엄마 말을 못 들은 모양이었다.

"저걸 좀 찍어주시면……. 선생님."

엄마는 다복 통닭 간판을 가리키며 다시 말했다. 할아버지가 살아계실 때 직접 궁서체로 쓴 '다복 통닥'을 아빠가 '다복 통닭'으로 고쳐서 간판을 해 단 거라고 했다.

카메라아저씨는 간판을 흘낏 쳐다보고는 그냥 말았다.

조끼 입은 아저씨가 소리쳤다.

"야!"

"넵!"

야구 모자를 쓴 형이 달려왔다. 그 형 이름은 '야'인 모양이었다.

"야! 상."

"네!"

"야! 닭."

"네!"

야형은 가게 앞에 커다란 상을 폈고, 상 위에 스무 가지가 넘는 치킨 접시를 올려놨다. 그러고도 '야' 소리만 나면 재깍재깍 움직였다. 치킨 접시에는 온갖 치킨이 다 있었다. 그런데 우리 만복 통닭 닭튀김이 아니었다.

통닭집에서 치킨을 갖다놓고 찍는 거였다. 이상했다. 참으로 이상했다.

아빠는 통닭과 치킨은 같으면서도 다르다고 했다. 통닭은 닭 맛을 지키는 것이고, 치킨은 다른 맛을 내는 거라고 했다. 소스나 튀김옷으로 닭보다 더 센 맛을 내는 게 치킨일 거라고 했다. 내가 닭이 치킨 아니냐고 해도, 아빠는 같기도 하지만 다르다고 했다. 알쏭달쏭했지만 아빠 말이 맞는 것도 같았다.

"야! 물."

"네."

조끼아저씨가 소리치자 야형이 대답했다. 야형은 잽싸게 달려가 닭을 씻던 물을 떠다가 상 위에 올려놨다.

카메라가 돌아가고, 시장 사람들과 구경꾼 손님들은 침을 꼴깍 삼켰다. 방송국 아저씨가 일러준 대로 입은 딱 다물고들 있었다. 말소리가 들리면 안 된다고 신신당부했기 때문이다. 방송은 중요하니까 그래야만 한댔다.

마이크를 든 아저씨가 카메라를 보고 인사말을 했다.

"시청자 여러분, 오래 기다리셨습니다. '치킨 맛의 달인'을 찾아 산 넘고 물 건너 다복시장까지 왔습니다. 여기, 치킨 맛의 달인이 있습니다. 소개에 앞서, 직접 보시죠."

"예? 저는…… 통닭을."

"야!"

"넵!"

조끼아저씨가 야형을 불러서 화를 냈다. 왜 말을 안 해줬냐, 내가 이런 것까지 신경 써야 하냐 뭐 이런 말들이었다. '이런 것'이 무엇인지는 모르지만, 야형은 '네' 대신 '죄송합니다'만 되풀이했다.

야형은 아빠 귀에 대고 뭐라고 소곤거렸다. 아빠는 고개를 갸웃거렸다. 야형은 아빠 손을 꽉 쥐며 또 뭐라뭐라 소곤거렸다. 아빠는 머리를 긁적였다. 아빠가 머리를 긁적일 때는 뭔가 할 말이 있는 거라고 엄마가 그랬었다.

"자, 시작하자구."

아빠가 뭔가 할 말을 하기도 전에 조끼아저씨가 시작을 외쳤다. 그러자 마이크아저씨가 아빠 눈을 까만 안대로 가려버렸다.

눈을 가린 아빠는 마이크아저씨가 주는 치킨 한 조각을 받아먹었다. 아니, 받아먹었다기보다, 마이크아저씨가 밀어 넣어주는 걸 억지로 삼키는 것 같았다.

그리고 천천히 그것을 씹었다. 마이크아저씨가 물을 마시라며 내주었다. 눈이 안 보이는 아빠는 물 컵을 엎었다.

조끼아저씨가 다시 야형을 부르고, 야형은 물을 다시 떠왔다. 이번에는 제발 수돗물이라고 떠오길 바랐다. 생수가 아니라도, 닭 씻던 물은 좀 그랬다.

아빠는 다시 고기 한 점을 받아먹고, 무슨 물인지 모르는 물로 입을 가셨다.

"……."

아빠는 치킨과 물만 먹고 말이 없었다.

또 한 점을 받아먹고 입을 가시고, 다시 한 점을 받아먹고 입을 가셨다. 물론 입을 가시기 전에 무슨 맛인지 말해야 했다.

새로 치킨 한 점을 먹은 아빠가 고개를 갸웃거렸다.

"아, 아, 괜찮습니다, 사장님. 너무 긴장 마시고요."

마이크를 잡은 아저씨가 친절하게 말했다. 그리고는 치킨을 아빠 입에 넣어줬다.

두 번째 치킨을 먹은 아빠가 다시 고개를 갸웃거렸다.

"괜찮아요, 사장님. 편안하게 하세요."

마이크아저씨가 말했다. 그러나 아빠는 편안하지 않아 보였다.

세 번째 치킨을 먹은 아빠가 또 고개를 갸웃거렸다.

"말씀을 하세요, 아저씨. 무슨 맛이다, 하고."

마이크아저씨가 이번에는 아빠를 아저씨라고 했다.

네 번째 치킨을 먹은 아빠가 이번에는 머리를 긁적였다.

"모르겠어요? 무슨 맛이다, 말을 하시라고요, 말을."

마이크아저씨가 마이크를 입에서 떼고 아빠더러 말했다.

치킨을 먹고, 입을 가시고 아빠는 딴 소리만 했다.

"이것이 아니고……."

"그러니까, 그게 닭 맛이……."

"닭이 아니고, 그러니까……."

아빠는 더듬더듬 닭이 아니다, 닭 맛이 아니다, 이것이 아니다, 저것이 그러니까, 하면서 말을 어쩔 줄 몰랐다.

"후라이드치킨이면 후라이드치킨이다, 마늘맛치킨이면 마늘맛치킨이다, 크리스피치킨이면 크리스피치킨이다, 갈비 맛이다, 간장 맛이다, 바비큐 맛이다, 허브 맛이다, 치즈 맛이다, 눈송이 맛이다. 아, 왜 말을 못해요. 몰라요? 치킨 맛 몰라요?"

마이크아저씨가 다다다다다 말을 뱉어냈다.

"그러니까 양념이……튀김옷이…… 그러니까 소스가…… 닭은 닭인데……."

마이크아저씨 말이 많아지고 빨라질수록 아빠 말은 느려지고 짧아졌다.

"니네 아버지 원래 저러시냐?"

야형이 어느 틈에 내 옆으로 와서 물었다. 나한테 말을 시키면서도, 손을 쓱쓱 비비고 조끼아저씨를 흘깃 돌아다보았다.

원래 말은 저런다고, 하지만 통닭 튀기는 솜씨는 최고라고, 야형도 한

번 먹어보면 단박에 반할 거라고, 게다가 우리 아빠는 닭박사라고, 시장
통 사람이면 그걸 다 안다고 말하려고 했다. 또박또박 더듬지 않고 말
하려던 바로 그때,

"컷! 접어."

조끼아저씨가 그렇게 소리 질렀다.

냄비아저씨가 맨 먼저 사라졌다.

엄마는 콧등에 땀만 닦다가 방으로 들어갔다.

시장 사람들도 우르르 돌아서 버렸다.

모여들었던 손님들마저 다 흩어졌다.

조끼아저씨는 야형을 수도 없이 불러대며 소리를 질렀고, 야형은 수
도 없이 '네'를 외치며 왔다갔다 했다. 마이크아저씨도 카메라아저씨들
도 야형한테 투덜투덜 신경질을 부렸다.

방송국 사람들은 기계를 꾸리면서 투덜거리고 화를 내는 것도 잊지
않았다. 그러고는 죄다 차를 타고 가버렸다.

다복 통닭집은 할아버지가 돌아가셨을 때 빼고는 하루 이상 문 닫은
적이 없었다. 추석도 설도 여름휴가도 딱 하루만 쉬었다. 여지껏 그랬
다. 그런데 아빠는 사흘간 가게 문을 닫았다. 문을 닫았을 뿐 아니라, 혼
자 어디론가 사라졌다. 그 어디가 어디인지는 나도 엄마도 몰랐다. 시장
통에서 가장 친한 냄비아저씨도 몰랐다. 엄마는 연락될 만한 데다 전화
를 걸었다. 결국 아빠가 시골 고모네 간 것을 알아냈다. 엄마는 아빠랑
통화하며, 푹 쉬었다 오라고 했다. 그러면서도 전화를 끊고는 가게 걱정
을 했다. 오래 문 닫으면 안 된다며.

아빠는 사흘 만에 돌아왔다.

그간 시골 고모네 집에서 일을 벌였다고 한다. 중간닭을 백 마리 사서
울타리를 넓게 치고 뒷산에 풀어놨다는 거다. 닭이 밤에 들어가 잘 커다

란 닭장도 짓고 횃대도 튼튼한 걸로 쳐주었다고 했다.

아빠는 그새 볼이 홀쭉해져 있었다.

"아빠!"

내가 아빠 배를 끌어안았다. 아빠 배도 쏙 들어가 있었다. 괜히 코끝이 찡했다.

아빠는 씩 웃으며 내 머리를 헝클었다.

"그거 갖고 나와라."

새로운 집에서 생닭을 가져오거나, 튀김 기름을 바꿀 때면 늘 이랬다.

시식 칠판을 갖고 나오라는 거다. '다복 통닭 시식하세요'는 할아버지 때처럼 궁서체로 썼고, 그림으로 통닭을 그려 넣은 거였다.

아빠는 막 튀겨낸 닭을 나랑 엄마한테 먼저 맛보게 했다. 맛있다는 얘기를 들으면, 옆 가겟집들에 맛보였다. 그러고는 시장통을 오가는 손님들한테 시식을 하게 했다. 마트에서 하는 시식처럼 새끼손톱 만하게 잘라놓지는 않았다.

"먹었다는 소리는 들어야지."

팔 때와 똑같은 크기의 통닭이다.

내가 칠판을 내왔다.

'다복 제대로 통닭, 제대로 시식하세요.'

아빠 없는 사흘 동안 다시 쓰고 그랬다. ,는 찍을까 말까 열 번쯤 고민하다가 찍었다. 그게 더 괜찮아 보였다. 한숨 쉬라는 것도 같고, 먹다가 잠깐 맛을 느껴보라는 것도 같아서다.

"짜식!"

아빠는 '제대로' 글자를 들여다보고 또 들여다봤다. ,도 손으로 쓸어보았다.

다복 통닭집 고소한 냄새에 안 끌릴 사람이 없을 거다. 벌써 사람들이 하나둘 모여들었다.

"맛이 어때요?"

입술이 빨간 아가씨한테 물었다.

"아주 바삭바삭해요."

"맛있구려. 좀 매콤했음 좋겠네."

청바지 입은 할아버지가 맛보고 한 말이다.

"오독오독 과자 같아요."

가방을 맨 고등학생은 정말로 오독오독 소리를 냈다.

"아니, 그거 말고요. 맛이 어떠냐고요, 닭."

아빠가 아가씨와 할아버지와 고등학생에게 동시에 물었다.

"말했잖아요."

아가씨는 한 점 더 뜨며 말했다.

"예스치킨 맛이랑 비슷하구먼."

청바지를 입은 할아버지가 고개를 끄덕였다.

"튀기네치킨 맛 같아요. 아주 똑같은 것 같아요."

고등학생은 '같아요'를 두 번씩이나 쓰며 대답했다.

"내 입맛엔 잘굽네치킨 맛인데."

꼬마를 데리고 온 아줌마가 한입 먹으며 말했다. 꼬마 입에도 잘게 찢은 고기를 넣어주었다.

"마디떠. 마디떠."

꼬마가 냠냠 소리 냈다.

"꼬마야 네 입에는 무슨 맛 같냐?"

아빠가 새 닭다리 하나를 꼬마한테 건네주며 물었다.

"닭 맛."

닭 맛이라는 소리 같았다.

"그렇지? 그렇지!"

아빠가 무릎을 치며 좋아라했다.

입이 벙글어지도록 그렇게나 좋아라 했다. 엄지를 추켜올리며 좋아라
하고 또 좋아라 했다. 닭맛이라는 말이 정말정말 아빠 맘에 들었던 모양
이다.

시식 통닭이 순식간에 다 나갔다. 닭 다섯 마리도 넘게 시식용으로 내
놓은 거라고 했다. 아빠는 튀김기에서 막 꺼내 온 닭다리를 나한테 줬
다. 내 몫으로 남겨둔 모양이었다.

"어떠냐?"

내 입가에 묻은 기름을 닦아주면서 물었다.

"제대로 닭 맛인데, 최고로 맛있는 닭."

"그래, 역시 통닭집 아들 맞네. 다들 튀김옷 맛이나 소스 맛 얘기만 하
던데, 역시 우리 아들이야. 우리 제대로 통닭 제대로 만들어보자."

아빠는 히히히 웃었다. 아빠 이빨에 낀 닭 껍질이 팔랑거렸다. 아빠는
그것도 모르고 또 웃었다. 나는 그 모습이 웃겨서 까르르 웃었다. 통닭
맛이 좋아서 또 웃었다.

양연주 _ 1971년 경기도 동두천에서 태어났다. 소극적인 데다 병적으로 부끄러움을
타는 성격 때문에 혼자 틀어박혀 책과 좀 가깝게 지낼 수 있었다. 문예창작과 아동문
학을 공부했고, 제6회 MBC 창작동화 공모에서 대상을 받고 작품 활동을 시작하였다.
그동안 『일곱 난쟁이의 쓱쓱싹싹 비빔밥 만들기』, 『자라나는 돌』, 『궁전빌라에는 평강
공주가 산다』, 『내 이름은 안대용』, 『욕쟁이 찬두』, 『삼촌은 길 박사』, 『꼬마 사서 두
보』, 『우리 엄마 김광남 전』(근간) 등을 썼고 그림책 『총명한 이씨 부인은 적고 또 적
어』 등을 냈다. 함께 쓴 책으로는 『어린이를 위한 흑설공주 이야기』 등이 있다. 지금은
대학에 재직하면서 운동과 글쓰기를 게으르게 해나가고 있다.

계몽과 교훈을 넘어서는 이야기

동시 두어 편을 읽고

아동문학의 시작이 아니라 문학 자체의 시작이 동시 덕분입니다. 「이슬비 색시비」라는 동시였는데 이 동시를 처음 접하고는 너무도 좋았어요. 읽고 또 읽어서 나도 모르게 외워버리고 비만 오면 다시 외고 읊조렸지요. 비가 색시일 수도 있고, 비가 꽃마다 갖가지 색깔로 자리할 수 있다는 것이 정말 신기하고 좋았어요.

「꽃씨」라는 동시도 비슷한 시기에 만났어요. 꽃씨 속에는 파아란 잎이 하늘거리고 빠알간 꽃도 노오란 나비 떼도 숨어 있다는 내용이지요. 잎과 꽃과 나비가 있다면, 꽃씨에 세상 모든 것이 들어 있을 수 있겠구나 막연히 짐작하게 됐어요. 비가 모든 것일 수 있고, 꽃씨에 세상 모든게 들어 있다는 상상력이라니! 이런 것들이 믿기지 않으면서도 믿을 수밖에 없는 진실로 어린 제게 다가왔다고 할까요?

나무를 보면 나무는 무엇이든 갖고 있고 무엇이든 될 수 있겠구나 상상하곤 했어요. 어쩌면 모든 사람도 그렇지 않을까 막연하게 짐작하고 고개를 끄덕였지요. 물론, 지금이라야 이걸 글로 표현하는 것이겠지만 말이에요. 아무튼 뭔가 색다르게 저를 흥분시키는 것을 만난 느낌이었어요.

이것을 흉내 내어 이것저것 끼적여보는 것을 시작으로 글을 접했고 자연스럽게 문예창작을 전공하게 되었습니다. 이후 MBC 창작동화 공모에서 대상을 받으며 본격적으로 동화를 쓰기 시작했어요. 동시를 만나지 않았다면, 운동선수나 조기백반집의 친절하고 말 많은 주인이 되었을 거라 짐작합니다.

「제대로 닭 맛」의 창작 배경

이 작품은 『내일을 여는 작가』 2015년 하반기호(통권 68호)에 발표한 작품입니다. 배달음식 중 가장 인기가 많은 치킨에 대한 이야기예요. 치킨이 사람들에게 무척 인기 있다니까 관심이 생긴 거예요. 사실 치킨이든 닭튀김이든 저는 전혀 먹지 않아요. 음식을 가리는 편은 아닌데 이상하게도 치킨은 먹지 않거든요. 하여튼 내가 좋아하지 않는 음식인데 다른 사람들은 대체적으로 좋아하는 이유가 뭘까 궁금했어요. 그래서 살펴보고 찾아보고 조사해보았습니다. 그러다 보니 그 많은 치킨이 프랜차이즈와 관련이 있다는 것을 알았어요. 더구나 치킨 종류가 정말 많더라고요. 치킨 종류라기보다 소스 종류겠지만요. 그렇다면, 수많은 프랜차이즈 치킨맛이 닭 맛일까 튀김옷이나 소스 맛일까 궁금해졌어요. 그리고 그것을 구별할 수 있을까도 궁금해서 쓰게 된 작품입니다. 그러니까 닭을 좋아하는지 닭을 이용한 주변 내용물을 더 좋아하는지 궁금한 것이지요. 생닭이 바뀌어도 사람들은 그것을 알아차릴까 아니면 소스만 그대로면 같은 맛이라 여길까? 궁금한 게 많았어요.

궁금증을 늘려가면서 '아빠'와 '아들'을 그렸어요. 닭에 대해서라면 모르는 게 없는 아빠. 그런 아빠가 만들어 내는 통닭은 어떨까, 그런 아빠는 통닭을 만들면서 가장 중요시하는 게 뭘까, 짐작해 나갔어요. 닭박사 아빠는 지식인이라기보다 어려서부터 닭과 친숙하고, 온몸으로 닭에 대한 생태를 파악한 인물로 만들고 싶었어요. 그래서 어린 시절 닭을잘 길러내는 인물로 그린 것이지요. 머리로 아는 지식, 책을 통해 일방적으로 받아들인 지식보다 직접 몸으로 부딪치고 체득한 앎은 곧 대상에 대한 애정으로 이어진다는 얘기를 하고 싶었어요. 그래서 결말 부분에 통닭을 먹으며 '닭 맛'이라고 하는 어린아이를 등장시킨 거예요. 어쩌면 그 어린아이가 오래 전의 아버지이고, 얼마 전의 '나'일 수 있을 테니까요.

초고를 본 지인이, 닭을 좋아하는 아빠가 통닭집을 한다는 게 좀 어색하지 않느냐며 의견을 냈어요. 좋아하는 방식이 반드시 그것을 나와 같은 존재로 여기는 것일까, 저 역시 고민했지요. 그러나 아빠 캐릭터를그대로 밀고 가고 싶었어요. 그런 아빠만의 방식의 애정이 있을 테니까요. 사실 저는 개인적으로 닭을 참 좋아해요. 살아 있는 닭을 들여다보는 일은 꽤 즐겁거든요. 먹이 하나를 발견하고도 목을 갸우뚱하고 콕콕쪼아보고 하는 망설임이 참 친근해요. 그 망설임은 약한 동물로 갖고 있는 어떤 DNA겠지만 그게 낯설지 않거든요. 수탉들이 암탉과 병아리들을 이끌고 다니는 것도 많은 생각을 하게 해요. 따끈한 달걀만 해도 그렇고요.

게다가 횟대에 걸터앉아 자는 그 불안한 잠은 정말이지 애잔해요. 이작품 말고도 닭을 소재로 쓴 작품이 두어 편 더 있어요. 도시에서 사는토종닭 이야기인데, 밤새 켜진 가로등 때문에 새벽에 닭울음소리를 내는 데 애를 먹어요. 동이 튼 것인지 헷갈리기 때문이지요. 앞으로도 닭을 가지고 두어 편 더 쓰고 싶은 욕심이 있습니다만 느리고 게으른 천성탓에 글쓰는 게 더딥니다. 그래서 등단한 지 20년이 지났건만 작품은 많지 않아요. 「제대로 닭 맛」만 하더라도, 궁금증이 찾아온 뒤 시간이 걸렸어요. 닭에 대해 찾아보고 들여다보고 기르던 때를 되새겨보느라 한참, 프랜차이즈에 대해 공부하느라 한참, 소스에 대해 조사하느라 한참 걸렸어요. 물론 가장 긴 '한참'은 딴짓하고 딴청 부리고 미루는 것이 었지요.

이 작품을 쓰면서 닭튀김이든 치킨이든 맛을 직접 봐야 할까 꽤 고민했어요. 그러나 억지로 먹을 만한 혈기 혹은 용기는 부족했던 모양이에요. 결국 먹지는 못하고 작품만 썼습니다.

낯뜨겁지 않은 작품으로 남기

저는 나만의 창작방법론이랄까 하는 것이 없는 듯해요. 그저 이미지나 느낌 혹은 궁금증이 생기면 나름대로의 답을 우선 찾아봐요. 그게 지식적이든 즉물적이든 끌어 모아요. 그런 뒤 마음이 흐르는 대로 그냥 써요. 그러고 나서 마무리를 하고 난 뒤 수정하거나 불만스러우면 묻어두는 편입니다. 그간 쓴 작품들은 대부분 그랬다고 할 수 있어요.

「제대로 닭 맛」은 궁금증이 동화를 쓰게 했어요. 생각해보면, 제게 있어서 질문이나 궁금증이 글을 쓰게 하는 경우가 대부분이었어요. 어쩌면 질문이나 궁금증 그 사이를 오가는 것이 제 글쓰기라고 할 수 있을 거예요. 아름답거나 달콤하거나 뭔가 희망 어린 이야기는 제 몫이 아니라는 걸 느껴요. 누려본 적이 없어서인지 태생이 결핍인지는 모르겠지만요.

제 글의 출발이 질문이나 궁금증이라면, 창작에 임할 때 놓치지 않으려는 어떤 다짐 같은 것은 있어요. 훗날 읽어도 낯뜨겁지 않을 작품을 쓰려고 노력하는 것이 나만의 창작법 혹은 결심이라면 결심일 거예요. 낯뜨겁지 않은 작품은 최소한 부끄럽지 않은 작품일 테니 부단히 깨어 있어야 하겠지요. 이것저것 생각을 덜하고 쓴 글은 어쩌면 나무만 없애는 짓이어서 사후 나무값 계산에 또 한 번 죽을지도 모른다는 무서움이 있어요.

그래서 깨어 있기 위해 하는 소박한 일은 바로 책읽기지요. 종교서적이나 인문학 등 가급적 다양한 독서를 하려고 노력하며 사색하는 시간을 늘리려고 해요. 근래에는 『피카소의 靑色時代』(김성자, 열화당)와 『아동의 미술세계』(미리암 린스트럼, 열화당미술문고)를 읽고 있어요. 따로 접한 책인데 묘하게 통하는 지점이 있어요. 장욱진이나 피카소의 그림을 좋아하기도 하지만 어린아이의 그림 같은 지점을 발견하고, 그것이 어떻게 예술로 자리매김하는가를 생각해보면 고개가 끄덕여지거든요. 이처럼 각각의 독서가 결국은 실처럼 하나로 연결될 때면 발을 구르게 돼요. 무척 기쁘고 즐거워서지요.

책읽기 뒤의 여운을 오래 굴려보는 것도 좋아요. 그 뒤 여운 굴리기를 위해 책을 읽기도 하거든요. 책에서 얻은 지식에 살을 붙여가는 느낌이에요.

이런 것들을 양분으로 최대한 덜 부끄러운 글을 쓰고 싶어요. 무엇보다도 종이 한 장에서 구름과 나무와 태양과 농부와 사랑과 눈물을 두루 보는 눈을 가지려고 되도록 노력하는 작가로 남는 게 희망사항입니다. 이 노력을 저만의 창작법이라고 이름 붙여도 되는지는 모르겠어요.

한국문학 또는 아동문학계에 바라는 점

현대는 더 이상 계몽의 시대가 아닙니다. 더구나 인간이 더 이상 계몽의 대상이 아닌 것은 당연합니다. 물론 어린아이도 그렇고요. 아동문학에서는 좀 더 적극적으로, 계몽과 어느 지점이 닮아 있는 교육적 담론에서 벗어났으면 하는 바람이에요. 교육에서 벗어나야 한다는 이야기는 아동문학계에 바라는 지점이기도 하지만 우선 내 자신에게 강하게 요구하는 항목이기도 합니다. 가르치려고 드는 순간 문학이 아닌 교육 쪽으로 기울어지는 것 같아요. 어른들은 취미로 독서를 하지만 아이들은 공부로 독서를 하게 된다면, 의무적 공부가 끝나는 지점이 책과의 결별이 될 수도 있겠다는 우려가 있어요. 그러다 보면 최악의 경우 쓰는 자들만의 잔치가 되지 않을까요? 자신부터 점검하고 또 점검해야 되겠지요. 그들만의 리그가 아닌 쓰는 자와 읽는 자와 스쳐 지나가는 자 모두의 문학이 되었으면 좋겠습니다.

동화

내 배꼽 어떻게 찾지?

조소정

"나 내일부터 유치원 안 갈래."
"왜? 무슨 일 있었어?"
엄마가 놀라서 왕사탕처럼 눈이 동그래졌어.
"오늘 수영 강습이 있었잖아. 영준이가 나보고 참외배꼽이라고 놀렸어."
금방이라도 눈물이 떨어질 것 같았어. 내가 몰래 좋아하는 영준이가 '참외배꼽'이라고 놀려서 더 속상했던 거야.
"아니야! 우리 아린이 배꼽이 조금 나오긴 했지만 얼마나 예쁜데."
조금 나왔다는 말을 듣는 순간 참았던 눈물이 왈칵 쏟아졌어.
"영준이가 너를 좋아하나봐. 용기 없는 애들이 그런 방법을 쓰기도 해."
"정말이야? 그래도 놀리는 건 나빠."
"다음에 또 놀리면 꼭 싫다고 말해! 어디 보자. 예쁜 우리 아린이 배꼽!"
엄마가 내 배꼽에 뽀뽀를 했어.

"아이, 간지러워."

엄마가 진짜로 간지럼을 태웠어. 나랑 엄마는 거실 바닥에 뒹굴며 한 참동안 간지럼 태우기 놀이를 했어.

그 사건 이후에 나쁜 습관이 하나 생기고 말았어. 배꼽을 자주 만지게 된 거야. 처음엔 호기심으로 배꼽이 정말 튀어나왔나 만져보았지. 그 다음엔 배꼽에 때가 낀 것 같아 손가락으로 후벼 팠어. 배꼽을 청소하고 나서 손가락 냄새를 맡아보니 쿠린내가 났어. 냄새를 맡은 다음엔 다시 만지지 않는다고 다짐했지만 그 다짐은 오래가지 못했어.

"아린아! 옷을 빨래 통에 넣어놔야지. 허물 벗어놓은 뱀처럼 몸만 쏙 빠져나가면 어떻게 해."

엄마의 잔소리를 듣는 순간 손이 배꼽으로 다시 갔어. 신기하게도 배 꼽을 파니까 마음이 안정이 되었어. 배꼽은 나와 엄마가 탯줄로 연결되 어 있었다는 표시라서 만지면 엄마 뱃속에 있을 때처럼 마음이 편안해 졌던 거야.

"엄마! 배 아파."

"꾀병이지? 옷 빨래 통에 넣기 싫어서 그러는 거 다 알아."

"아냐! 여기 봐봐. 빨갛게 부어올랐어."

내가 뻘게진 배꼽을 엄마 눈앞에 들이댔지.

"아이고! 배꼽을 심하게 팠구나! 그러다 염증 생긴다."

엄마가 배꼽에 약을 바르고 대일밴드를 붙였어. 새끼손가락 걸고 다 시는 배꼽을 후벼 파지 않는다는 약속도 했지. 그런데 왜 하지 말라 하 면 더 하고 싶은 걸까? 배꼽 만지고 싶은 걸 참느라고 너무 괴로워.

약을 발라도 배꼽 염증이 심해져서 수영 강습을 못 받게 되었어. 다른 아이들은 수영장으로 가서 신나게 물놀이하는데 나만 유치원에 남게 되었어. 친구들이 돌아올 동안 퍼즐놀이 하다가 무심코 책꽂이에 있는 책을 꺼내 읽었어.

"와! 타조다. 엄청나게 키 크다. 타조 알은 계란보다 열배나 크네. 새들은 알을 낳아 부화시키는구나!"

"뭘 그렇게 열심히 읽고 있어?"

문 쪽에서 익숙한 목소리가 들렸어.

"어? 너 영준이? 수영 강습 안 갔어?"

"배가 아파서 먼저 왔어. 너도 배 아프니?"

"난 배꼽이 아파. 내가 자주 만져서 염증이 생겼어."

"지난번에 '참외배꼽'이라고 놀려 미안해. 사실은 아린이 네 배꼽이 더 예뻐."

사과를 받으니 아픈 게 싹 낫는 것 같았어. 영준이 얼굴이 벌게졌어.

"얼굴이 원숭이 엉덩이가 되었대요."

내가 놀리자 영준이가 나를 잡으러 달려왔어. 난 '원숭이 엉덩이는 빨 갛게, 빨게면 사과, 사과는 맛있어' 노래를 부르며 도망 다녔어. 그런데 영준이가 멈춰서더니 비밀 얘기를 들려준다며 가까이 오라고 했어.

"과천 서울대공원에 가면 배꼽 달린 칠면조가 있어. 어떤 사람이 낳았 대."

귓속말로 속삭여 몸이 간질거렸지만 무슨 비밀인지 들으려고 억지로 참았어.

"거짓말! 사람이 어떻게 칠면조를 낳니?"

"동물원에 가서 내 눈으로 직접 봤어. 칠면조 배에 참외배꼽이 툭 튀 어나와 있었어. 너한테 처음 얘기하는 거야."

"난 아직 동물원에 못 가봤지만 믿을 수가 없어."

"그럼 네가 가서 직접 확인해봐."

"거짓말이면 너하고 다시는 안 놀 거야."

"그러든지."

영준이가 너무 당당하게 말해서 배꼽 달린 칠면조가 정말 있을지도 모른다는 생각이 들었어. 어떻게 하면 동물원에 갈 수 있을지 곰곰이 생각했지.

엄마는 싱글 맘인데 평일에는 직장에 다녀서 시간이 없어.

그럼 주말에 가면 된다고? 주말에는 밀린 집안 일과 부족한 잠을 보충한다고 시간을 내지 못해. 그래서 내가 꾀를 냈어.

"엄마! 받아쓰기 백점 받으면 동물원에 놀러 가기다. 약속해!"

내가 새끼손가락을 꺼내 보이며 엄마에게 말했어.

"받아쓰기 백점? 넌 맨날 50점 못 넘잖아."

"그러니까 받아쓰기 백점 걸고 약속하는 거지."

일곱 살인 내가 가장 자신 없는 게 받아쓰기야. 학교에 입학해서 뒤처질까 봐 엄마는 백점 받으면 소원이 없겠다는 말을 자주 하곤 했어.

"올해 안에 갈 수 있을까?"

엄마가 믿을 수 없다는 표정으로 나를 빤히 바라보았지.

"그럼 엄마는 내가 계속 30점, 40점 받아오기를 바라는 거야?"

"아니지, 그건! 음~ 백점 받으면 동물원 가기 약속할게."

항상 50점을 못 넘으니까 엄마는 건성으로 대답했어. 아마도 내가 백점 받으려면 한참 걸릴 거라고 생각했을 거야.

난 받아쓰기 백점을 받기 위해 자는 시간만 빼고는 계속 쓰기연습을 했어. 유치원에서도 연습을 하다가 딴 짓을 한다고 혼나기도 했어. 책을 보면서 길을 걷다가 꽈당 넘어져 무릎이 깨지고, 밤에 자다가 잠꼬대도 했지. 사실 공부에는 재미를 못 붙였지만 동물원에 가려면 이 정도의 노력은 필요한 거잖아.

엄마는 약속을 잘 안 지켜. 이번에도 말로만 약속하면 안 지킬까 봐 각서도 받고 핸드폰에 녹음도 해놨어. 증인이 있으면 더 좋지만 난 엄마랑 단둘이 살아. 아빠는 어디 있냐고 묻지 마. 내가 어릴 적에 헤어졌다는 말만 들었어.

증인 대신 엄마가 애완견 행복이 안고 맹세하는 동영상을 촬영했어. 그러니 빼도 박도 못하고 동물원에 가게 된 거야.

약속한 지 일주일 만이었지. 드디어 백점을 받은 거야. 그것도 제일 못하는 받아쓰기로 말이야. 나에게도 기적이 일어날 수 있다는 걸 알게 된 날이었어.

일요일 아침, 태어나서 처음으로 동물원에 가게 된 날이라 너무 기대를 해서 그런지 밤에 잠을 설치고 새벽에 일어났어. 내가 재촉하는 바람에 입장 시간보다 한 시간 먼저 도착하고 말았어. 난 작은 배낭을 메고 동물원 정문 앞에서 문이 열리기를 초조하게 기다렸지. 그러다 동물원 문이 열리자마자 뛰어 들어갔어. 분홍 원피스 입은 긴 머리 여자아이가 혼자 뛰어가니까 사람들이 쳐다봤어. 호기심 어린 눈으로.

그러든지 말든지 난 두리번거리면서 동물 구경에 정신이 없었어.

"아린아! 같이 가자."

엄마는 아직 잠이 덜 깼는지 내 뒤에서 운동화 질질 끌면서 간신히 따라왔어.

"엄마는 천천히 와! 오늘 꼭 찾아봐야 될 동물이 있어."

제일 먼저 기린 앞으로 걸어갔어. 얼마나 큰지 내 키보다 세 배도 넘어 보였어. 긴 목에 매달리고 싶은 걸 억지로 참았지.

한참을 돌아다니며 칠면조를 찾는데 이상한 울음소리가 들려왔어. 그

울음소리를 따라 가보니 목이 쭈글쭈글 턱에 주머니 달린 칠면조 우리 앞이었어.

영준이가 말한 배꼽 달린 칠면조를 찾을 수 있을까?

칠면조들은 머리를 움츠린 채 "까라라락 까라라락" 울고 있었어. 그 칠면조 울음소리를 들으니 마구 웃음이 나는 거야. 너무 웃어서 눈물이 나왔어. 평상시보다 세 배는 크게 자지러지게 웃다가 배꼽까지 빠지고 말았어. 투덜투덜거리면서 한참 찾다보니 칠면조 우리 앞에 작은 탑이 보였어.

가까이 가보니 아 글쎄, 배꼽들이 쌓인 거야. 그런데 눈을 크게 뜨고 내 배꼽 찾아봐도 어떤 건지 도통 알 수가 없지 뭐야.

비슷한 거 슬쩍 빼려고 하니 탑이 흔들흔들 무너질 것 같았어. 놀라서 뒤로 한발 물러서다가 "에취!" 재채기하는 바람에 탑이 와르르 무너져 내렸지.

'이 많은 배꼽 중에서 아주 작은 내 배꼽, 어떻게 찾지?'

고민하는데 배꼽 한 개가 저만치 달아났어. 자기를 따라오라는 듯이 말이야. 뛰어가서 잡으려고 하니까 또 저만치 달아났어.

"야! 너 가만히 있어!"

라고 소리쳤지만 자꾸만 달아났어. 포기하려다가 내 배꼽이면 어쩌나 싶어 계속 따라갔지. 배꼽이 벚나무가 우거진 우리 안으로 풀쩍 뛰어 들어갔어.

우리를 넘을 수도 없어서 주변을 어슬렁거리는데 문이 스르르 열렸어. 한발을 내딛고 그 안에 무서운 동물이 살면 어쩌나 싶어 들어가기를 망설이고 있었어.

그때였어.

"겁먹지 말고 들어와. 여기는 우리 집이야."

어떤 남자 아이 목소리가 또렷하게 들렸어.

"너어언 누구니?"

갑자기 등줄기로 식은땀이 흘렀어. 목소리도 가늘게 떨렸지.

"난 이 집 주인이야."

내 또래 남자아이가 모습을 드러냈어. 꼭 『어린왕자』에 나오는 왕자처럼 생겼어. 까만색 무대복장에 흰색 스키니 바지를 입고 있었지.

"내 이름은 '알조'야. 넌?"

"내 이름은 '아린'이야."

알조가 따라오라는 손짓을 보냈어. 잠시 망설이다가 용기를 내어 따라갔지. 우리 안은 커다란 나무들이 쭉 이어져 있었어. 한참을 걸어 들어가니 작고 아담한 나무로 만들어진 집이 보였어. 아이들이 들어갈 만한 높이의 낮은 집이었어. 집안으로 들어가니 가구들도 다 아담하고 작았어.

"너 혹시 아주 작은 내 배꼽 보았니?"

"배꼽?"

알조의 얼굴이 갑자기 홍당무가 되었어. 붉어진 얼굴이 곧 폭발할 것 같았어.

"아냐! 신경 쓰지 마. 내 문제니까. 집 참 좋다!"

알조 신경을 건드린 것 같아 관심을 돌리려고 했어. 그제야 알조의 얼굴이 원래대로 돌아왔어.

"우리 집이 마음에 들면 자주 놀러와. 내가 이 집 주인이야!"

"정말이야? 넌 참 멋지다. 어떻게 혼자서 사니?"

"난 혼자서 뭐든지 할 수 있어."

알조가 자신감에 찬 모습으로 말을 했어.

"밥도 할 줄 알아?"

"그 정도야 식은 죽 먹기지."

"멋지다. 난 라면도 못 끓여. 엄마가 위험하다고 하지 말래."

"넌 엄마 뱃속에서 있다가 나왔지?"

"응! 당연한 걸 왜 물어?"

"아! 뱃속에서 무슨 생각을 했는지 물어보려고 그랬어."

"생각 안 나, 넌?"

"나? 난 몰라. 뱃속에 없었으니까."

"뭐라고? 뱃속에 없었다고? 그럼 넌 알에서 태어났어?"

"농담이야. 나 배꼽 있어. 보여줄까?"

"됐어. 참! 내 배꼽 찾아야 되는데……."

내가 배꼽을 찾으려고 두리번거렸지만 집안에는 먼지 하나 없이 깨끗했어.

"참! 물어볼 게 있는데 혹시 이 동물원에서 배꼽 달린 칠면조 봤어?"

"뭐? 배꼽 달린 칠면조? 우하하하! 이 말 들으면 지렁이도 웃겠다."

"봤어? 못 봤어?"

"칠면조는 알에서 태어나는데 배꼽이 어떻게 있니? 누가 그런 말을 해?"

"영민이는 거짓말쟁이야! 난 이제부터 영민이랑 안 놀 거야."

"거짓말한 사람이 나쁠까, 속은 사람이 나쁠까?"

알조가 가까이 다가와 내 눈을 들여다보며 말했어.

"난 믿지 않았어. 거짓말이란 걸 확인하러 온 거야! 거짓말한 사람이 나빠!"

내가 화가 나 크게 말하자 알조가 바이올린 연주를 시작했어. 그 소리는 하늘나라 천사들 연주소리처럼 부드럽게 들려왔어. 화가 났던 마음이 안정되었어.

나는 연주소리에 이끌려 어딘가로 걸어갔어. 내 발밑에 작은 배꼽이 떨어져 있어서 얼른 주워 끼웠지. 그런데 몸이 부들부들 떨리기 시작했어. 떨리는 몸을 가눌 수가 없어서 배꼽을 잡아 뺐어. 그제야 진정이 되었지. 주위를 둘러보니 알조도 나무로 만들어진 집도 보이지 않았어. 감쪽같이 사라져버린 거야.

"아린아! 어디 있니?"

많이 듣던 까랑까랑한 목소리가 멀리서 들려왔어.

"엄마! 나 여기 있어. 알조를 만났어. 어린왕자를 닮은 아이야. 나무 집에 같이 있었는데 다 사라졌어."

"동물 구경하다 말고 사라지더니 무슨 헛소리야."

"아참! 내 배꼽?"

원피스를 올리고 작고 귀여운 내 배꼽이 있나 만져봤어. 배꼽은 제자리에 얌전히 있었어. 엄마와 탯줄로 연결되어 영양분을 공급받았다는 증표가 배꼽이야. 배꼽이 없다는 건 알에서 태어났다는 거지. 그건 엄마 뱃속에서 살지 않았다는 뜻이야. 갑자기 배꼽이 소중하게 느껴지는 순간이었지.

"배꼽! 어디 갔다 왔어? 한참 찾았잖아!"

"너 계속 헛소리할래? 아마도 허기져서 그럴 거야. 밥이나 먹으러 가자."

난 엄마 손에 이끌려 식당을 향해 걸어갔어. 가는 길에 타조 우리 옆을 지나는데 새끼 타조가 나를 향해 "꾸르륵 꾸르륵" 울어댔어. 눈빛이 어디서 많이 본 듯했어. 뒤돌아서 계속 보면서 걷다가 넘어지고 말았지.

"애가 왜 한눈을 팔아. 어서 일어나!"

엄마가 나를 일으켜 세우고 나서야 고개를 돌렸어. 밥 먹고 나서 칠면
조 우리에 다시 가봐야겠어. 아직도 작은 탑이 있는지 궁금하거든.

그런데 내 작고 귀여운 배꼽이 또 빠지면 어떻게 찾지?

조소정 _ 1963년 경기도 평택에서 태어났다. 어린 시절에는 동화책 읽기를 즐거워하
며 동화작가의 꿈을 키워왔다. 대학에서 역사를 전공하였고, 43세에 대학원 문예창작
학과에서 아동문학을 전공하였다. 2002년 『아동문예』 신인상에 동시가 당선되어 등단
하였다. 2003년 '구미근로문예상'에 시로 대상을 받았고, 2009년에는 동화로 '한국
안데르센 상' 은상을 수상하였다. 동시집 『여섯 번째 손가락』, 『중심잡기』, 『양말이 최
고야』가 있다. 3인 공동 동시집 『우리 것이 딱 좋아』가 있으며 2인 공동 동시집 『야채
특공대』가 있다. 동화집 『쿰바의 꿈』, 『빼빼로데이』를 냈다. 여덟 명의 작가가 함께 쓴
섬에 관한 동화집으로 『크리스마스 섬』과 산에 관한 동화집으로 『백두산 검은 여우』가
있다. 16여 년간 문화센터와 초등학교 방과 후 학교에서 독서논술을 지도했고, 지금은
반려견 행복이, 두부와 함께 왕송 호수 주변 산책을 즐기며 동시와 동화창작을 즐겁게
하고 있다.

꿈을 이룬 글쓰기

동시로 동화로 돌아가기

결혼 전에 일 년 정도 동시와 동화창작을 배운 적이 있습니다. 문화센터 글짓기 강사로 일할 때 원장님이 글쓰기를 배우고 있다고 해서 아이들 지도에 도움이 될 것 같아 시작하게 되었습니다. 글쓰기 이론을 배우는 줄 알았는데 동시와 동화창작법을 배우고 습작을 하는 과정이었습니다.

초등학교 시절 내성적인 성격을 지녔던 저에게 친구가 되어준 건 세계명작동화집이었습니다. 동화를 읽고 있으면 세상을 다 가진 듯 무척 행복했습니다. 그래서 막연하게 동화작가가 되고 싶다는 생각을 했었지요. 동화를 습작하면서 어릴 적 꿈이 떠올랐습니다. 처음 써보는 거라 어설픈 이야기였지만 칭찬을 들으면 기분이 좋아 우쭐대고 지적을 받으면 한없이 위축되곤 했답니다. 수업을 마치고는 동화작가 선생님과 수강생들이 함께 은행잎이 떨어지는 거리를 걸으며 동심으로 돌아가곤 했답니다. 하지만 일 년 과정을 마치고는 결혼을 하게 되어 동화는 점점 잊혀져갔습니다.

결혼 후에는 초등학생을 대상으로 독서논술을 지도하면서 바쁘게 지냈습니다. 그런데 어느 날, 일에 지쳐 식탁에 앉아 있는데 초등학생이었던 딸아이가 물었어요.

"엄마는 꿈이 뭐야?"

"동화작가."

그러자 딸이 왜 돌아가고 있냐고 말했습니다. 그 말을 듣는 순간 머리를 무언가로 한 대 맞은 느낌이었습니다. 딸아이의 질문은 꿈을 위해 애쓰는 게 아니라 학생들 지도로 지쳐 있는 내 모습을 돌아보는 계기가 되었습니다.

2001년부터 잊고 있던 꿈을 이루기 위해 평생교육원 시창작반을 시작으로 대학원 문예창작과, 문학아카데미 등에서 동시와 동화 습작을 했습니다. 그러면서 2002년 동시로 등단을 하고, 2009년에는 동화로 '한국안데르센 상' 은상 수상의 기쁨을 누릴 수가 있었습니다.

「내 배꼽을 어떻게 찾지?」의 창작 배경

청탁을 받고 『아동문예』 2017년 9·10월호에 발표한 작품입니다.

친정집에 갈 때마다 뒷집에서 기르는 칠면조가 특이한 울음소리를 냈어요. 그 울음소리가 너무 웃겨서 마구 웃다가 '만약에 칠면조 울음소리 듣고 배꼽이 빠진다면 어떤 일이 벌어질까?' 라는 생각이 들었어요. 그래서 메모를 하게 되었지요. 처음엔 동시로 길게 적어 친한 문우에게 보여주니까 동시로는 무리가 있다고 하여 동화로 쓰게 되었습니다.

이 작품의 내용에서처럼 실제로 배꼽이 빠지는 일은 일어날 수 없지요. 하지만 우리는 많이 웃긴 말을 들었을 때 배꼽 빠지게 웃긴다는 말을 자주 사용합니다. 그래서 이 동화에서는 상상력을 발휘해 판타지 기법으로 창작을 하게 되었지요. 이 작품을 주변 문우들에게 보여주었더니 이야기가 깜찍하고 재미있다는 말을 해주었습니다.

특별한 판타지 창작방법론

이 동화는 현실에서 판타지 다시 현실로 돌아오는 구성으로 창작되었습니다.

배꼽이 사라지는 이야기를 쓰기 위해 발단에는 배꼽에 관한 에피소드를 썼습니다. 유치원 친구인 영준이가 아린이에게 참외배꼽이라고 놀려 유치원에 가기 싫다고 말합니다. 아기는 엄마 뱃속에 있을 때 탯줄로 연결되어 영양공급을 받습니다. 태어나자마자 탯줄이 잘리고 남겨진 탯줄 조각이 말라 떨어지면 배꼽이 생깁니다. 이 배꼽은 엄마 뱃속에 있었다는 증표이며 엄마와의 연결고리입니다.

이와 반대로 타조는 알을 낳아 부화시켜 새끼가 태어납니다. 그런데 타조를 만나러 가게 하려는 장치로 영준이가 서울대공원에 가면 사람이 낳은 배꼽 달린 타조가 있다고 거짓말을 합니다. 아린이는 영준이 말을 확인해보려고 대공원에 가려는 작전을 짭니다. 받아쓰기 백점을 받으면 간다는 약속을 받아내고는 열심히 공부합니다.

백점을 받은 아린이는 서울대공원에 가게 되고 그곳에서 타조 울음소리를 듣고 배꼽이 빠지도록 웃게 됩니다. 빠져나간 배꼽을 따라가니 배꼽들이 모인 탑이 보였습니다. 여기서부터 판타지가 펼쳐지는데 판타지로 들어가는 아무런 장치가 없습니다. 자연스럽게 현실세계에서 배꼽이 빠진 것같이 이야기가 전개됩니다. 재채기 때문에 탑이 무너지고 어딘가로 가는 배꼽을 따라가다가 어린왕자를 닮은 남자아이 알조를 만나고 오두막집에 들어갑니다.

왜 그런지 알조는 배꼽 얘기에 얼굴이 빨개집니다. 바이올린 연주소리를 듣고 어딘가로 간 아린이는 현실세계로 다시 돌아옵니다. 남자아이도 오두막집도 감쪽같이 사라지고 엄마가 나타납니다. 아린이는 배꼽이 잘 있나 치마를 들춰보니 배꼽은 얌전하게 잘 붙어 있었습니다. 엄마를 따라 식당으로 가다가 눈이 마주친 아기 타조는 알조의 눈빛을 닮은 듯합니다.

일반적으로 현실세계에서 판타지 세계로 들어가려면 어떤 장치를 마련합니다. 예를 들자면 이런 것들이 있습니다. '깨어나 보니 꿈이었다.' 라든가 해리포터처럼 '터미널 어느 구간에 가면 마법세계로 들어간다는 내용' 따위입니다.

저도 이 동화에서 '어떤 장치를 쓸까?' 고민하다가 자연스럽게 현실에서 판타지로 다시 판타지에서 현실로 나오는 기법을 써야겠다는 생각을 했습니다. 어쩌면 작위적이라고 할 수도 있을 것입니다.

하지만 남들이 사용했던 방법을 따라하는 것보다는 조금 어설프지만 나만의 창작기법을 시도해보는 것이 창작의 기쁨이라는 생각이 들었습니다.

나만의 동화창작법

주변에서 일어나는 일이나 기사, 사진, 사람들에게 들은 이야기 등을 메모해 놓았다가 머릿속으로 이야기를 구성한 뒤에 개요를 씁니다. 어떤 이야기가 떠오르면 밤낮으로 이야기에 몰두하게 되는데 이럴 경우엔 글이 술술 써지는 경향이 있지요.

처음 출간한 연작동화집인 『쿰바의 꿈』은 탄자니아에 계신 선교사님으로부터 온 후원 감사편지 내용에서 이야기의 씨앗을 발견해 쓰게 되었습니다. 물이 부족한 아프리카에서 제일 받고 싶은 선물이 물이라는 생각에 「생일선물」이라는 단편동화를 써서 한국안데르센 상을 받게 되었습니다. 이 상을 받고나서 연작으로 쓰면 좋겠다는 생각에 세 편의 단편동화를 더 써서 연작동화집으로 출간되었습니다.

두 번째로 출간된 단편모음집 『빼빼로데이』는 아들이 초등학교 시절에 겪었던 일을 모티프로 해서 쓰게 된 「빼빼로데이」 외 여섯 편의 가족을 테마로 한 단편동화를 묶은 것입니다. 그 당시 우리 아이들이 초등학생이여서 주변 아이들 이야기를 듣고 쓴 동화도 있고, 방송이나 신문에서 읽은 내용을 바탕으로 쓴 이야기도 있습니다. 「신호」 이야기만 빼고 현실동화가 주를 이룹니다.

단편동화집 창작 이후로는 생태에 관심이 많아져서 새, 고슴도치, 수달을 의인화한 동화를 썼습니다. 조만간 동화집으로 선보이고자 합니다.

한국문학 또는 아동문학계에 바라는 점

하나의 작품을 완성하기까지는 많은 시간과 열정이 필요합니다. 다른 직업에 종사하면서 창작하는 분들도 있지만 오로지 창작에 전념하는 전업 작가들도 많아요. 생활이 궁핍해도 창작에 대한 열정으로 글을 쓰는 작가들이 너무 가난하지 않게 살아가면 좋겠습니다.

잡지 원고료나 심사비는 십년 전이나 지금이나 별로 인상되지 않은 것 같아요. 아직도 재능기부를 원하는 기관들이 있다는 말을 들을 때는 씁쓸한 기분을 감출 수가 없습니다.

우리나라의 재미있는 아동문학 작품들이 번역되어 케이 팝처럼 해외 여러 나라에 소개되는 일들이 활발해지면 좋겠습니다.

13월의 크리스마스

최형미

'크르릉'

동수가 방문을 여는 소리에 제 집에서 웅크리고 있던 메리가 잠이 깼는지 살짝 몸을 일으켰다. 하지만 그뿐이었다. 하얀 이를 드러내고 '크르릉' 거리던 메리는 동수임을 알자 다시 배를 깔고 누워버렸다. 동수는 자신에게 알은 체도 하지 않는 메리에게 말할 수 없이 서운했다.

메리는 이제 더 이상 동수를 반갑게 맞이하지 않았다. 동수에게 실컷 얻어맞고도 동수가 '메리야!' 하고 부르면 언제 맞았냐는 듯이 꼬리를 흔들며 동수 품으로 뛰어들던 예전의 메리가 아니었다. 동수가 아껴두었던 과자를 주어도, 할머니 몰래 햄을 갖다 주어도 소용없었다. 눈에 시퍼런 불을 켠 메리는 동수가 곁에 다가서기만 사나운 송곳니를 드러냈다. 동수는 그런 메리 앞에 무릎이라도 꿇고 싶은 심정이었다. 마루로 나온 동수는 바닥에 배를 깔고 누워 방학숙제인 독후감을 쓰기 시작했다. 하지만 동수의 신경은 온통 메리에게 가 있었다.

동수는 작년 봄에 엄마를 따라 할머니 댁으로 오는 시장 통에서 작은 소쿠리에 담겨 있는 메리를 처음 보았다. 하얀 털이 부숭부숭 난 강아지가 동수 마음에 꼭 들었다. 소쿠리에 웅크리고 있는 작은 강아지는 언젠가 아빠 손을 잡고 갔던 대공원에서 사먹은 솜사탕 같았다. 봄볕을 받아 눈이 부시게 반짝거리는 그 까만 눈동자가 동수 마음에 꼭 들었다. 강아지에게서 눈을 못 떼는 동수에게 엄마는 선뜻 강아지를 사주었다. 동수는 강아지가 이별의 선물이 될 줄은 몰랐다. 엄마와 같이 자겠다고 떼를 쓰는 동수를 할머니 방에서 재운 엄마는 그 날 밤 돈 많이 벌어오겠다는 편지 한 장만 남겨놓은 채 어디론가 가버렸다.

동수가 밤마다 잠에서 깨어 엄마를 찾으며 울 때면 메리가 곁에서 동수의 눈물을 핥아 주곤 했다. 엄마 없는 동수의 아픈 맘을 달래주기라도 하려는 듯 메리는 울며 잠든 동수의 얼굴을 밤새 할짝할짝 핥아주곤 했다. 하지만 메리의 몸집이 커지자 할머니는 더 이상 메리를 방에 들이지 못하게 하셨다. 처음 며칠은 방문 앞에서 밤새 끙끙거리는 메리가 불쌍해 동수도 메리를 따라 울곤 했다.

할머니가 바닷가로 일을 나가고 나면 메리만이 동수의 친구였다. 동수를 따라 팔짝팔짝 뛰기도 하고 컹컹 짖기도 하고 동수가 던진 나뭇가지를 쏜살같이 주워오기도 했다. 엄마와 헤어진 후 동수는 항상 메리와 함께였다. 엄마가 보고플 때마다 바닷가에서 소리내어 엄마를 부르며 우는 동수 옆에 있어 준 것도 메리였고, 엄마를 싣고 올 버스가 서는 버스 정류장까지 추적추적 함께 걸어간 것도 메리였다. 늘 시무룩한 얼굴로 학교에서 돌아오는 동수를 반갑게 맞아준 것도 메리였다.

할머니는 버리듯 동수를 맡기고 간 엄마를 대놓고 미워했다. 아빠의 교통사고도 모두 엄마 탓이라며 동수에게 엄마 얘기는 꺼내지도 못하게 하셨다. 동네 할머니들은 동수네 엄마가 동수를 버리고 시집간 것이라고 속삭이기도 했다. 마음 붙일 곳 없이 혼자 지내는 동수에게 메리는 평범한 강아지가 아니었다.

그런 메리가 작년 겨울에 감쪽같이 사라져버린 것이었다. 학교에서 돌아와 보니 메리가 보이지 않았다. 처음엔 동네 개들과 어울려 뒷산에라도 간 모양이라고 생각했었다. 하지만 밤이 늦도록 메리가 돌아오지 않자 동수는 불안해졌다. '혹시 엄마처럼, 엄마처럼 메리도 돌아오지 않는 건 아닐까…….' 동수는 머리를 세차게 흔들었다.

'그럴 리 없어, 메리가 절대 그럴 리 없어.'

동수는 목청이 터져라 메리 이름을 부르며 온 동네를 쏘다녔다. 하지만 어느 곳에도 메리는 없었다. 동수는 양 볼이 새빨개지도록 메리를 찾아 산을 헤맸다. 메리가 사라지다니……. 동수는 메리가 자신을 떠났다는 것을 받아들일 수가 없었다. 동수는 엄마와 떨어져 지낸 몇 달간의 시간보다 메리가 없어진 하루의 시간이 더 긴 것만 같았다. 돈 많이 벌면 돌아오겠다는 약속을 하고 떠난 엄마와 메리는 달랐다. 돌아오겠다는 약속도 없이 어느 날 갑자기 사라져버린 것이었다.

다음 날 학교에서도 내내 메리 생각만 하다 집에 돌아온 동수는 뜻밖에도 마당에서 꼬리치며 달려나오는 메리를 보았다. 하지만 메리를 보자 반가운 마음보다 미운 마음이 더 앞섰다. 밤새 자신을 걱정하게 했던 메리가 아무 일도 없이 집에 돌아와 있는걸 보자 동수는 와락 화가 치밀었다. 동수는 꼬리치며 달려드는 메리를 발로 힘껏 차준 후에 줄로 아무데도 못 가게 꽁꽁 묶어두었다. 하지만 그게 화근이었다. 자신의 목에 개 줄이 걸리자 평소 때와 달리 메리는 필사적으로 거부했다. 동수가 더럭 겁이 날 정도로 낑낑대던 메리는 자신을 묶는 동수를 향해 사납게 짖어대기 까지 했다. 그래도 동수는 메리를 풀어주지 않았다. 메리가 또 어딘 가로 가버릴까 봐 겁이 났던 동수는 밤새 낑낑거리는 메리를 못 본체 했다.

하지만 다음날 동수는 메리가 왜 지난밤에 그리 슬피 울었는지를 알게 되었다. 새벽녘까지 낑낑대는 메리를 보다 못한 할머니가 목줄을 풀어주자 메리는 쏜살같이 광으로 달려갔다. 메리가 달아나 동수가 속상할까봐 걱정이 돼 따라가 보았던 할머니는 광에서 꽁꽁 얼어죽은 메리의 새끼를 보았다.

동수도, 할머니도 메리가 새끼를 가졌던 걸 감쪽같이 몰랐던 것이다. 메리는 얼어붙은 새끼를 핥고 물고 했다. 새끼를 낳고 밥을 먹으러 왔던 메리는 동수에게 꼼짝없이 잡혀 새끼를 얼어죽게 한 모양이었다. 동수는 메리에게 말할 수 없이 미안했다. 하지만 새끼를 잃은 메리는 더 이상 동수에게 마음을 열지 않았다.

동수가 학교에 갈 때마다 골목 앞까지 쫓아나오던 메리가 동수를 본체 만체 했다. 메리와 데면데면하게 지낸 지 벌써 1년이 지났다. 할머니는 동수에게 살갑게 굴지 않는 메리를 다른 사람에게 주려고 했지만 동수는 메리를 보내고 싶지 않았다. 자신에게 눈길도 주지 않는 메리였지만 동수는 메리와 헤어지고 싶지 않았다. 동수는 어떻게든 메리의 마음을 돌리고 싶었다. 그런데 메리와의 관계는 나아지기는커녕 더 나빠지기만 했다.

요즘 들어 메리는 더욱 사나워졌다. 동수가 근처에 가기만 해도 눈에 시퍼런 불빛이 켜졌다. 어제는 아껴두었던 과자까지 주며 선심을 썼지만 메리는 동수를 본 척도 안 했다. 집밖으로 나오기라도 하면 돌멩이라도 던져 실컷 패주고 싶은 마음이 굴뚝같았다. 하지만 메리는 제 집밖으로 한 발짝도 나오질 않았다.

동수는 그런 메리와 신경전이라도 벌이듯 일부러 마루에 나와 숙제를 하며 찐 고구마도 먹고 햄도 먹었다. 할머니는 감기 걸린다며 마루에 나와 있지 말라고 하셨지만 동수는 메리와 화해하고 싶었다. 이제 그만 메리가 자신을 용서해주었으면 좋겠다는 생각뿐이었다. 예전처럼 메리와 바닷가에도 가고 버스 정류장에도 가고 싶었다. 하지만 메리의 얼음장 같은 마음은 녹을 기미가 보이지 않았다. 메리는 할머니가 주는 밥을 먹을 때만 잠시 집밖으로 나왔다가 종일 제 집에만 틀어박혀 있었다. 메리가 어디 아픈 건 아닐까 걱정이 되기도 했지만 동수가 조금만 가까이 가도 송곳니를 드러내는 통에 메리를 제대로 살펴볼 수도 없었다.

방학 숙제로 독후감을 쓰고 나자 동수는 더 이상 할 일이 없었다. 바다로 일을 나간 할머니는 돌아오시려면 아직도 멀었고, 워낙 촌동네라 동수와 놀만한 아이들이 없었다. 게다가 그나마 몇 안 되는 동네아이들에게 동수는 이미 인심을 잃은 터였다. 서울서 온 동수가 잰다고 저들끼리 동수를 따돌리는 눈치였다. 처음엔 그러라고 콧방귀를 뀌던 동수였다. 엄마만 오면 곧 이 동네를 떠날 수 있기 때문이었다.

어디를 가도 비린내가 나는 이곳이 동수는 마음에 들지 않았다. 서울에서 살 때는 가난하기는 했어도 화장실도 수세식이었고 동네에 오락실도 있고 만화방도 있었다. 그리고 잘 사는 친구들 집에는 컴퓨터도 있었다. 그런 친구들은 생일 파티 때 놀러 가면 게임을 시켜주기도 했다. 아빠는 동수가 4학년이 되면 컴퓨터를 사주신다고 약속했었다. 하지만 4학년이 된 동수 곁에는 아빠도 엄마도 안 계시다. 한참을 멍하니 앉아 있던 동수는 방으로 들어가 편지를 한 통 꺼내왔다.

몇 달 전 엄마가 보낸 편지였다. 학교에서 돌아오는 길에 우체부 아저씨를 만난 동수는 기다리던 엄마의 편지를 받았다. 숨 한번 안 쉬고 집까지 뛰어온 동수는 떨리는 손으로 편지를 뜯어보았다. 익숙한 엄마의 글씨. 어느새 동수의 눈에는 아롱아롱 눈물이 맺히고 크리스마스 때 오겠다는 엄마의 약속은 꾸물꾸물 춤을 추었다. 편지 속에 들어 있던 얼마간의 돈을 보고 할머니는 언짢아하셨다. 그래도 그 날 저녁에는 상위에 고기가 올랐다. 그리고 오랜만에 텔레비전 연속극을 보며 할머니가 웃으셨다.

읽고 또 읽어서 이젠 너덜너덜해진 엄마의 편지. 엄마가 약속한 크리스마스는 벌써 지나버렸다. 크리스마스 날 동수는 대문 앞에서 엄마가 오기만을 기다렸지만 언 동수의 얼굴에 맺힌 눈물 속에는 유난히 붉은 십자가만 아른거렸다. 크리스마스라고 작은 마을도 들썩거렸지만 동수와 할머니는 밤새 한 마디도 하지 않은 채 크리스마스를 보냈다.

'엄마. 엄마, 언제 와? 엄마는 동수가 안 보고 싶은 거야?'

엄마 편지를 읽던 동수 눈에 금세 눈물이 맺혔다. 엄마가 꼭 올 거라고 믿었던 크리스마스가 지난 후 동수는 부쩍 눈물이 많아졌다.

'이젠 정말 엄마가 안 오는 걸까? 동네 할머니들 말처럼 엄마가 날 버린 걸까?'

눈물을 흘리던 동수는 까무룩 잠이 들었다. 울다 잠이 든 동수는 온몸을 감싸는 차가운 기운에 잠이 깼다. 몸이 덜덜 떨릴 만큼 차가운 비가 내리고 있었다. 맺힌 눈물 사이로 비가 내리치는 메리의 집이 보였다. 나무판자로 지은 메리의 집은 틈새로 들이친 비로 흠뻑 젖어 있었다. 동수는 담요를 꺼내 메리의 집 앞으로 갔다.

"메리야, 메리야아, 미안해. 미안해. 제발 나 미워하지 마아."

차가운 겨울비를 맞은 탓인지 며칠을 앓고 난 동수는 살이 쪼옥 빠졌다. 밤마다 엄마를 찾으며 우는 동수를 보며 할머니도 울었다. 바다 일로 거칠어진 손마디 마디에 눈물이 맺힌 할머니는 달력을 보면서도 울었다. 새해가 오는 게 못내 아쉬웠는지 동수는 1자 옆에다 커다랗게 3자를 그려놓았다. 동수네집 달력은 13월이었다.

'올해 크리스마스에 꼭 돌아갈게. 엄마가 우리 동수 좋아하는 선물 사 가지고……'

어찌나 많이 읽었는지 꾸깃해진 편지에는 동수의 눈물방울이 어지럽게 얼룩져 있었다. 할머니는 돌아오지 않는 동수 엄마가 미웠다. 동수 아빠가 죽은 게 동수 엄마 탓이 아니란 걸 알면서도 동수 엄마가 원망스러웠다. 동수 엄마가 억척을 부려 서울로 가지만 않았어도……. 편지를 든 할머니의 손이 바르르 떨렸다. 그저 어린 동수가 불쌍했다. 할머니가 앞으로 얼마나 더 바다 일을 할 수 있을지 아무도 장담할 수 없었다.

입술이 바짝바짝 마른 동수가 핏기 없는 얼굴로 제 엄마를 찾으며 울 때마다 할머니는 가슴이 바삭바삭 타들어가는 것만 같았다. 할머니가 모질게 해서 동수 엄마가 돌아오지 않는 건 아닐까 하는 생각이 들 때면 할머니는 가슴이 쿵쿵 내려앉는 것만 같았다.

며칠 새 홀쭉해진 동수를 놔두고 일을 하러 가는 할머니는 마음이 편치 않았다. 말수도 적어진 동수가 어떻게 되는 건 아닐지 할머니는 불안하기만 했다.

할머니가 나가시고 나자 동수 눈에서는 또 눈물이 흘렀다. 동수가 우는 걸 보면 할머니도 우실 테니까 할머니 앞에서는 눈물도 참았다. 흐르는 눈물 사이로 어슴푸레 달력이 보였다. 엄마가 온다고 약속했던 크리스마스가 벌써 한 달이나 지나 있었다. 이젠 정말 포기해야할지 동수는 알 수 가 없었다. 엄마가 자신을 버렸다는 사실을 동수는 믿을 수가 없었다. 아니 믿고 싶지 않았다. 엄마가 그럴 리 없었다.

어깨를 들썩이며 우는 동수를 나무라기도 하는 듯 밖에서 방문 긁는 소리가 들렸다. 순간 동수는 자신의 귀를 의심했다. 저렇게 방문을 긁는 건 메리밖에 없었다. 처음 방 밖으로 쫓겨나고 나서 메리는 며칠 동안 밤마다 방문 앞에서 지금처럼 문을 긁어댔다. 방에 들어가게 해달라고 낑낑거리며 방문을 긁어댔다. 다시 들어보아도 메리였다. 메리가 방문을 열어달라고 긁고 있었다.

방문을 활짝 열어 재친 동수의 눈이 커졌다. 방문 앞에는 메리가 물어다 놓은 메리의 새끼들이 눈도 못 뜬 채 꼬물거리고 있었다. 메리를 닮아 온몸이 솜사탕처럼 하얀 놈, 얼룩덜룩 점이 박혀 있는 놈, 까만 놈, 누런 놈. 모두 다섯 마리였다. 동수네 마루에서 빛이 나는 것만 같았다. 너무 보드라워서 미끄러질까 봐 만지지도 못하고 바라만 보고 있는 동수 주위를 맴돌며 메리는 컹컹 짖었다.

새끼들이 너무 예뻐서 바라보기만 하고 있는 동수 주위를 맴돌던 메리가 갑자기 우뚝 멈추어 섰다. 하늘에서 송이송이 하얀 눈이 내렸다. 솜사탕 같은 눈이 자꾸만 자꾸만 내렸다. 마당 안을 소복이 감싸안을 만큼 소리도 없이 자꾸만 내렸다. 눈도 못 뜬 메리의 새끼들은 눈을 맞고 칭얼거렸다. 새끼들을 괴롭히는 하얀 눈송이를 잡으려는 듯 메리는 경중경중 하늘을 향해 뛰어올랐다. 동수도 메리를 따라 경중경중 뛰어올랐다. 오랜만에 동수의 눈에는 눈물이 아니라 웃음이 맺혔다.

하늘 높이 뛰어 올랐던 동수는 머리에 새하얀 눈송이 모자를 쓰고 포르르 하늘을 나는 까치 가족을 보았다.

최형미 _ 1978년 서울에서 태어났다. 어린 시절부터 글쓰기에 관심이 많아 백일장에 나가 상을 받으며 작가의 꿈을 키웠다. 대학에서 국문학을 전공하고 취업 대신 등단을 목표로 습작을 하며 아이들에게 글쓰기를 가르쳤다. 2003년 어린이동산 중편 공모에서 「누가 우모강을 죽였을까?」로 최우수상을 받으며 등단했다. 이후 교원, 재능교육, 천재교육 등에서 논술 교재를 만들었다. 그 인연으로 동영상 강의와 EBS에서 실용글쓰기 강의도 했다. 그동안 『스티커 전쟁』, 『선생님 미워』, 『삥쟁이 선생님』, 『이런 아빠 저런 아빠 우리 아빠』, 『소문 바이러스』, 『시간부자가 된 키라』, 『사람부자가 된 키라』 등을 펴냈으며 열심히 작가가 되어가고 있다.

펑펑 울 수 있는 슬픈 이야기

나를 살린 글쓰기

어릴 때 전 잘 하는 게 없는 아이였어요. 뭐든 서툴고 실수가 잦았거든요. 지금 와 생각해 보면 늘 딴 생각에 빠져 있어서 지금 바로 그때 해야 할 일에 몰두하지 못했던 것 같아요. 그러다 보니 실수가 잦았고요.

학교에 입학해서도 마찬가지였어요. 며칠 만에 어머니를 학교에 불러가게 만들었지 뭐예요. 그 날 학교에 다녀오신 어머니의 실망한 표정을 아직도 잊을 수가 없어요. 다른 아이들은 모두 학교생활에 적응을 잘했는데 전 그렇지 못했거든요. 답답한 교실에 갇혀서 나이 든 선생님께 수업을 받는 것이 싫었거든요.

저는 바깥 운동장에 나가 멍하니 하늘을 바라보는 게 좋았고, 혼자서 가만히 바람을 맞으면서 시간을 보내는 것이 좋았어요. 그러다 보니 부모님께 혼날 일이 많더라고요.

학교에 입학하자마자 반장을 도맡아 하며 공부를 잘하던 오빠와 다른 저는 집안의 걱정거리가 되어버렸지요. 잦은 야단과 꾸지람은 절 주눅들게 했어요. 하지만 한편으로는 그럭저럭 견딜 만했어요. 한창 '소공녀

세라'나 '빨간 머리 앤'에 빠져 있던 저는 지금 생각하면 부끄럽고 우습지만 제 처지가 세라와 앤과 비슷하다고 생각하곤 했거든요.

세라와 앤이 속상한 일을 꿋꿋하게 이겨낸 것처럼 저도 슬픔을 이겨내는 저만의 방법을 생각해냈어요. 바로 혼난 후에는 다락방에 엎드려서 이런저런 공상에 빠져 속상함을 달래는 것이었어요. 그러던 저는 어느 날부터 공상을 공책에 끄적거리기 시작했지요.

그런데 우연히 2학년 때 글짓기 대회에서 상을 받게 된 거예요. 이름도 모르는 대상에게 편지를 쓰는 것이었는데, 나를 모르는 누군가에게 편지를 쓴다는 것이 어린 나이에도 꽤 매력적이더라고요.

처음으로 상을 받았다는 기쁨과 누군가에게 인정을 받고 칭찬을 받았다는 기쁨은 꽤 오랫동안 나를 행복하게 했어요. 더불어 나에게도 잘하는 일이 생겼다는 설레임과 함께 나중에 글을 쓰는 사람이 되어야겠다는 생각을 어렴풋이 갖게 되었지요.

그래서 자연스레 중·고등학교 시절부터 문학반 활동을 했고, 대학도 국문학과로 진학했어요. 교수님 한 분이 제가 쓴 글을 보고 동화를 써보면 좋겠다고 말씀하신 게 계기가 되어서 동화를 쓰기 시작했어요.

「13월의 크리스마스」의 창작 배경

사실 저는 동화창작을 따로 배운 적이 없어요. 대학에서도 국문학을 전공했기 때문에 실질적인 창작방법에 대해 배울 기회가 없었거든요. 대학 때 동아리로 소설 창작반 활동을 하긴 했지만 그때도 작품을 쓰는 것 보다는 읽는 것에 많이 치중했어요. 게다가 본격적으로 동화를 쓰기 시작한 것은 대학 졸업 후였기 때문에 사실 많이 막막했어요. 누군가의 조언이나 도움을 받을 길이 없었고, 함께 고민하며 글을 쓰는 문우조차 없었거든요.

모든 것이 답답하고 막막했지만 작가의 꿈을 포기하기는 싫었어요. 그래서 대학을 졸업한 후에 친구들이 사회생활을 시작할 때 전 회사에 취직을 하는 대신 아르바이트로 아이들을 가르치며 작가가 되기 위해 혼자 습작을 했어요.

작가가 되지 못하면 어쩌나 하는 불안감이 있었지만 지금 돌이켜보면 혼자 글을 썼던 그 시간이 꽤 행복했던 것 같아요. 하지만 모든 일이 그렇듯이 계획대로 되지 않는 것이 인생이기에 대학을 졸업한 첫 해에는 신춘문예에 응모할 만큼 흡족한 작품을 쓰지 못한 채 시간이 흘러갔어요.

아이들을 가르치면서 글 쓰는 것이 첫해에는 벅찼거든요. 이제와 고백하는 이야기인데, 사실 저는 그때 아이들에게 글쓰기를 가르칠 수 있는 교육을 받은 적이 없었어요. 정해진 교재도 없고, 정해진 커리큘럼도 없었던 거예요. 그런 상태인데도 아이들을 가르치겠다고 나섰던 거지요. 아무 것도 모르니 용감했던 것 같아요.

그런데 제가 커리큘럼을 만들고 교재를 만들어 가면서 아이들하고 수업을 하는 것이 너무 재미있고 즐겁지 뭐예요. 그때 동화에도 눈을 뜨게 되었어요. 대학 때 교수님이 동화를 써 보라고 하셨지만 동화에 대해 문외한에 가까웠거든요. 아이들과의 수업을 위해 닥치는 대로 동화를 읽으면서 동화가 무엇인지, 아이들의 마음이 무엇인지 어렴풋이 알게 되었던 것 같아요.

일 년 넘어 아이들하고 보낸 후에 이 작품을 쓰게 되었어요. 비록 당선되지는 못한 서툴고 조금 촌스러운 작품이지만 최종심에 올라 심사평에도 언급이 되어서 계속 작가의 꿈을 키워도 되겠구나라고 스스로에게 격려와 위안이 되어준, 제게는 매우 의미 있고 고마운 작품이었어요.

외로운 아이와 강아지가 우정을 나누는 이야기는 어떻게 보면 뻔한 이야기일 수도 있어요. 그런데도 전 이 이야기를 너무 쓰고 싶더라고요. 어느 날, 길을 걷다가 아이들이 강아지를 나무 꼬챙이로 찌르며 괴롭히는 모습을 보았어요. 아픈 강아지였는데 아이들에게 으르렁 거리며 위협하거나 하지 않고 고스란히 당하고 있더라고요. 그 모습을 보는데 마음이 너무 아프더라고요.

아마 그 아이들도 자신보다 강한 누군가에게 괴롭힘을 당했을지 모른다는 생각이 들기도 했어요. 그 모습이 계속 머릿속에 남아서 전 강아지와 아이에 대한 이야기를 쓰고 싶다는 생각을 했어요. 아이들이 강아지를 막 대하는 것을 보면서 강아지에게도 감정이 있고, 강아지도 주인을 미워할 수 있다는 것을 보여주고 싶다는 마음도 있었거든요.

독서지도사 과정이든, 동화창작 과정이든 정규 과정을 다녀본 적 없었던 저는 이 작품을 쓸 때도 특별한 창작방법론을 갖고 쓰지는 못했어요. 다만 아이의 마음을 실감나게 표현하려고 노력했어요. 그래서 아이와 강아지의 미묘한 신경전을 잘 표현하고 싶어서 동물이나 아이들이 나오는 텔레비전 프로그램과 작품을 찾아보며 도움을 받았어요.

또 함께 수업하는 아이들과 이야기를 많이 했어요. 생각보다 아이들이 이야기하는 것에 목말라 있더라고요. 부모님들이 바쁘다 보니 아이들의 이야기를 들어줄 시간이 부족했던 것 같더라고요.

아이들하고 수업 내내 이야기만 한 적도 있었어요. 정해진 커리큘럼이 없다보니 오히려 아이들에게 숨통이 트이는 수업 시간이 되었지요. 그때 함께 수업을 했던 아이들과 몇 십 년이 흐른 지금도 연락을 하고 있는 걸 보면 그 수업이 저에게만 도움이 됐던 것 같지는 않아 다행이에요.

슬픈 이야기를 찾아서
사람이 가진 수많은 감정 중 순위를 매길 수 있다면 아마 많은 사람들이 기쁨이나 행복의 감정을 1등으로 뽑지 않을까요? 사람이라면 누구나 행복해지고 싶어하고, 기뻐하면서 하루하루를 보내고 싶어하니까요.

물론 저도 행복하고 기쁘고 즐거운 것이 좋아요. 성격도 명랑하고 밝은 편이고요. 하지만 슬픈 이야기도 좋아해요. 또 슬픈 이야기가 살아가는 데 꼭 필요하다는 생각도 들고요. 말괄량이 삐삐처럼 신나고 즐거운 이야기도 재미있고 좋지만 가슴 아프도록 슬픈 이야기도 좋은 것 같아요. 코끝이 찡해지도록 슬픈 이야기를 읽고 펑펑 울고 나면 마음이 후련해지거든요.

어릴 때 빠져 있던 공상도 대부분 슬픈 이야기였어요. 어쩌면 부모님께 야단을 많이 맞아서 혼자 과잉 슬픔에 빠져 있었는지도 모르겠어요. 혼자 다락방에서 가난하고 쓸쓸하게 사는 소녀가 되었다고 상상하며 다락방에서 과자 한 봉지를 아껴 먹으며 하루 종일 지내기도 했거든요. 그런데 신기하게도 그런 상상에 빠져 있으면 괴롭기보다 상상 속 슬픔을 이겨내고 극복하면서 내가 본래 갖고 있던 슬픔이 좀 잦아드는 것 같다는 생각이 들지 뭐예요.

웃음에도 힘이 있지만 눈물에도 분명 힘이 있는 것 같아요. 눈물은 정직하고 착한 것 같거든요. 내 이야기, 내 일이 아닌데도 누군가의 아픔, 고통, 슬픔을 함께 느끼면서 자신의 일처럼 눈물을 흘린다는 것도 참 따뜻하고 아름답게 느껴지고요.

그래서 저는 이 작품을 쓸 때 이 작품을 읽은 어린이들이 동수와 함께 엄마를 그리워하는 애틋한 마음을 느끼고, 함께 울었으면 좋겠다는 생각을 했어요. 어린이들이 즐겁게 읽을 수 있는 작품도 좋지만 어린이들이 읽고 눈물을 흘리는 작품을 쓰고 싶다는 생각을 했거든요.

처음 이 작품을 쓰게 된 계기를 돌이켜 보면 동정심을 느끼지 못하는 아이들이 안타까워서였거든요. 아픈 강아지를 괴롭히면서도 강아지의 고통에 공감하지 못하는 아이들이 전 굉장히 안타까웠으니까요.

하지만 한편으로는 고민이 많았어요. 어린이들이 가슴 아픈 슬픈 이야기를 좋아하고 재미있어 할까 하는 생각이 들었거든요. 사실 지금도 그렇지만 그 시절에도 아이들이 부족함 없이 풍족하게 자랄 때라 다른 사람의 아픔, 슬픔, 고통을 잘 이해하지 못했거든요.

그런데 다행히도 이 작품을 읽은 어린이 친구가 동수를 생각하며 눈물을 흘렸다는 이야기를 들었어요. 그래서 전 앞으로도 기회가 되면 어린이 친구들이 펑펑 울 수 있는 슬픈 이야기를 쓰고 싶어요.

한 가지 더 바라는 것이 있다면 아이들이 슬픈 이야기를 읽고 동정하는 것에 그치는 것이 아니라 누군가의 슬픔을 공감하고 그 사람을 진심으로 응원하며 손을 잡아 줄 수 있는 따뜻한 마음을 갖게 되는 거예요.

나만의 동화창작법

동화창작 방법에 대해 늘 고민을 많이 해요. 저의 경우는 따로 배운 적이 없다는 콤플렉스도 크게 작용을 하는 것 같거든요. 늘 어떻게 해야 잘 쓸 수 있을까? 어떻게 써야 재미있을까? 굉장히 고민을 많이 하는 편이에요.

사실 글을 잘 쓰는 방법은 누구나 알고 있듯이 많이 읽고 많이 써 보는 거잖아요. 그런데 실제적으로 글을 쓰는 일을 업으로 삼고 살아가다 보면, 글을 잘 쓰는 방법을 알고 있어도 막막한 것이 많아요. 이번 작품이 좋다고 해서 다음 번 작품도 좋으리란 보장이 없는 것이 두렵기도 하고, 또 계속 신선한 아이디어와 간결한 문장을 유지해 번번이 좋은 작품을 써내는 것은 쉽지 않으니까요.

그래서 기본을 잘 지키려고 노력해요. 우선 많이 읽기에요. 그래서 매일 아침 인터넷 서점을 살펴봐요. 인문, 역사, 과학 분야의 신간을 살펴보고 많이 읽으려고 노력하거든요. 동화를 쓴다고 해서 동화책만 읽으면 시야가 좁아지는 것 같거든요. 그래서 다른 분야의 책을 의식적으로라도 많이 읽으려고 노력해요. 물론 신간 동화책이나 문학상 수상작들도 빼놓지 않고 읽으려고 노력해요. 신인의 패기와 신선함을 잃지 않고 싶거든요.

그 다음은 매일 쓰기예요. 하루에 세 시간 이상은 매일 글을 쓰려고 노력해요. 또 매일매일을 다이어리에 기록하고 작품을 쓰기까지의 계획을 상세히 적어둬요. 방법적으로는 추리기법을 많이 사용하려고 노력하는 편이고요. 추리소설을 좋아하기도 하고, 추리소설만큼 지루하지 않고 흥미진진한 이야기를 쓰고 싶거든요. 그래서 이야기를 구성할 때 긴장감을 갖도록 장치한다거나 독자들이 계속해서 뒷이야기를 궁금하게 만들려고 노력해요.

마지막으로 평소 어린이들을 만날 기회가 있으면 다가가 귀를 기울이는 편이에요. 어린이들의 마음을 실감나게 잘 표현하고 싶거든요.

좋은 문학 환경을 기대하며

어린 시절부터 꿔왔던 작가의 꿈을 이루어서 사실 굉장히 행복한 편이에요. 작가는 되는 것이 아니라 되어가는 것이라고 누가 그러더라고요. 그래서 저는 작가였던 사람으로 그치는 게 아니라 오래도록 글을 써서 작가가 되어가는 삶을 살고 싶어요.

그런데 현실은 안타까운 면이 많지요. 어린이들이 학습 때문에 목적을 갖고 독서를 하다 보니 독서의 폭이 좁을 수밖에 없어요. 또한 실제 책을 구매하는 사람이 독자인 아이들이 아니라 부모님이기 때문에 창작동화보다는 학습에 도움이 되는 책을 사주어야 한다는 생각을 많이 갖고 있어서 창작 시장이 활성화되지 못하고요. 독자들이 더 다양한 분야의 책을 읽을 수 있는 환경이 되어야 작가들도 더 다양한 작품을 쓸 수 있을 텐데 그렇지 못한 현실이 때론 안타깝게 느껴져요. 이런 현실들이 좀 바뀌어 작가들이 더 좋은 환경에서 창작 활동을 해나갈 수 있었으면 좋겠어요.

실과 바늘 외 5편

김숙분

실과 바늘은
딱 붙어 다녀요

바늘이 천에서 쏘옥 나오면
실도 따라서 쏘옥 나와요

하지만 실은 한 땀 한 땀
옷감 속에 남아야 해요

한 땀 한 땀
헤어지는 연습을 해야 해요.

철조망과 나팔꽃

철조망 손엔
가시가 돋쳐 있었습니다.

'다칠라…'
모두 다 인상을 쓰며
그 앞을 지나쳤습니다.

철조망은
외로웠습니다.

어느 따스한 봄날
조그맣고 여린 손이
철조망을 꼬옥 붙잡았습니다.

나팔꽃
덩굴이었습니다.

"넌 내가 무섭지 않니?"
"당신이 아니었다면 난 일어설 수 없었어요."

철조망은
다른 손도 내밀었습니다.

못

못은 망치에
얻어맞는다

고통을
이겨내며
벽에 조금씩 박힌다.

그때 비로소
못은
힘을 갖는다

무거운 액자와
시계를
거뜬히 든다.

마침표

마침표
아름다운 시작이다.

시든 꽃이 떨군
마침표
까만 씨앗
꽃이 피어난다.

돋보기로 모은
해님의 마침표
까만 점에서
다시 해님이 뜬다.

쇠똥구리

알맞게 동글동글
예쁘게 동글동글

쇠똥구리는

쇠똥 먹고
쇠똥에 알 낳고
쇠똥 속에서 살지.

쇠똥구리는
절대 똥을 더럽다고 안 하지
먹는 것이니
절대 장난도 안 치지.

아버지

날이 밝으면
논 가운데서
벼 이삭 달래시던 아버지
하루하루 쑥쑥 자라던
대견스런 자식들

감자밭에 가시면
"아버지, 답답해요.
나가고 싶어요."
보채는 어린것들을
흙손으로 토닥토닥

저녁 무렵에야
옷 흠뻑 젖어
돌아오시던 아버지

잠든 우리 몇 남매
가슴속에
달빛 젖은 울타리로
누우시어

한밤 내내
가슴 반쪽은
깨어
주무시던 아버지

김숙분 _ 1959년 서울 출생했으며 아버지의 영향을 받아 이른 나이에 문학을 접했다.
세계와도 같았던 아버지를 일찍 여읜 후 강원도 산간벽지에서 2년간 교사생활을 하였
다. 그곳에서 아이들을 사랑하고 싶은 마음에 자연과 아이들을 노래한 동시를 쓰기 시
작했다. 1986년 계간 『아동문학평론』에서 신인상을 받으면서 본격적으로 작품을 발표
했다. 은하수동시문학상 대상을 받은 『해님의 마침표』(21문학과 문화, 2002)를 시작
으로 『산의 향기』(아동문예, 2005), 『쇠똥구리는 똥을 더럽다고 안 하지』(가문비,
2006) 등의 동시집을 냈다. 이어 2007년 『아동문학평론』 신인상에 당선하면서 동화
작가로 등단했고 이후 동화집 『숲으로 간 고양이』(가문비, 2005), 『숲이 된 연어』(가
문비, 2006), 『여우야 여우야 어디 있니』(가문비, 2007) 등을 냈다. 현재 도서출판 가
문비출판사 대표로 있다.

자연과 아이들을 위한 노래를 지으며

동시의 시작

아버지가 일본 유학을 하실 때 소설을 쓰셨다고 해요. 나중에 사업가가 되셨지만 아버지는 여전히 문학도였고, 나는 그런 아버지에게 영향을 많이 받았습니다. 아버지께서 책도 많이 읽어 주시고 글도 써보라고 했기 때문에 이른 나이에 문학을 접했습니다. 아버지는 일찍 돌아가셨습니다. 하지만 종교적 기능을 대신하는 존재로 남아 언제나 나의 마음을 어루만져주고 계셨지요. 내 작품은 그것에 대한 하나의 보은 행위라 할 수 있습니다.

1986년『아동문학평론』여름호에 당선될 당시에도 마치 사명감을 받은 사람처럼 꼭 쓰고 싶었던 것은 아버지였어요. 아버지와 함께 살던 행복한 순간들이, 그리고 아버지를 잃었을 때의 불행한 결핍들이 여전히 나의 무의식을 지배하고 있었던 것 같습니다. 그 시절 '아버지'를 노래한 시들이 유난히 많았던 것은 그런 이유 때문인데, 그 당시 글쓰기는 나에게 치료의 의미였지요. 나에게 아버지는 세계였고, 「아버지」 작품은 내 곁에 늘 함께 계시는 아버지에 대한 그리움을 표현한 동시입니다.

아버지를 여의 후 벽지의 여교사로 근무하면서 참으로 오랜만에 세상을 아름답다고 느꼈어요. 산으로 둘러싸인 조그마한 마을은 온통 침묵의 생명체들이 밤 내내 써내려간 시였지요. 시인은 누구일까? 시인을 알아내는 것은 나의 몫이었지요. 나에게 그 무엇이 있다는 그것으로 세상을, 그리고 아이들을 사랑하고 싶었고 그래서 나는 동시를 썼어요. 그때 내가 쓴 동시들은 대부분 자연과 아이들을 노래한 것들이었어요. 역사성이나 시대성을 담으려고도 안 했어요. 젊은 날의 그 자연이 없었다면 제 아무리 대단한 것을 이룬다 해도 소용이 없다는 생각이었지요. 그러한 신념으로 「꿈」, 「산」, 「가로수」와 같은 동시를 썼고, 등단도 했지요.

동시의 창작 과정

「철조망과 나팔꽃」은 스스로 소외되었다고 생각하는 사람이 실은 도리어 다른 사람에게 큰 힘이 되는 존재가 될 수 있다는 생각을 담아본 동시입니다. 이 세상 모든 사람이 그렇다고 할 수 있지요. 별것 아닌 존재가 누군가에게는 생명의 밥이 될 수 있는 것이지요. 저 또한 이 동시에 등장한 철조망 같은 신세라며 외로움을 느낀 적이 있어요. 그때 '철조망이 나팔꽃을 일으켜 세우는 시'를 쓰게 되었고 그로써 제 마음을 다스리게 되었습니다.

「실과 바늘」은 서로 한몸처럼 붙어 다니는 실과 바늘이지만 언젠가는 이들에게도 이별이 올 수 있다는 생각에서 비롯된 작품입니다. 그러니까 우리 모두 서로 실과 바늘의 관계이면서도 실은 '헤어지는 연습'을 하는 관계라 할 수 있지요. 그것은 인생의 순리를 받아들이는 일이기도 하지요. 저에게 동시는 이렇게 사색을 통해 깨달음을 얻는 과정입니다.

「못」은 고통을 이겨내고 무거운 액자와 시계를 거뜬히 들 수 있는 힘을 갖게 된 못의 일생을 담은 동시입니다. 하찮은 것에 내재된 위대함이랄까 하는 것을 표현하고 싶었지요. 이 세상 모두에게는 역할이 주어집니다. 그래서 소중한 존재가 됩니다.

내 문학에 크게 영향을 준 것은?

좋은 시집은 모두 저의 스승이고 멘토입니다. 지금도 그렇고 영원히 그럴 것입니다. 그 중에서 특별히 윤동주 시인은 더욱 나의 스승이시며, 그의 작품집을 최고의 시집으로 꼽고 싶습니다. 편안하게 읽히면서 의미를 포함한 시를 좋아합니다. 우리에게 신은 마음이라는 공명판을 선물해 주셨습니다. 나와 모든 사람의 공명판이 함께 울리는 시를 써야 한다는 것이 제 소신입니다. 이 말은 독자에게 친절해야 한다는 뜻도 포함됩니다.

동시를 쓰는 생활에 대해

시를 쓰면 존재의 의미를 발견하게 되어 행복합니다. 반대로 존재의 의미를 발견함으로써 시를 완성하기도 하지요. 그러므로 작품이 한순간에 이루어질 리 없습니다. 사색하고 관찰하며 존재의 본질을 찾아갑니다. 그것이 시를 쓰는 과정입니다. 아무래도 밤에 홀로 있을 때 시상이 가장 잘 떠오르는 것 같습니다.

그러나 저는 동시작가로서는 '동심'이 부족하다는 생각을 가지고 있습니다. 이건 거의 죄책감 수준인데, 제가 출판사를 운영하면서 문학성 높은 작품을 찾아 예쁘게 포장해 세상에 내놓고 있는 것도, 또 작년부터 일주일에 하루 한 부모 또는 조부모와 사는 소외층 어린이를 직접 가서 만나는 일을 하게 된 것도 이런 까닭이라 할 수 있어요.

동시를 쓰려는 사람들에게

동시는 인생에 대한 새로운 발견이며, 나의 마음을 흔드는 숭고한 예술 그 자체입니다. 동시작가는 어린이가 함께 읽을 수 있는 시를 써야 합니다. 그러려면 마음이 가난해져야 합니다. 모든 것을 가지려 하지 말아야 합니다. 그냥 동시 그 자체를 가치 있고 소중하게 여겨야 합니다. 그래야 행복하게 동시를 쓸 수 있습니다.

박덕규
동화는 어떻게 단련되는가

이은주
지금, 여기의 그림책

제3부
아동문학의 새로운
시각

동화는 어떻게 단련되는가

박덕규

지금 동화는 이 세상 어디에 서 있나

어른문학 전공자로서 아동문학의 중요성을 강조하는 이유는 여러 가지지만, 설명하기 쉽게 말하면 이런 정도에서 시작할 수 있겠다.

— 아동문학을 원하는 세상의 기대는 폭발적으로 상승하고 있는데, 아동문학은 양과 질 면에서 아직 한참 뒤지고 있다.

아동문학 작가들은 이 말이 좀 섭섭할지도 모르겠다. 어른문학의 처지와 비교해 보자. 이 세상은 기존의 어른문학에 대해서는 기대감이 그리 높지 않다. 이 세상이 주로 기대하는 것은, 문자로 써서 그 자체로만 수용되는 문학작품이 아니라 실은 읽힐 수도 있고 들릴 수도 있고 보일 수도 있고 맛볼 수도 있고 공부할 수도 있고 체험할 수도 있는, 그런 다양한 문화체험의 매개물로서의 문학작품이다. 그것은 전통적인 문학 양식이 아니라도 상관이 없고, 따라서 만화나 영화, 뮤지컬이나 드라마 등과 마찬가지 지위의 문학작품이면 되는 것이다. 가령, 어른문학 중에서 대중에게 각광을 받아온 창작소설의 경우, 여전히 생산량도 많고 찾는 사람도 많지만, 그 생산과 수요의 과정에 드는 노역에 대한 대가는 문화

산업적인 요소가 강한 다른 장르의 문화예술 창작품에 비해 아직도 상대적으로 미미한 수준이고 시장의 영역 확장(예를 들어 해외 수출이나 2차 저작권의 발생)도 예상하고 기대한 만큼 그리 원활하지도 않다. 이 말은 또한 어른문학 작가들의 반발을 살지도 모르겠는데, 서기 2000년을 전후해서 영화, 드라마, 뮤지컬, 게임 시장이 얼마나 넓어졌는가를 소설과 비교해 감안해 보고 오해를 풀기 바란다.

반면 아동문학은 그 동안 어른문학이 주도한 문학 범주에서 벗어나 있어서 줄곧 인식적 소외를 겪으면서도 수요층은 놀랄 정도로 크게 확장되어 왔다. 특히 창작동화의 경우 보편적인 독자층에 읽히는 것 외에도 학교의 공교육 과정에서나 학원 등의 민간 기관에서 인성 교육, 언어 교육, 논술 교육, 답사와 실험을 위한 텍스트로 활용 빈도를 높여 왔다. 확장된 수요층은 창작에도 영향을 미쳐 최근 우리의 창작동화는, 초등학교 저학년용, 고학년용 동화, 유아들과 저학년 층을 주 독자층으로 한 그림동화, 고학년이나 중학생 층을 주독자층으로 한 성장동화 등으로 대상층도 세분화되고, 생활동화 · 철학동화 · 서정동화 · 역사동화, · 과학동화 · 생태동화 등으로 테마 면에서도 매우 다양해졌다. 당연히 작품량도 급상승되었다. 최근 몇 년 사이에 아동문학 출판이 도리어 힘겨워졌다고 고백하는 출판사도 많아지긴 했지만, 상대적으로 기획의 다양화 자체가 어려운 어른 창작문학에 비해서는 이런저런 유형의 창작물이 끊임없이 요구되고 있을뿐더러 실제로 시장 규모도 날로 상승하고 있다는 점을 부정할 수는 없다.

다시 간단하게 줄이자. 아동문학은 시대가 원하는 문화적 생산물이다. 문학이 진정으로 인류에게 필요한 것이라면, 시대가 원할 때 그 인류를 위해 질 높은 작품으로 보답을 해야 한다. 그런 인류사적 요청에 답하기 위해, 기성작가들이 분발해야 함은 말할 것도 없고, 앞으로 쓸

작가, 아동문학의 독자나 비평가, 교육가, 출판 기획자, 편집자, 일러스트레이터까지 더욱 분발해야 한다. 오늘 우리가 지난 1년 동안 발표된 중단편 동화를 대상으로 올해의 작가상을 선정해 축하하고 격려하는 한편으로, 선정된 작품을 중심으로 이즈음 동화에 대해 점검해 보려는 것도 이러한 분발을 촉구한다는 의미와 바를 바 없다고 본다.

왜 중단편 동화를 주목하는가

아동문학은 다른 장르에 비해 수요자 지향적인 문학이다. 독자들은 아동문학을 문학작품 그대로 대한다기보다, '책 한 권'으로 대하는 편이다. 시보다 소설이, 단편소설보다 장편소설이 독자 지향적이듯, 아동문학 중에서도 동화, 그 중에서도 책 한 권으로 엮이는 동화가 독자 지향적이다. 오늘날 장편동화가 아동문학계의 주종을 이룬 까닭도 이와 관련돼 있다. 어른문학 작가들이 단편소설에서 충분한 훈련을 거쳐 주로 장편소설을 원하는 문학시장으로 뛰어드는 것에 비해 동화작가들은 그런 점에서는 상대적으로 훈련 과정을 거칠 시간도 적고 그럴 필요도 별로 느끼지 않는다. 문예지에 발표하면서 전문 독자, 대표적으로 비평가에게 단련되는 어른문학계에 비하면 아동문학계는 그런 절차나 관행도 별로 없다. 집필과 더불어 곧바로 독자를 만나게 된다는 점에서 동화는 어른문학의 소설에 비해 축복받은 장르이지만, 주로 독자의 취향에 단련될 가능성이 높다는 점에서 소설에 비해 '미학으로서의 문학'이나 '철학이나 사상으로서의 문학'으로 격상되기는 어려운 점이 많은 매우 불행한 장르일 수도 있다.

오늘 우리가 분량으로 볼 때 '책 한 권'으로 시장에 곧바로 나가기가 쉽지 않은 중단편 동화를 주목하는 일은 따라서 그 동화의 보편적인 가치를 분석적으로 이해한다는 기본적인 취지 외에 동화의 미학성·철학성·사상성 따위를 잣대로 내세워 검증하고 단련시켜 보겠다는 뜻이 포함돼 있다. 평자 나름의 가치관으로 작품을 검증하고 단련시키는 비평 행위는 교조주의(敎條主義)로 빠지기 쉬운데, 사실 그럴 위험성도 없지 않다. 단, 오늘 이 교조주의성(性) 비평은 그 목적이 어디까지나 궁극적으로 앞으로 무수한 '책 한 권'들에 검증의 시간과 방법을 구해 주자는 데 있다. 그런 점에서는, 동화는 참 다행스런 장르임에 틀림이 없다. 어른문학에서는 시장에 내놓기 위해 비평하는 게 아니라 문학 그 자체를 위해 비평해서 도리어 문학이 시장에서 소외되게 만든다는 비난을 감수하고 있는데, 동화는 여전히 시장에 내놓을 문학을 위해 비평을 받고 있지 않은가.

제1회 '올해의 작가상'에 뽑힌 작품들은 짧은 건 4,000자, 긴 건 1만 3,000자 정도의 길이로 200자 원고지 기준으로 치면 모두 80장 이내의 동화이다. 이 작품들의 작중 이야기의 공간 배경은 학교나 교실 아니면 집이나 집 주변이고, 그에 따라 이야기의 주된 줄거리도 교실이나 아니면 집 주변에서 일어날 수 있는 일이거나 그런 일을 바탕으로 상상력을 펼친 사연이다. 주제도 일차적으로는 이에 걸맞게 성장기의 갈등·이별·취미 생활·이웃간의 갈등과 화해 등 보편적인 내용이긴 하지만, 그 내용이 한편으로는 학교환경(김기정), 도시빈민(김민령), 스타 신드롬(정은숙), 독거노인(이용포), 집단 따돌림(김영혜), 장애(진은주) 등 21세기 들어 더욱 심각하게 부각돼 있는 사회 이슈에 연계되기도 한다. 또 기술상으로는, 일어나고 있는 사실을 본 대로 기술하는 소위 전통 리얼리즘 기법을 기본으로 해서 특별히 우화(김기정), 판타지(조영희) 등의 방법이 동원되는 작품도 있다. 이번에 선에 들지 않은 다른 중단편 동화들도 대개는 이런 범주에서 함께 얘기할 수 있는 내용인 것으로 판단된다.

이야기를 맡겼으면 그 책임을 물어라

이들 7편이 각각 안정된 서술, 개성적인 주제 표출, 독특한 상황 전개 등등 나름대로 장점을 인정받은 셈인데, 굳이 오늘 이와 같은 자리를 마련한 것은 다시 말하거니와, 그런 중에도 이들이 보다 높은 수준의 작품이 될 수도 있지 않았을까 하고 궁구해 봄으로써 해당 작가에게는 물론이고 동화계에 함께 있는 여러 작가나 관련인들이 좋은 동화를 위해 더 깊이 생각하고 점검해 볼 수 있는 계기를 만들기 위함일 것이다. 아니, 이 일은 어쩌면 흔히 해온 동화평론과 전혀 다를 바 없을 터인데 굳이 따지자면 소설과 같은 어른문학에 대한 창작론적 관점의 비평을 동화에 적응해 보는 정도라고 말할 수 있겠다.

소설을 평가하는 잣대로 내세우는 '화자' 이야기로 우선 꺼리를 만들어 보자. 이용포의 「버럭 할배 입속에는 악어가 산다」(『창비어린이』 2006 겨울)의 화자는 버럭 할배의 틀니를 악어라고 믿고 있는 다섯 살배기 동생 환이에게 그게 사실이 아니라는 걸 증명하려는 '나'이다. 엄마는 버럭 할배를 "버려진 꽃을 돌봐" 주시는 등 좋은 일을 하는 이웃이라 했지만 '나'에게 버럭 할배는 "아이들 흠이나 잡고 늘어"져 버럭 버럭 소리 지르는 "잔소리꾼! 참견쟁이"일 뿐이다. 버럭 할배 입에서 악어가 나오는 악몽을 꾼 나는 우연히 버럭 할배 아파트 안을 들여다보다가 틀니를 훔치러 그 집에 잠입하게 된다. 그런데 마침 밖에서 놀던 환이가 넘어져 무릎을 다치자 버럭 할배가 뛰어나가 환이를 데리고 들어와 무릎에 약을 발라주며 정성껏 보살핀다. 그 일로 환이와 나는 버럭 할배에 대한 오해를 풀게 되고 버럭 할배 집에 놀러 갈 수 있는 이웃이 된다.

아파트 촌에 사는 아이들이 혼자 사는 투박한 이웃 노인의 진정한 마음을 알고 친구로 받아들이는 과정이 생생하게 담긴 작품이다. 특히 꿈 속에서 만나는 악어와 버럭 할배 이야기는 이 작가의 재치와 상상력을 잘 입증해 준다. 그런데, 이 작품에서 '나'가 버럭 할배의 틀니에 이끌려 버럭 할배 집에 숨어 들어가 있는 상황을 다시 주목할 필요가 있겠다. 그 대목은 동화 전체 분량의 반 가까이 차지하고 있고, 일어난 시간에 비해 서술 내용도 많고 세세하다. 환이가 다치고, 다친 환이를 버럭 할배가 데리고 와 약을 발라주는 동안 '나'는 줄곧 버럭 할배 집 안에 숨어 있다. '나'는 숨어서 몰래 틀니를 훔치려 했고, 버럭 할배한테 붙들려 들어온 환이를 구하기 위해 (실제로는 환이 무릎에 약을 발라 주기 위한 것인데 이를 오해하고) 버럭 할배에게 지팡이로 가해하려까지 했고, 환이가 집으로 돌아간 뒤 버럭 할배가 언젠가 올지 모를 환이를 위해 과일을 사러 나간 사이에서야 그 집에서 나오게 된다. 즉, '나'는 버럭 할배를 친하게 지낼 이웃으로 받아들이는 과정을 그 짧은 시간에 숨어서 모두 겪어 내고 있는 것이다.

왜 이런 '나'를 지목하는가 하면, '나'의 이 체험이 동화 전체의 스토리 전개에 비해 너무 과장되어 있다는 생각에서다. 틀니를 훔치려 한 것만도 아주 큰 사건인데, 거기서 또 (다른 누구도 아닌) 동생 환이가 다친 걸 보게 되고 환이가 버럭 할배와 친하게 되는 과정을 보게 되었을 뿐만 아니라, 게다가 환이가 실제로 놀러 오게 된다 하더라도 올지 안 올지 알 수 없는 줄 잘 알고 있을 버럭 할배가 환이를 위해 과일을 사러 가는 것까지도 경험하고 있지 않은가. 다친 아이가 동네의 다른 친구이고, 버럭 할배가 잘 대해 주는 걸 보고도 환이가 울며 도망했다거나 하는 스토리가 아니라, 별 행동도 취하지 못하고 꼭꼭 숨어 있어야 하는 '나'의 체험으로 이처럼 직접적이고 구체적인 내용을 감당하게 하면서 너무나도 확연한 주제 표출까지 해내야 했던 것이다.

'나'가 할 수 있는 이야기는 어디까지일까

정은숙의 「빰빠라밤! 우리 동네 스타 탄생」(『동화읽는가족』 2006 봄)은 우연히 텔레비전 드라마 촬영을 하게 되어 들뜬 도시 변두리에 있는 우리 동네 분위기를 생생하게 그려내고 있는 작품이다. 조연으로 발탁된 수정이에게 뒷바라지는커녕 격려도 하지 않는 수정의 새엄마와, 끈질기게 드라마 감독을 설득해서 미나를 출연시키는 미나 엄마, 갑작스럽게 텔레비전에 나오게 되어 마음이 들뜬 동네 사람들 등등의 면모를 며칠 동안 보고 듣고 있는 화자 '나'는 이 드라마에서 단역으로 출연하게 된 진아의 오빠다. 동화는 주로 촬영장을 중심으로 텔레비전 드라마 출연을 경험하고 있는 수정이와 미나의 행동과 그를 둘러싼 그 가족들과 이웃들의 태도와 관심을 다루고 있다. 이렇게 촬영된 드라마는 불우한 환경에 놓인 수정이를 응원한 '나'의 기대대로 조연 역을 맡은 수정이 스타로 돋보일 만큼 활약한 장면이 나오는 것으로 확인된다. 대신 진아는 물론이고 촬영 내내 욕심을 부린 미나 또한 단역으로 비쳐진 정도에 그쳤고, 동네 사람들은 텔레비전에 처음 출연한 '스타'의 기쁨을 누린다. 이 작품은, 대중매체에 일희일비하며 살아가는 대중문화소비시대의 세태를 잘 드러낸, 굳이 이름을 붙인다면 '세태동화'로 분류될 수 있겠다.

여기서도 역시 '나'를 지목하게 되는데 그것은, 동화에서 전개되는 모든 이야기를 전달하는 화자로서의 '나'의 역할에 대한 질문을 하고 싶어서이다. 우선 '나'는 어째서 촬영 현장에 어김없이 가 있을 수 있으며, 동네 아주머니들이 쑥덕거리는 수정엄마에 대한 사연까지 다 귀담아 들을 수 있었을까. 물론 동생 진아가 단역으로 출연을 한다는 명분도 있고, 수정이를 좋아하는 마음도 드러나 있기도 하며, 엄마가 '나'에게 두부를 사러 보냈다거나 해서 그 타당성을 부여받기는 했다. 그러나 '나'는 학교에 다니는 학생일 뿐만 아니라, 수정이에 대한 관심 외에는 드라마 촬영에 당초부터 크게 신경을 쓸 만한 처지도 아니었다. 게다가, 나중에 드라마에 우리 동네가 가난한 동네로 나와 "집값 떨어지게 생겼다"고 푸념하는 세속적인 욕망을 지닌 엄마의 아들이다. 즉, 촬영 얘기를 시시콜콜 모두 다 보고 듣고 말할 수 없는 상황이다. 여기에, 단역뿐 아니라 조연까지 동네 사람 중에서 뽑아 촬영하게 된 드라마 제작상의 여건 따위까지 어떻게든 '나'의 상황에서 모두 수렴해야 했기 때문에 화자 '나'는 전체적으로 혼자 짊어지기에는 너무 많은 이야기를 이끌고 나가야 했던 것이다.

발달장애를 겪고 있는 '천타'라는 이름의 아이 '나'를 주인공으로 하고 있는 진은주 「천타의 비밀」(『동화읽는가족』 2006 여름)을 보자. 여덟 살인데도 극심한 시신경 장애에다 오줌을 바지를 다 내리고 서서 누는 등 해서 학교에서 지도를 포기하는 바람에 집에 지내게 되면서 여덟 살인 걸 비밀로 하고 일곱 살로 속이고 사는 '나'는 어느 날 병원에서 '발달장애'라는 진단을 받게 된다.

"발달장애요? 신경계 발달이 늦다고만 알고 있었는데요?"
"그리 걱정하지 않으셔도 됩니다. 유아기 때는 시각을 통해서 사물을 인지하는 것이 아주 중요합니다. 시력이 나빠 사물 인지 능력이 떨어지면 다른 감각 기관들과의 고른 발달이 힘들게 되고, 그런 문제로 또래 아이들보다 말이 늦거나 하는 문제들이 발생합니다. 운동 신경도 마찬가지고요."
엄마는 또 나를 바라보는 것 같았습니다.

이 동화는 '나'가 자신이 겪는 이야기를 들려주는 이른바 1인칭 주인공 시점, 즉 1인칭 주인공 '나'가 자신이 겪은 이야기를 직접 드러내는 방식을 취하고 있다. 그런데, 그 1인칭 주인공이 자신의 인식 범위 밖의 것을 서술상으로 드러내야 할 경우 그 '나'는 어떤 태도를 유지해야 하는가 하는 의문을 들 때가 생긴다. 위 인용문의 상황에서 천타 '나'는 과연 자신을 발달장애라 설명하는 의사의 말을 얼마나 제대로 인식하고 있었을까? '나'가 제대로 인식할 수도 없는 일일 텐데 그 '나'는 그것을 서술로 옮길 수 있는 지위를 어떻게 보장받았던 것일까? 이럴 경우 어른문학인 소설에서 그러하듯 가령, 의사는 많은 말을 했지만 '나'는 '발달장애'라는 말밖에 생각이 나지 않아 그 말을 여러 번 되새김질해 보는 것으로 설정해서 '발달장애'라는 '나'의 병을 결국 독자도 타당성 있는 정보로 수용하게 되는 과정으로 엮어갈 수 없었던 것일까.

명쾌한 논리로 논리를 넘어서라

김기정의 「두껍 선생님」(『창비어린이』 2006 봄)은 이검지라는 아이가 굼뜬 걸음으로 학교에 가다가 느릿느릿 어딘가로 가고 있는 두꺼비를 만나는 데서부터 시작한다. 두꺼비가 학교에 간다고 생각한 검지는 두꺼비를 잽싸게 가방에 넣어 학교로 데리고 간다. 검지가 간신히 친해진 선생님(이종달)이 출산휴가를 간 뒤 새 선생님이 오시는 것에 대해 걱정하는 걸 알게 된 두꺼비는 선생님들의 출근을 방해해 지각하게 하는 소동을 벌이고, 동료 두꺼비들과 함께 선생님으로 변신해 아이들에게 자연과 더불어 놀게 해주고 사라지는 이야기로 마무리된다. 비록 한나절도 안 되는 시간 동안이지만 두꺼비가 선생님이 되어 그 동안 학교라는 제도의 울타리 안에서만 지내던 아이들에게 두꺼비가 마음껏 뛰어노는 자연의 세계를 경험하게 한다는 스토리가 그 자체로 참신하거니와, 눙치는 사투리 말로 시치미 떼는 두꺼비의 표정을 아주 당당하게 살려내고 있어 이쯤이면 '한 편의 성취'라고 봐도 좋을 작품이 아닌가 한다. 특히, 선생님이 된 두꺼비가 아이들을 자연 속에서 뛰놀게 만드는 다음과 같은 대목은 참으로 탁월하다.

연필에서 싹이 돋아나기 시작했거든요. 책상에는 풀빛 이끼가 끼었고 교실 바닥은 찰방찰방 물이 찼으며, 교실 벽에는 넝쿨들이 뻗어갔답니다.

검지는 깜짝 놀라 둘레를 돌아보았어요. 그랬더니 아이들이 하나둘씩 점점 바뀌어가는 게 보였고요. 팔뚝만한 메기가 되기도 했고, 펄쩍 뛰는 개구리, 물 위를 사뿐거리는 물방개, 하늘거리는 잠자리, 몇몇 아이들은 손에서 이파리가 돋더니 이내 커다란 나무가 되기도 했어요.

검지만 빼고서요.

궁짝궁짝 엉덩이춤을 추던 선생님은 고개를 갸웃거렸어요.

"호옹?"

선생님은 펄쩍펄쩍 뛰어서 검지 앞으로 다가왔어요. 그리고 검지를 가만 내려다보았답니다.

"메기는 헤엄치고, 개구리는 폴짝이고, 물방개는 오르락내리락, 나무는 드리우고, 풀잎은 우거지고, 꽃은 피고 하는거당?"

검지는 뾰로통한 얼굴이었지요.

〔…중략…〕

바로 그때였어요. 검지 어깻죽지가 간질간질하더니, 샛노랗고 예쁜 날개가 돋았어요. 목구멍에서 뭔가 울컥 튀어나올 것 같았지요. 검지는 막 위로 솟구치고 싶은 느낌이었어요.

어느새 검지는 교실 안을 날아다니고 있었답니다. 샛노란 꾀꼬리로 말이에요.

"히야, 비 오는 날 꾀꼬리 날면 참 멋지다야!"

선생님은 손을 쭉 뻗어 방방 뛰었어요.

교실 안은 커다란 늪이 되고 말았어요. 울창한 나무 사이로 수풀이 우거지고, 찰방찰방 물이 고이고, 온갖 짐승들이 뛰고, 날고, 헤엄쳤답니다. 그 한가운데서 선생님은 아주 흐뭇한 얼굴로 구경하였고요.

이런 작품이 전해 주는 우화적인 세계 속을 마음껏 유영해 보는 것이 상책이겠는데, 그래도 기왕이면 하고, 오늘의 취지에 따라 욕심을 좀 부려보기로 하자. 사소하다면 사소하다고 할 수 있는 두 개의 의문부호만 그려본다. 하나는, 첫 장면에서 두꺼비가 검지에 앞서 먼저 학교로 가고 있었던 것이 검지가 새로 오시는 선생님이 자신을 안 좋아할 것을 염려하고 있다는 걸 모른 채였다면 이 동화가 '의도된 스토리'로 비치지 않을까? 다른 하나는, 두꺼비들의 방해로 출근을 제때 하지 못한 선생님들이 후반부에 학교에 당도하는 시간이 일정할뿐더러 선생님들이 그런 방해를 받아 "거리가 차들로 꽉" 막히는 동안 학생들이나 교장 선생님은 어째서 아무 무리 없이 모두 학교에 와 있을 수 있었을까?

도서관에서 찾고 있던 책을 화장실의 빗자루로 변신해 있던 도깨비한테서 찾아내고 그 도깨비와 친해져서 도깨비가 안내하는 책나라로 여행하게 되는 이야기를 담고 있는 조영희의 「책을 돌려주세요」(2007 『서울신문』 신춘문예)도 주목을 요하는 작품이다. 다만, 이 작품만의 과제가 아니라 '판타지' 성향을 띠는 많은 동화들이 그러한데, 그 '판타지'에 어떤 개연성을 불어넣을 수 있는가 하는 의문에 대한 해답을 찾아야 하지 않을까 한다. 가령, "변기 속에 빗자루를 넣는 순간, 빗자루는 사라지고 커다란 갈색 도깨비가 나타났어." 할 때, "손에 든 빗자루"에서 "갈색 도깨비"로 모양이 바뀌는 주인공(진서)의 체험을 더욱 실감날 만한 상황으로 연출하는 일은 불가능했을까 하는 점이다.

배고픔을 친구와의 우정과 사랑으로 극복해 가고 있는 이야기를 담은 김민령의 「견우랑 나랑」(『동화읽는가족』 2006 봄)도 보다 촘촘한 구성력을 가져주었으면 하는 욕심을 내게 했다. 가령, 아빠의 폭력에 시달리면서 살고 있는 견우를 엄마가 와서 데려가는 걸 지켜보는 '나'의 심리 변화에 주목해 아이러니 상황을 연출했다면 이 동화를 가난하지만 착한 아이들 이야기라는 단순성에서 벗어나게 하는 힘이 되지 않았을까.

친구에게 집단 따돌림을 당하는 아이가 마음속에 또 하나의 자신(수선된 아이)을 구체적인 형상으로 만들어 놓음으로써 당당한 자아로 자리잡는 과정을 그린 김영혜의 「수선된 아이」(『아침햇살』 2006 봄)도 소위 '왕따' 문제를 주변 환경의 도움 없이 스스로 극복하는 사연이라 주목을 받았다. 이 작품에도 역시 수선된 아이의 도움을 받아 자신을 괴롭히는 친구에게 맞서게 되는 계기를 좀더 논리적으로 마련했으면 하는 아쉬움을 얹어 둔다.

문학작품이 논리의 세계에 갇힐 수 없다는 사실은 누구나 다 안다. 더구나 아이들의 삶과 꿈을 다루는 이야기인 동화를 논리적인 잣대로 해명할 수 있을까. 그러나 어떤 논리적 잣대를 들이대도 다 대응할 수 있으면서 결코 논리적이지 않은 동화는 분명히 있을 것이고, 그런 동화가 또한 더 위대하다.

*이 글은 웹진 '푸른책들'에서 2007년 그 이전 한 해 동안 발표된 중단편동화를 대상으로 실시한 '제 1회 올해의 작가상' 세미나에서 발표한 것이다.

박덕규 _ 1980년 『시운동』 통해 시인, 1982년 『중앙일보』 신춘문예 통해 평론가, 1994년 『상상』 통해 소설가 등단. 시집 『아름다운 사냥』 『골목을 나는 나비』, 소설집 『날아라 거북이!』 『포구에서 온 편지』, 장편소설 『밥과 사랑』 『토끼전 2020』, 동화 『쉿! 쪽지를 조심해』 『라니』 등이 있다.

지금, 여기의 그림책
― 2015년 라가치 수상작을 중심으로

이은주

1. 지금, 여기의 우리 그림책

2015년 새해 벽두부터 낭보가 터졌다. '한국 그림책의 볼로냐 라가치 전 부문 수상'이라는 소식이었다. 볼로냐 라가치 상은 세계 최대 규모의 볼로냐 어린이도서전이 주관하여 전 세계에서 출품한 그림책 중 그림과 편집 디자인(graphic and editorial design)이 우수한 책에 주는 상이다. 올해 라가치는 세계 40여 개 국에서 응모한 그림책 1000여 권 중에서 26권을 선정했는데 여기에 우리 그림책 6권 포함되었다. 비록 대상(Winner)이 아니라 모두 우수상(Special Mentions)이지만 전 부문(Fiction, Non-Fiction, New Horizons, Opera Prima, Books&Seeds) 수상작을 냈다는 점에서 우리 그림책이 탄탄하게 기반을 다져가고 있다고 확신할 수 있다. 픽션 부문에서 정유미의 『나의 작은 인형 상자』와 지경애의 『담』이, 논픽션 부문에서는 김장성 · 오현경의 『민들레는 민들레』, 뉴호라이즌 부문에서 박연철의 『떼루떼루』, 오페라프리마 부문에서 정진호의 『위를 봐요!』가 선정되었다. 그리고 올해 '2015 밀라노 엑스포'를 기념해 신설한 북앤시즈 부문에서도 안영은 · 김성희의 『세상에서 가장 큰 케이크』가 쾌거를 올렸다. 정유미의 경우 작년 오페라프리마 부문에서 『먼지아이』로 대상을 받았고 박연철은 2007년 『망태할아버지가 온다』로 올해의 일러스트레이터로 선정된 바 있다. 지경애, 오현경은 첫 작품이고, 정진호, 김성희 작가도 신인 작가라고 할 수 있다.

그림책은 작가 혼자만으로 만들어지지 않는다. 작가와 출판 시스템의 오랜 협업으로 이루어지는 작업이다. 최근 '달리'가 기획하여 창비에서 완간한 '우리시 그림책(15권)'이 11년 만에 결실을 본 것이 이를 잘 보여준다. 1990년대 들어 본격적인 창작그림책들이 등장하기 시작한 우리 그림책의 역사에 비추어 보면 그 어느 분야보다 괄목할 만한 성장을 했다고 볼 수 있다. 외국에서 상 좀 받았다고 호들갑을 떠는 게 아니다. '그림책의 요람'이라고 불리우는, 그림책의 역사가 100년도 넘는 영국은 올해 한 권도 선정되지 못했고 예술적인 창작 그림책으로 유명한 프랑스는 7권(대상 2권포함)으로 우리보다 한 발 앞서 있을 뿐이다. 독립출판 장르로서의 인식조차 희미한 우리 그림책의 실정에서 이루어 낸 성취라 더욱 값지다. 그동안 척박한 환경에서도 꾸준히 노력해 온 작가들과 출판계의 노고이다. 그러나 문제는 이제부터다.

지난 몇 년 동안 우리 출판계는 불황의 늪으로 가라앉고 있다는 인상을 준다. 2000년대 들어 독서의 중요성이 강조되며 활황세를 이어가던 아동 출판계의 자장 안에서 시장이 확대되던 그림책 분야도 386세대의 육아기가 끝나며 또 우리 사회의 전반적인 불황 속에서 시장을 잃어가고 있다. 이런 때 볼로냐에서 날아온 낭보에 마냥 좋아할 수만은 없다. 지금, 여기의 우리 그림책을 대표하는 이 그림책 6권의 빛나는 성취는 어디에 기인하는지, 그 속에 허와 실은 없는지, 우리에게 남은 과제는 무엇인지를 꼼꼼히 따져봐야 한다. 그래야 이 아름다운 열매가 보기 좋은 열매로만 끝나는 것이 아니라 잘 삭은 씨앗이 되어 또 다른 열매를 맺게 할 터이기 때문이다.

2. 전 세대를 아우르다

픽션 부문에서 우수상을 받은 정유미의 『나의 작은 인형 상자』는 2006년 단편 애니메이션으로 제작돼 작품성을 인정받은 것을 그림책으로 옮긴 것이다. 이야기는 세상으로 나아가기를 동경하며 동시에 두려움을 가진 소녀, 유진이 인형놀이를 통해 자신의 두려움과 직면하고 마침내 그 두려움을 극복하는 과정을 담았다. 이야기 속의 이야기라는 액자구조를 취하는데, 어떤 안내도 없이, 심지어 속표지도 없이 바로 작은 인형 집이 나타나며 시작한다. 실제 집의 축소판인 인형 집의 침실, 화장대, 주방, 거실을 보여주며 인형이 깨어나 하루를 시작하는 모습을 묘사한다. 그때 교복을 입은 여자아이 세 명이 나타나 "애! 너 뭐하니?" 하고 묻는다. 놀라고 당황한 유진은 인형의 집을 급히 닫아 자신의 놀이를 감추고 제대로 답도 하지 못한다. 이 부분이 중요한데, 이 책은 최소한의 글과 그림이 핵심적인 요소만을 묘사하기에 장소에 대한 어떤 지시도 없다. 하지만 독자는 유진이 자신의 집 입구에서 인형의 집을 가지고 놀고 있었음을 알 수 있다. 또 집의 입구에서 논다는 것은 집 밖의 세상에 대해 호기심과 동경을 가지고 있지만 두려움 또한 느끼고 있다는 것을, 여자아이들의 물음에 놀이를 멈추고 제대로 답을 못한다는 것은 유진의 두려움이 크며 세상과의 관계 맺기에 서툴다는 것을 암시한다. 이어지는 쪽에 속표지가 나옴으로 지금까지의 이야기는 서두 혹은 프롤로그임을 알 수 있다. 속표지 이후 본격적으로 유진이 두려움에 맞서 세상으로 나아가는 모습이 나타난다. 앞서 인형이 일어나 하루를 시작하는 모습이 그대로 재현된다. 유진은 침대에서 일어나 화장대, 주방, 거실, 현관으로 나아가며 안주하려하고 불안과 두려움에 떠는 자신의 분신들을 만난다. 침대에서 만난 분신은 따뜻하고 아늑한 곳을 떠나기 싫다고 하고 화장대에서 만난 분신은 유진을 예쁘게 꾸며주며 자신은 아직 준비가 덜 되었다고 한다. 주방에서 만난 분신은 자신이 떠나면 모든 것이 무너질 것이라고 하고 거실에서 만난 분신은 바깥 세상의 위험을 이야기한다. 유진은 그들을 다독이며 나아가 마침내 현관문을 열며 세상과 마주한다. 여기까지가 본 이야기, 이야기 속의 이야기라면 이어지는 내용은 에필로그이며 프롤로그와 연결되는 바깥 이야기가 된다. 닫혔던 인형의 집이 열리며 인형이 나온다. 인형을 맞아주는 세상은 밝고 햇살은 따뜻하며 바람은 신선하다. 이를 보면 본 이야기 속의 유진은 유진이 투사된 인형이며 유진은 자신의 심리를 투영한 인형놀이를 하고 있었던 것이다. 이는 다음 장면, 떠났던 여자아이들이 호기심이 가득한 채 유진을 보고 유진이 인형의 집을 보여주는 장면에서 확인된다. 그리고 인형의 손을 잡아 흔들며 아이들에게 "안녕!"하며 인사를 하는 유진은 인형 놀이를 통해 자신의 두려움과 마주했고 그 두려움을 극복했음을 보여준다.

검은 종이 그대로의 앞뒤 면지와 검은 연필선으로만 형상화하는 정교하고 사실적인 그림은 새로운 세상으로 나아갈 때의 우리의 불안과 두려움을 드러내듯 깊고 강렬하다. 양면 펼침면 한 장면 한 장면은 최소한의 요소를 형상화하며 군더더기 없이 압축된 서사를 펼친다. 때문에 인간의 본질적인 심리를 드러내며 보편성을 획득한다.

이 책은 몇 가지 측면에서 그림책에 대한 우리의 통념을 깨며 새로운 시도를 보여준다. 첫째는 이야기 구성의 측면에서 프롤로그와 에필로그로 연결되는 겉 이야기와 속표지로부터 시작되는 안 이야기의 액자 구조를 취한다는 점이다. 이 같은 구조는 일정 분량이 되는 소설에서 흔히 볼 수 있는 구조로 동화 작품에서도 흔치않다. 둘째는 보통 32쪽 내외의 지면을 지니는 그림책이 이 책에서는 무려 154쪽이나 된다. 액자식 구성으로 유진의 내면의 두려움과 그 두려움을 인형놀이를 통해 직면해 가는 과정을 깊이 있게, 그러면서도 보편적으로 형상화하다 보니 자연 지면이 늘어났을 것이다. 2014년 오페라프리마 부문에서 대상을 받았던 『먼지아이』의 228쪽에 비하면 적은 분량이지만 그림책에서는 보기 힘든 방대한 지면이다. 셋째, 독자의 범위를 확장했다. 이 책에 대한 온라인 서점의 리뷰를 보면 성인들이 유진에게 자신을 대입하며 어린 시절을 돌아보고 공감하는 내용이 주를 이룬다. 이처럼 이 책은 그림책이 어린이 용이라는 상식화되어 있는 인식을 깨고 있는데 마치 그 깨어짐의 고통을 보여주듯이 주요 온라인 서점에서 설정한 이 책의 분류는 혼란스럽다 못해 어이가 없다. '어른을 위한 그림책'이라는 제대로 설정된 분류부터 '어른을 위한 동화', '동화/우화 소설', '한국 단편 소설', '사진/그림 에세이'라는 분류까지 이 한 권의 그림책을 두고 참으로 다양한 해석을 하고 있다. 전문적으로 책을 다루는 관계자들조차 그림책 장르에 대한 인식이 부족함을 보여주는 예라 하겠다.

한편 픽션 부문에서 나란히 우수상을 받은 지경애의 『담』은 『나의 작은 인형 상자』와 상반되면서도 닮은꼴이다. 전자의 그림이 맑고 담백하다면 후자는 어둡고 깊다. 전자의 글이 시적이라면 후자의 글은 산문적이고 전자의 분위기가 편안하고 따뜻하다면 후자의 분위기는 불편하고 무겁다. 하지만 두 작품은 그림이 아름답고 글이 짧고 간결하다는 점에서, 또 지나 온 시간을 돌아보게 한다는 점에서 닮았다.

『담』의 글은 화자가 느끼는 담을 정의한다. 담은 친구이며 놀이터이며 낙서장이며 노래하는 손가락이며 엄마를 기다리는 등대이다. 이렇게 화자의 생활의 근거인 담은 종국에 우리 모두를 안으며 밤에는 쏟아지는 별들까지 안는다. 스토리는 없다. 시 같기도 하고 에세이 같기도 한 짧은 글이 글 자체의 의미를 넘나들며 다소곳이 놓여 있을 뿐이다. 글이 문자 그대로의 의미를 넘어가는 지점에 그림이 있다. 보통 그림은 그림 작가가 부여한 시각으로 보이는 대로 의미가 고정된다. 그런데 이 책의 그림은 다각적으로 의미가 변주된다. 하얀 여백을 존중하듯 낮은 회색 톤의 담은 어느 한 장면 똑 같지 않다. 긁어내고 덧바르고 찍고 아이들의 낙서까지 얹어지고 하면서 다른 모습으로 다른 이야기를 한다. 여기에 더해 장면마다 기억의 명암을 보여주듯 선명하게 또는 아련하게 가미되는 한 두 가지 컬러는 그림의 이야기를 더욱 촉촉하게 풍요롭게 한다. 글의 화자는 그림 속의 단발머리 소녀로 보인다. 이 소녀는 그림 이야기도 들려주는데 그림에는 또 다른 화자이자 주인공이 있다. 바로 까만 고양이이다. 이 고양이는 첫 페이지부터 등장하여 독자를 이끌며 소녀의 이야기에 배경이 되기도 하고 소녀를, 담을 배경으로 자신의 이야기를 만들기도 한다. '고요하지만 놀랄 만큼 아름답고 풍부한(the quiet but stunning, expansive)' 그림이라는 심사평은 여기에 기인한다. 이처럼 다양한 장치로 그림 서사를 변주하고 있는 『담』은 그림책의 그림 수준을 한층 발전시켰다.

『담』 또한 독자의 지평을 확장한다. '다시 옛날로 돌아가기를 바라고 펴낸 책이 아니라'는 작가의 말과는 달리 자녀를 위해 이 책을 펴든 성인은 2,30년 전의 어린 시절로 돌아가 담과 담으로 이어지던 골목길을 떠올리며 그 시절을 성숙한 시선으로 되돌아보게 된다. 반면 담을 보기 힘든 요즈음 어린이들은 책과의 라포(rapport) 형성이 어렵고 책의 주조를 이루는 회고적 정서를 이해하기 힘들다. 어린이를 주 대상으로 하는 어린이 그림책에서 작가 자신의 어린 시절을 회고하는 작품은 어린 독자를 끌어안기 어렵다.

논픽션 부문에서 우수상을 받은 김장성 · 오현경의 『민들레는 민들레』도 그림에 회고적 정서가 깔려 있다. 이 책은 민들레의 한살이를 간결한 글과 사실적이면서도 서정적인 수채화에 담아 그려낸다. 그런데 그 글과 그림이 웅숭깊은 울림을 준다. 보여지는 것은 민들레의 일생인데 내가 어디에 어떤 모습으로 있는가를 자꾸 생각하게 한다.

절제되고 간결한 글은 한 편의 시 같다. 마지막 구절에 마침표가 찍히는 16구절의 한 문장은 '싹이 터도 잎이 나도 꽃이 피고 지고 씨가 맺혀 바람에 날아가도 민들레는 민들레'라고 주문처럼 읊조린다. "어디에 있든 어떻게 있든 무엇을 하든, 민들레는 민들레인 것처럼, 누구나 자기답게 살 수 있는 세상"을 바란다는 작가의 말처럼 민들레의 모습을 이야기하는 16구절은 끊임없이 나답게 살라고 일깨우고 있다. 이 가슴 서늘한 깨달음의 비밀은 "~도 민들레(는 민들레)"로 반복되는 구절에 있다. 한번에 나올 수 있는 글도 아니고 끊임없이 수정한다고 나오는 글도 아니다. 세상을 보는 따뜻한 시선이 곰삭은 시간과 만나 나올 수 있는 글일 것이다.

담백하면서도 섬세한 그림은 글을 너무 앞서 가지도 않고 뒤처지지도 않은 채 딱 고만큼에서 글의 여백을 채우는데, 아름답다. "여기서도 민들레/저기서도 민들레/이런 곳에서도 민들레"라는 글에 보도블럭 사이의 가로수 밑동에 피어 있는 민들레, 콘크리트 경계막 틈에, 기와지붕 사이에 피어 있는 민들레를 보여준다. 여기, 저기, 이런 곳을 구체적으로 설명하며 그 힘찬 생명력과 환경에 굴하지 않는 당당함을 하늘을 향해 꼿꼿이 선 노란 꽃으로 드러냄으로써 존재의 아름다움 또한 보여준다.

그런데 어렸을 때 내가 살던 곳을 떠올리는 것은 어째서일까? 전깃줄과 기와지붕을 비롯한 그림에 깔린 회고적 정서 때문일 것이다. 성인에게는 반가운 느낌이겠지만 어린이가 수용하기에는 쉽지 않은 정서이다.

작가의 첫 작품이나 초기작에서 주로 나타나는 이런 회고적 정서는 그 책이 어린 독자를 주 독자로 한다면 문제가 있다. 작가들의 좀 더 세심한 어린이 살피기 또는 자신의 이야기(작품)에 대한 면밀한 검토가 있어야 할 것이다.

3. 소재의 확장으로 풍성한 세계를 구축하다

박연철의 『떼루떼루』는 뉴호라이즌 부문에서 우수상을 받았다. 박연철은 전승되는 유일한 인형극, 꼭두각시놀이(전체 2마당 7거리 중 박첨지마당 이시미거리)를 현대적인 시각으로 재현했다. 꼭두각시놀이는 포장을 둘러친 공중무대 위에서 인형들을 놀리며 풍자와 해학으로 민중들의 삶에 한바탕 단비를 뿌렸던 민속인형극이다. 그는 이 전통 놀이에 여러 장치를 가감하여 평면의 그림책으로 만들었다. 인형극의 시작과 끝을 알리던 흥겨운 풍물 소리 대신에 한 사람이 커튼이 드리워진 무대에 나와 놀이의 시작과 끝을 알린다. 이 사람은 전통극에서의 산받이로, 극 속에서 등장인물들과 이야기를 나누는 인물인데 이 책에서도 같은 역할을 하며 등장인물을 희화화하기도 하고 인물의 모순을 꼬집기도 한다. 놀이가 시작되면 차례로 인물이 나와 자신의 이야기를 한다. 등장인물인 박 첨지와 그의 가족들은 모두 허세가 심하며 가식적인 인물들로 인간의 부정적인 속성을 드러낸다. 여기에서 풍자와 해학이 발생하는데 작가는 이를 천연덕스럽게 인물과 산받이의 대화를 통해 그려내며 선악의 구분을 넘어 한바탕 놀이로 전통의 계보를 잇는다.

기본적으로 『떼루떼루』의 글은 전통 인형극의 대사를 바탕으로 하기에 문장의 길이나 낱말의 친숙함에 있어서 어린 독자들이 받아들이기에 만만치 않다. 그러나 반복 구절, 똥구녕, 너당(서당)과 같은 말의 유희, 의태어 의성어의 강조, 떼루 떼루, 우여 우여 같은 인형극의 추임새 등을 적절히 장치하여 독자의 흥미를 붙잡는다. 그림 또한 전통 인형극의 분위기와 작가의 현대적 시각을 담아 한 장면 장면 풍부한 의미를 찾게 한다. 목각인형과 반입체의 인물들은 천연 염색천을 배경으로 등장하고 인물의 특성이나 상황을 상징하는 기호들도 같이 배치된다. 작가가 붉은 소나무를 깎아 만든 인형, 딘둥이는 등장부터 웃음을 자아낸다. "나 똥 눈다"라며 나타나는 딘둥이는 그 행위가 일어나는 장소를 상기하는 듯 한 배경 위에 갈비뼈가 드러나는 붉은 몸뚱이 그대로(전통극에서도 딘둥이는 벌거벗고 나온다) 나타나는데 중요부위는 진입금지 가로막대가 가리고 있고 얼굴 옆에는 남녀 화장실 표지판이 찍혀 있다. 이처럼 『떼루떼루』는 인물과 배경과 상징기호들의 구성과 색의 조합, 균형이 절묘하다.

전통과 현대의 조화는 박연철 작품의 하나의 키워드다. 『어처구니 이야기』(2006)에서부터 『망태 할아버지가 온다』(2207), 『피노키오는 왜 엄평소니를 꿀꺽했을까?』(2010), 『떼루떼루』(2013)에 이르기까지 그는 전통의 현대적 계승이라는 주제에 천착해 왔고 그것을 효과적으로 형상화해 독자들로부터 사랑을 받아왔다. 2007년 라가치 올해의 일러스트레이터 선정과 2015년의 수상은 그의 전통에의 탐구와 그 전통을 새롭게 보고자하는 실험정신이 낳은 결과일 것이다. 그러나 이것만 본다면 그의 작품을 반만 보는 것이 될 것이다. 진정 그의 작품의 힘은 그가 생각하는 아동관에 있다. 그는 어디로 나아갈지 모르는 무한한 상상력과 누르면 튕겨 오르는 탄력성을 지니고 언제 어디서나 놀이를 찾아 즐기는 유희성을 추구하는 어린이를 누구보다도 잘 이해하고 작품 속에서 그 어린이들이 본성대로 살아 움직이게 한다. 이는 작가 스스로가 자신을 푸른 수염이 난 먼 별의 왕이라고 하는 부분과 닿아 있다. 때문에 그의 작품에는 도덕적인 설교도, 교훈적인 가르침도, 아니 그 비슷한 기미도 없다. 그는 소재의 확장으로 우리 그림책의 지평을 넓히고 있으며 동시에 우리 그림책 세계에서 보기 드문 작품 세계를 추구하는 작가이다.

올해 새로 신설된 북앤시즈 부문에서 수상한 안영은 · 김성희의 『세상에서 가장 큰 케이크』도 소재의 확장을 성공적으로 이루어낸 작품이다. 『세상에서 가장 큰 케이크』는 1491년 밀라노의 스포르차 공작의 결혼식을 위해 다빈치가 그린 '결혼 축하 건축물' 소묘에서 소재를 얻어 발전시킨 창작그림책이다.

글은 발랄하고 유머러스하면서도 끝까지 긴장감을 놓지 못하게 한다. 이는 개성 충만한 인물들이 자신의 역할을 충분히 하기 때문인데, 똥을 누면서도 먹을 것을 생각할 정도로 먹을 것을, 특히 케이크를 좋아하는 다빈치는 엉뚱하고 기발하다. 이런 다빈치에게 결혼식장을 의뢰하는 인물은 권위적이면서도 사랑 앞에서는 한없이 약한 스포르차 공작이고 이 공작의 사랑을 받는 인물은 베아트리체이다. 케이크 건물을 만들겠다는 제안부터 다빈치의 엉뚱하고 기발한 성정은 숨길 수가 없고 그 때문에 크고 작은 일들이 벌어진다. 공작은 그럴 때마다 다빈치에게 벌을 주려 하며 위협을 하지만 공작의 사랑, 베아트리체가 결정적인 순간에 다빈치를 구원하곤 한다. 이런 글을 뒤에서 밀어주고 앞에서 끌기도 하며 때로는 옆가지를 치기도 하는 그림은 다양한 장면 구성 방법으로 독자의 눈을 잡아끈다. 비교적 큰 판형(258*266mm)을 가로로 펼쳐서 시원하게 이용하는가 하면 세로로 플랩북 페이지도 넣고 콜라주 기법, 메모와 그림이 어우러진 수식(數式), 다빈치 작품의 패러디 등이 심심찮게 나타나 즐거움을 누리게 한다. 이렇게 글과 그림의 유쾌한 조화로 진정한 '르네상스맨'이라는 다빈치의 창의력을 보여주던 이야기는 사람은 물론이고 새와 동물들까지 케이크를 나누어 먹고 결혼식을 즐기는 나눔의 미덕까지 보여준다.

이 책 또한 몇 가지 점에서 우리 그림책의 소중한 자산이 될 만하다.

첫째는 소재의 확장이다. 그대로 묻힐 수도 있었던 '결혼 축하 건축물' 소묘 한 장에 천착하여 역사적 사건을 재창조 했다. 주로 아동의 일상에서 머물던 그림책의 소재가 시공간을 넘나드는 소재로 확장되었다는 점에서 신선한 자극을 준다. 시공간을 넘나드는 소재는 무궁무진할 것이고 이를 형상화할 때 우리 그림책은 풍성해질 것이다. 둘째는 작가들의 통합적인 시각이 소중하다. 물론 이는 케이크를 결혼 축하 건축물로 만든다는 발상과 긴밀히 연결되어 요리방법에 건축과 수학, 과학이 어우러지고 신분에 상관없이 사람과 사람이, 사람과 동물이 어울리는 작품이 되었다. 셋째, 전통적인 그림책의 지면을 넘어섰다. 이 책의 지면은 모두 84쪽으로 정유미의 작품에서 특히 두드러졌던 지면 파괴의 현상을 이 책에서도 확인할 수 있다. 전통적인 그림책의 지면 안에서 내용을 압축적으로 형상화하는 것도 중요한 일일 것이나 지면의 한계를 넘어 내용을 조금 더 깊이, 풍요롭게 형상화하는 것도 필요한 일일 것이다.

4. 새로운 시각으로 그림책의 매력을 더하다

픽션으로 오페라프리마 부문에서 수상한 『위를 봐요!』는 건축을 전공한 신인 작가 정진호의 작품이다. 정진호는 건축의 조감도를 적용한 새로운 시각으로 그림책의 매력을 더한다. 교통사고로 중도장애아가 된 수지는 휠체어에 앉아서 아래를 내려다본다. 아파트 베란다에서 아래를 내려다보는 수지의 정수리와 뾰족한 코가 오른쪽 절반을 차지하며 오래 반복된다. 그 시선에 포착된 거리를 지나다니는 사람들은 개미 같다. 사람들은 빠르게 지나가고 때로는 아이들과 강아지가 놀기도 하지만 거리는 정지되어 있다. 아마도 함께 할 수 없는, 다리를 잃은 수지에게 세상은 선택된 것들의 조화로 이루어지는 한편의 정물처럼 자신이 들어설 수 없는 공간일 것이다. 그러나 수지는 끊임없이 신호를 보낸다. "위를 봐요!"이 간절한 기원은 답을 얻는다. 한 아이가 위를 본 것이다. 그리고 누워서 수지와 시선을 맞춘다. 여기에 어린이의 마음이 있는 것이 아닐까? 닫힌 문 앞에서, 그 문이 열리기를 바라는 마음을 숨기지도 포기하지도 않고 끊임없이 드러내는 것이 어린이고, 그 마음을 감지하는 것도 역시 어린이이다.

이 작품의 미덕은 이렇게 어린이를 잘 드러내는 데서 그치지 않는다. 아이가 눕자 사정을 전해들은 어른들도 눕기 시작한다. 그렇게 앞만 바라보며 바쁘게 가던 사람들이 누워서 수지와 눈을 맞춘다. 여기서 희망을 본다. 삶이 바빠서 앞만 보고 다니지만 아직도 사람들의 마음속에는 온기가 있다는 것을, 더불어 함께 하는 세상이 될 수 있다는 것을 깨닫게 하는 것이다. 마치 이 희망에 응답을 하듯 이파리 하나 없던 가로수에 색이 입혀진다. 가로수에 연분홍 꽃이 피고 수지가 머물던 베란다에도 연두빛 조그만 새싹이 돋아난다.

정진호의 그림은 신기하다. 아이들의 그림 같이 대충 그린 듯한 그림이 참 다양한 감정의 스펙트럼을 지니고 있다. 펼침면의 4/3를 차지한 채 반복되는 흑백의 거리 풍경이 수지가 보이기 전까지는 한없이 심상하고 아득했다면 휠체어에 탄 수지의 발이 보이면서 수지의 정수리가 나타나는 장면부터는 말 할 수 없는 아픔으로 출렁인다. 아이가 누워서 수지와 눈을 맞추는 장면에서는 봄기운 같은 따뜻한 기운이 슬금슬금 피어오르다가 사람들이 함께 누워 있는 장면으로 넘어가면 누군가 세레나데라도 불러주듯 행복하고 기대와 희망으로 가슴이 두근거린다. 사실 이러한 감정의 스펙트럼은 이 작품을 관통하고 있는 시선에 기인한다. 휠체어에 앉아 내려다보는 수지의 시선에 바로 편입되는 독자는 수지의 눈으로 거리를 보는 것이다. 사실 미술이나 건축에서 이러한 시선(bird's eye view)은 흔히 사용되는 기법이나 30쪽 내외의 그림으로 구성되는 그림책에서는 적용하기가 쉽지 않다. 무엇보다도 30쪽을 다 이러한 시선으로 했을 때 독자가 그 지루함을 견디기 어렵기 때문일 것이다. 정진호는 이 점을 잘 간파하고 몇 가지 장치로 이 지루함을 털어낸다. 누가 말하는지에 따라 달라지는 글씨체와 글의 크기, 독자의 상상력을 작동하게 하는 디테일이 생략된 간결한 그림, 흑백 그림의 마지막에 입혀지는 색 등이 바로 그것이다. 이러한 장치는 어린이와 그림책에 대한 깊은 이해가 있기에 가능하였을 것이다. 이 작가에 주목해야 하는 이유가 여기에 있다.

그러나 옥에 티라고 해야 할까? 이 작품에서 24개의 짧은 문장으로 이루어지는 글은 그림과 매우 유기적으로 얽혀 의미를 생성하나 의미 생성의 많은 부분을 그림에 의존하고 있다.때문에 글만 떼어 놓고 보았을 때 빈약하다는 인상을 지울 수 없다. 바버러 쿠니(Barbara Cooney)는 그림책을 진주 목걸이라고 말한다. 그녀는 진주를 그림에, 목걸이 줄은 글에 비유하는데 줄이 빈약하면 좋은 진주를 잃기 쉽지 않을까?

5. 지금, 여기 우리 그림책의 성취와 과제

2015년 라가치 수상작 6편을 통해 지금, 여기의 우리 그림책을 들여다보았다. 이 작품들에서 지금, 여기의 우리 그림책이 이루고 있는 성취가 분명히 보이는 만큼 그에 따른 과제도 분명해 보인다. 첫째는 그림책의 독자 지평을 확장하고 있다는 점이다. 그 동안 그림책의 독자는 어린이라는 인식이 본격적으로 깨어지고 있는 것이다. 우리 그림책의 수준이 높아지면서 이러한 조짐은 오래 전부터 있었다. 자녀가 읽을 책을 찾으면서 자신이 그림책을 좋아하게 되었다고 하는 젊은 엄마들, 바쁜 현대의 일상에서 텍스트가 많은 책이 부담스러워 짧은 텍스트에 그림이 더해져 긴 여운을 남기는 그림책을 선호하게 되었다고 하는 직장인들,

긴 텍스트 읽기가 육체적으로 정신적으로 힘이 드는 노년층 등 다양한 연령층에서 그림책은 이미 선호하는 텍스트이다. 더욱이 최근 젊은 작가들 사이에서 그림책은 자신의 표현 도구일 뿐 어린이를 염두에 두고 있지는 않다는 주장도 심심찮게 대두된다. 이러한 흐름을 반영하듯 2015년 5월 1일에는 '그림책을 독립적인 예술 장르로 자리매김해야 한다'는 취지 아래 '그림책 진흥을 위한 대토론회'가 개최되고 청원 서명도 함께 진행된다고 한다. 토론회의 결과가 어떻게 나올지, 청원 서명이 얼마나 이루어질지 모르나 분명한 것은 앞에서 언급되었듯 그림책 분류에 대한 혼란은 정리되어야 한다는 점이다. 그러자면 그림책을 독립 장르로 자리매김해야 함은 필연적이라 할 수 있다. 이러한 장르 매김은 우리 그림책의 발전과 활성화에 상당한 기여를 할 것이다. 여기서 한가지 짚고 넘어가야 할 점은 그림책이 0세에서 100세, 즉 전 세대를 아우르는 장르이지만 그 출발점은 어린이이고 어린이에게 그림책은 세상의 전부라는 점이다. 때문에 아동용 그림책을 생산하는 사람들의 아동관 정립이 그 어느 때보다 중요해졌다고 보인다.

둘째로 소재의 확장 또한 지금, 여기 우리 그림책의 중요한 성취로 볼수 있다. 박연철이 현대적 시각으로 재해석하는 데 쓰이는 전통 문화, 안영은·김성희가 발굴한 역사적 사건은 우리 그림책의 내용을 상당히 풍성하게 했다. 물론 이전에도 새로운 소재 개발은 꽤 있어왔다. 2003년 도심(사직동)의 재개발을 소재로 했던 김서정·한성옥의 『나의 사직동』, 2007년에 출간된 최초의 우주인 유리 가가린과 그와 함께 우주선에 탑승했던 개, 라이카를 소재로 했던 이민희의 『라이카는 말했다』, 2012년 사막 유목민의 삶의 지혜를 소재로 했던 김지영의 『사막의 아이 닌네』등은 새로운 소재로 우리 그림책의 수준을 높이며 다양한 세계를 경험하게 해 주었다. 아쉬운 점은 그와 같은 소재의 뒤를 잇는 작품이 없다는 점이다. 그래서 지속적으로 전통 문화의 현대적 읽기를 시도하고 있는 박연철의 작업이 더 의미가 있다. 박연철과 같은 작가, 한 분야를 깊이 있게 지속적으로 탐구하여 자신만의 개성으로 표현하는 작가주의 작가가 많아져야 할 것이다.

2015년 라가치 수상작에서 두드러진 성취의 하나로 전통적인 그림책 지면의 제약에서 자유로워졌다는 것을 들 수 있다. 보통 30쪽 내외로 구성되었던 그림책의 지면이 이 작품들에서는 모두 30쪽 이상으로, 제일 지면이 적은 작품이 『민들레는 민들레』로 34쪽이었다. 『떼루떼루』는 36쪽, 『담』과 『위를 봐요!』는 40쪽, 『세상에서 가장 큰 케이크』는 84쪽, 『나의 작은 인형 상자』는 154쪽이나 되었다. 『민들레는 민들레』에서 보듯이 그림책의 지면이 많고 적음이 작품성을 가늠하는 잣대가 되지는 못한다. 그러나 『나의 작은 인형 상자』나 『세상에서 가장 큰 케이크』에서 볼 수 있듯이 지면의 확대가 내용의 깊이나 내용 구성의 다양함을 확보하는 데 영향을 미친다는 것은 알 수 있다. 지면의 제약을 떠나 자신의 작업에 적절하게 이용할 수 있는 지면을 확보하는 것이 중요해 보인다.

그림책의 그림 서사의 발전은 여러가지 의미에서 큰 성취라 할 수 있다. 정진호의 조감도를 적용한 새로운 그림의 구도도 중요한 성취로 볼 수 있고 정유미의 내면을 파고드는 정교하고 사실적인 그림 서사, 지경애의 다양한 그림 기법과 색의 사용, 박연철의 전통을 변주하는 현대적 시각의 작업, 김성희의 다양한 장면 구성 방법들은 작가의 개성을 드러내며 깊이있고 다양한 그림 서사를 확보하고 그림 서사의 발전을 도모하고 있다. 글 서사 또한 어느 정도의 성취를 이루었으나 아쉬움이 없지 않다. 지경애와 김장성의 깊은 울림을 주는 시적인 글과 박연철의 재치 있는 글, 안영은의 캐릭터를 살리는 글은 그림과 대등하게 자신의 영역을 확보하고 있다. 그러나 정유미의 글과 정진호의 글은 아쉬움이 남는다. 글이 그림과 대등하게 서지 못하고 그림에 종속되기 때문이다. 그림책의 글과 그림은 기본적으로 서로 밀고 밀리며 대등한 관계를 구축해야 한다. 그래야 서로 다른 두 매체의 성공적인 결합으로 풍요로운 의미가 생성되고 또 그 긴장 관계에서 또 다른 묘미가 발생한다. 최근 발전된 그림 서사에 비해 글 서사가 빈약한 작품들이 눈에 뜨인다. 니콜라에바(Nikolajeva)는 그림책의 고유한 성격은 '시각과 언어라는 두 가지 수준의 의사소통의 결합'에 기초한다고 한다. 글과 그림이라는 두 매체의 대등한 관계 설정에 조금 더 주의를 기울여야 하겠다.

*이 글은 2015년 『아동문학평론』 여름호 특집 '한국 그림책, 어디까지 진화했나'에 실린 것이다.

이은주 _ 대학원에서 독서교육과 아동문학을 공부했다. 2014년 『아동문학평론』 신인상 평론 부문에 「생태그림책에 나타나는 타자 윤리」로 당선하고, 연구서 『강소천 동화문학 연구』 등을 냈다.